U0654535

有一种力量，叫文学；
有一种美好，叫回忆；
有一种感动，叫青春；
有一种生命，在鲁院！

鲁迅文学院·百草园文集

沉重的肉身

张弛◎著

知识出版社

CHENZHONG DE ROUSHEN

作品小心翼翼地揭开时代的另一面。
通过观察和描绘形形色色的失败者，
揭示「物质主义」对当代人的扭曲和塑造。
通过展现小人物奋斗挣扎的生存相，
温情地寄托对己对人的安慰、理解与同情。

图书在版编目（CIP）数据

沉重的肉身/张弛著. --北京：知识出版社，
2017. 1
(鲁迅文学院百草园文集)
ISBN 978-7-5015-9402-3

Ⅰ. ①沉… Ⅱ. ①张… Ⅲ. ①中篇小说-小说集-中国-当代②短篇小说-小说集-中国-当代Ⅳ. ①I247. 7

中国版本图书馆 CIP 数据核字（2017）第 018026 号

沉重的肉身

出 版 人 姜钦云
责任编辑 易晓燕
装帧设计 游栜湆
出版发行 知识出版社
地　　址 北京市西城区阜成门北大街 17 号
邮　　编 100037
电　　话 010-88390659
印　　刷 北京一鑫印务有限责任公司
开　　本 787mm×1092mm　1/16
印　　张 16
字　　数 280 千字
版　　次 2017 年 2 月第 1 版
印　　次 2020 年 2 月第 2 次印刷
书　　号 ISBN 978-7-5015-9402-3

定　　价 43. 00 元

沉重的肉身

1

孙红蕾分配到红旗机械厂当工人之前，本是市体委女子篮球队的一名队员。在球场上，趁人不备将篮球“忽”地一下灌进篮筐是她的拿手好戏，用现在的话讲，她就是一个灌篮高手。孙红蕾在体委的领导下打了若干年的篮球之后，她的退役年龄就到了，这时候，她的高中同学们纷纷大学毕业参加了工作，而她层次又上不去，她该怎么办呢？好在那个年代，咱们国家的企业除了搞生产经营以外，还要承担许多社会责任，甚至政治责任，诸如文教、宣传、卫生、体育，甚至计划生育等。因此一个企业经常需要吸纳很多与生产经营毫无关系的、五花八门的人才，孙红蕾就这样被吸收到红旗机械厂当了一名库管工。红旗机械厂之所以愿意吸纳孙红蕾进厂，原因在于该厂的王厂长是一名篮球运动爱好者。

厂里经常组织篮球赛。每次比赛，只要没什么要命的大事，王厂长总要亲自上场。王厂长一上场，必定点名让孙红蕾上场。于是红旗机械厂的篮球赛就有这么一个怪现象：十来个男将中间，一枝独秀地活跃着孙红蕾一个女将。孙红蕾身材颀长，脑后梳着一根麻雀尾巴一般的小辫，一上了场，她动作潇洒灵活，在十几个男人中间躲闪腾挪，如入无人之境，这十几个男人在孙红蕾眼中简直如十几头绵羊一般软弱可欺。且慢，细究起来还有一个例外，这个例外就是王厂长。王厂长身材矮壮，肩宽背厚，四肢粗短结实，两条畸形的、发达的粗胳膊一旦舞动起来十分怕人，活像一只立起来的螃蟹。这凶猛的“螃蟹”在场上老是喜欢围在孙红蕾身边张牙舞爪，经常弄得孙红蕾又好气又好笑，她就使出浑身解数逗弄“螃蟹”。只见她人到哪儿，球到哪儿，手到哪儿，球到哪儿，篮球和手之间就像有一根看不见的弹簧连着。那篮球明明看着在左手下拍着，忽然就到右手去了，忽然又到身后去了，忽然……不知怎么的，就进了篮筐。常常逗得王厂长直往孙红蕾怀里拱，仿佛使出了吃奶的劲头，拱进去了却又什么也吃不着，惹得场外哄堂大笑。虽然如此，孙红蕾的表现却令王厂长很兴奋、很满足，中场休息的时候，王厂长坐在篮球上，油光满面，鼻息咻咻，一边望着孙红蕾，一边伸出大拇指夸奖：“人才呀！人才!”那一刻，孙红蕾就站在场边上，解开麻雀尾小辫昂着头甩甩头发里的汗珠，两颊布满了运动后的红晕，脸上是一副似笑非笑的神情，两眼睥睨着满场的观众，享受着那一份鹤立鸡群的尊荣。

2

回想起刚进厂的那个年代，孙红蕾活得真叫一个风光啊！虽然只是个普通女工，但因为是王厂长的专职陪练，在群众眼中，也就成了“领导身边的红人”。平常有比赛时，她就在赛场上出出风头，没比赛时，就在库房里享享清闲。库房位于厂区一个僻静的角落，因为闲极无聊，几个女库管员打够了毛线活之余，就在窗外南墙根下进行田园诗一般的劳作，开辟出了一片花圃，种植些蔷薇、月季、家常蔬菜等。又喊关系好的男职工帮忙搭了个丝瓜架遮住南窗，整个烈日炎炎的夏季，丝瓜架上爬满了藤蔓枝叶，屋子里抬头就见淡绿色的阳光闪闪烁烁……在群众看来，这样的工种本来都是给领导的关系户预备的，这个孙红蕾，不简单啊。

孙红蕾渐渐地在厂里有了几分名气。一些既有闲又有胆的男职工开始寻机往丝瓜架下的库房里钻，一钻进库房，就围在孙红蕾的周围有说有笑。有家底的卖弄家底，有关系的卖弄关系，既无家底也无关系的，就卖弄些厂里的风流故事，将孙红蕾逗个展颜一笑，也算是平生一点慰藉。时间长了，其他两个女库管员心里就不太舒服，一见有男职工钻进来，就吊起脸，毫无必要地将架子上的零配件搬来挪去，弄出些叮叮咣咣的声音，以显忙碌，以示不快。不知是哪个聪明的男职工开了个头，再来的时候他们就不是两手空空，而是在裤兜里装些能讨女人欢心的小零食：一包五香瓜子啦、一袋奶油话梅啦、几块巧克力啦、一盒曲奇饼干啦，与孙红蕾及另外两三个女库管员共享。女人，尤其是一辈子待在库房里当库管员的女人，大概就是这样的目光短浅。这么点一钱不值的贿赂就让她们心满意足了，从此息事宁人地围在办公桌周围，一边"哔哔剥剥"地嚼着男人们带来的零食，一边与男人们合伙逗着孙红蕾开心，打情骂俏，喜笑颜开，无所不用其极。

这点鸡鸣狗盗的智慧很快就传播开来，竟然形成了一股风气。

带小零食到孙红蕾这里来讨巧的男人们大概没有想到，这一点小小的"贡品"竟搔着了孙红蕾的痒处。原因在于孙红蕾对于吃零食有着一股人难以察觉的深厚感情，有着一份深刻的、甚至是伤痛的记忆。当年在篮球队的时候，她们摊上的是一个格外严酷的教练，该教练名叫王帮奎，生得牛高马大、面目狰狞，长相颇似香港黑帮演员成奎安。据球队的姐妹们分析，王帮奎一定是在女人手里吃过大亏，对全体女性产生了一种扭曲的仇恨心理，因此对球队姑娘们的管理也似乎带有一种变态的施虐倾向。他给球队的姑娘们制定了五十条禁令：如严禁留长发、严禁穿高跟鞋、严禁化妆、严禁与男队员说说笑笑、严禁滥打电话滥写信、严禁勾肩搭背逛大街……最后还有，严禁吃零食。作为一个少女，所有的享乐几乎都被剥夺干净了。别的方面都还勉强可以理解，因为在那个时代，整个社会就是这么刻板教条，让姑娘们最为费解的就是，吃个小零食为什么也不行？于是她们就在这一点上稍稍放纵一下自己，变相地与教练搞对抗。有时在夜深人静的时刻，一人揣一包小零食来到月光下的操场上，一边咀嚼一边散步，一边回忆入队之前在家里的美好时光。有时偷偷聚在宿舍里，把门闩好，边嗑瓜子边分析王帮奎为什么会是这样一个人……然而，百密一疏，有时竟被王帮奎当场撞上。按说，姑娘们翘着兰花指边嗑瓜子边闲聊，该是一幅多么富有女人味儿的场面，可是，就这样一幅美好可爱的画面却把王帮奎惹得暴跳如雷，指着姑娘们破口大骂。这更激起了姑娘们的逆反心理：不让吃，偏要吃！熄灯之后缩在被窝里吃，甚至藏在女厕所里吃！那一段刻骨铭心的、集中营式的生活，偏偏培养起了孙红蕾对于吃零食的深厚感情。

孙红蕾对于那些揣着各色小零食来与她分享的男人是来者不拒。她似乎从不深入思索在那些五花八门的小零食后面还隐藏着些什么目的。她是运动员出身的，在多年的运动生涯中，她总是在和自己的身体搏斗，凭着自己的身体去感知这个世界。在训练中，教练总是要求她们仔细体察每一个技术动作在身体深处所引起的感受，从而判断这个动作是否正确，是否到位。教练常说，当你觉得最舒服的时候，就说明这个动作你已经彻底掌握了，已经做到家了。如果还有一丝别扭，还有一点不舒服，那就是还没做对。因此，孙红蕾逐渐养成了拿身体感觉代替逻辑判断的心理习惯。“舒服了，就做对了”已经渐渐沉淀到心理深层，成为潜意识中某种难以察觉，但又在暗中起支配作用的法则。

孙红蕾在冥冥之中以这样的法则和各色男人打交道，弄得各色男人都对她这个人感到难以捉摸：男人们的心虽然路人皆知，但她却从未对他们表现过好恶、亲疏，或者应有的挑剔。不论谁去了，她都是那样既安闲又坦然地享用他们带去的零食，面带微笑，有一搭没一搭地陪着他们聊天，脸上显现一副舒适而满足的神情。有人胆子大起来了，开始试探性地邀她出去跳舞、看电影或者散步。在这些活动中，往往自始至终有美味时兴的小零食相伴，所以孙红蕾几乎每次都欣然前往。这些男人们万万没有想到，此类活动对于孙红蕾的全部意义就在于：可口的味觉享受和轻松悠闲的环境，在身体深处引起的那种舒适和愉悦。他们万万没有想到，他们的种种猜测、试探和幻想，他们在激动不安中所渴望确认的那种意义，其实在对方那里根本就不存在。

他们那些近在咫尺的愿望，其实每一次都落空了，毫无例外地落空了。

3

孙红蕾并未察觉她在无意之中究竟伤害了多少男人。其实也有不怕伤害的。此君名叫赵发干，是个学电子技术的大专生，原来在厂宣传科负责厂内的闭路电视系统。据赵发干的哥们儿反映，此人头脑十分灵活，点子很多。用他自己的话来讲，他具备三种与常人不同的思维方式：一是超前思维；二是逆向思维；三是发散型思维。有一回他组织哥们儿看黄色录像实在找不到地方，就把他的逆向思维激发出来了：最危险的地方最安全，走！到厂闭路电视机房看去！结果看录像期间有人把线碰掉了。众人手忙脚乱地接线头时，就把信号误接到了厂闭路电视节目中去了。这一下，赵发干被下放到车间当了工人。

多年来，赵发干对这个处理结果愤愤不平，他用他的超前思维为自己鸣冤叫屈。他举例说："北京曾有个眼界开阔、思维超前的人，70年代就在家里开了健美俱乐部，结果被公安局以聚众流氓罪判了8年。现在他正在一级一级地打官司，要求翻案，社会舆论都在支持他，我这个案子早晚也会翻过来的！"

因为背着冤屈的包袱，赵发干在车间并没有踏踏实实地劳动改造、洗刷灵魂，而是表现得疲疲沓沓，"能躺的时候就不坐，能坐的时候就不站"是他很有名的一句生活格言，曾经带坏了一大批年轻人。每当班组长督促他干活的时候，他就斜着眼睛说："我乏。"班组长终于被惹得不耐烦了，生气地说："再乏你也得给我干！干着乏，乏着干，这就是你的命！"从此，赵发干落下了一个叫作"乏干"的、意味深长的绰号（你别说，这个绰号还真能概括大多数国企职工的生存状态，颇具一点形而上的意味）。

正是因为有着不同寻常的思维方式，赵乏干对孙红蕾的追求才会异乎寻常地执着。其实，赵乏干还在宣传科管闭路电视系统的时候，就是经常往库房里钻的众多男人中的一个。在孙红蕾的记忆中，第一个给她带去巧克力的男人就是赵乏干，那也是孙红蕾第一次吃到巧克力。要知道，在那个年代，巧克力在那座城市尚属某种珍稀罕见的糖果，除了高干子弟，小市民鲜有机会亲口品尝。赵乏干也是去上海探亲时，才带回了一盒。赵乏干第一次在孙红蕾面前神情庄重地剥开那银光闪闪的锡纸，露出这种珍贵的糖果时，孙红蕾盯着那造型精巧细致、散发着浓郁的甜香并且泛着蜡质的油样光泽的小玩意，竟以为它是某种香皂。赵乏干空捏着大拇指和食指送到嘴唇边，做了一个咬的示范动作，眼中流露出一丝鼓励的神色。孙红蕾小心地咬了一口，一种清苦的香气立刻弥漫在她的口腔中。随着巧克力在舌尖上的融化，一股奶油与可可混合在一起的浓腻的甜香渐渐在舌面上洇开，不但在口腔中弥漫，甚至立刻浸入鼻腔，浸入头脑中去。巧克力在融化时因为吸收热量，会带来一种轻微的凉滑感，这种凉滑感简直让人觉得无比地爽口。孙红蕾从迷醉中清醒过来，注意到对面的赵乏干正目光炯炯地盯在她的脸上，不由得脸上红了一红，对面前这个男人刮目相看了。

巧克力使赵乏干在孙红蕾眼中拥有了某种与众不同的、甚至是神秘的身份，关于这一点，赵乏干第一次就感觉到了。为了维持住这种体面的、神秘的身份，赵乏干挖空了心思，绞尽了脑汁。他厚皮老脸地反复托上海的亲戚邮寄巧克力给他，有一段时间，因为担心孙红蕾会对这种糖果失去新鲜感，赵乏干故意将新寄来的巧克力称为朱古力，孙红蕾满脸迷惑地反问他，朱古力与巧克力有何区别？他信口开河地说，朱古力是与巧克力相类似，但品质和制造工艺更为高档的一种产品。

当上海的亲戚终于变得不耐烦，开始在电话里冷言相向的时候，改革的春风也终于吹拂到了这座内地城市。市场开始变得繁荣，巧克力不再稀罕。赵乏干终于松了一口气，他开始带着孙红蕾出入街头巷尾新冒出来的各色冷饮店、西餐厅、咖啡屋，以及大商场的糕点柜台。他发现他当年的担心完全是多余的，他手里挽着的这位身材高挑的篮球姑娘对于凡是富含巧克力和奶油的食品都怀有一种永无止境的欲望，而且这种欲望逐渐扩展到各类巧克力制品、奶制品和甜食上。诸如奶油冰淇淋、涂满奶油的小蛋糕、咖啡、巧克力夹心糖、巧克力夹心饼干、酸牛奶、奶酪等。赵乏干有时简直是怀着那种做人体实验一般的好奇心给孙红蕾买来他新发现的某种巧克力制品，他发现孙红蕾在摄入这类食品后，很快就变得面色潮红，眼含春水，脸上呈现出一种特别愉悦的神情。赵乏干想，这也许跟她的运动员体质有一定关系。她的身体一定是对这种高热量的、能够促进运动神经兴奋的食品特别敏感。她的血液此时一定加速了流动，她的神经此时一定提高了兴奋度和敏感性，她整个人此时一定是精神亢奋、心理状态舒缓愉悦，充满了对生活的渴求。于是赵乏干适时地、大胆地将孙红蕾揽进怀中，出其不意地堵住了孙红蕾正津津有味的嘴，将舌尖伸进了她满是巧克力醇香的口腔。那一瞬间，他觉得他简直是在品尝一块活生生的巧克力。他喃喃低语了一句：巧克力姑娘！

4

赵乏干和孙红蕾的巧克力之恋如火如荼地进行了一段时间之后，终于水到渠成，他们结婚了。婚前婚后的那段日子是一段甜腻腻、黏糊糊、如同化在舌面上的巧克力一般的日子。就是在这段甜腻腻、黏糊糊的岁月里，一些他俩都未及时觉察到的变化却在悄然进行着。首先是生存环境的变化，他们所在的这家国有企业像当时的大多数国企一样，日渐衰落，举步维艰。由于没有钱，更重要的是由于那种萧条败落、人人自危的气氛，厂里再也没有闲心举办什么篮球比赛了。那时王厂长也早已下台，退休回老家安度晚年去了。孙红蕾渐渐被冷落、被遗忘，完全陷入到柴米油盐、吃喝拉撒的平庸岁月中去了。

从微观的、个人的角度来看，就是孙红蕾的身体在发生着一系列起于细微、终于显著的变化。一开始，她发现一些普普通通的，过去从来没有感觉到的日常活动，现在却因渐感吃力而引起她的注意。拿上楼这件小事来说，过去她那两条运动员的长腿上楼就像弹钢琴，“噔噔噔”一路弹过去，十分轻快。如今呢，变成了一步一个脚印地、扎扎实实地爬楼梯，并且每爬上两层，就忍不住想扶住扶手喘息片刻。她以为这是近年来缺乏锻炼的结果，并没有在意。可是，更奇怪的事情紧接着发生了。某天晚上，她坐在沙发上看电视，看着看着，左腿就想搭到右腿上去，跷一个人们通常所说的二郎腿。谁都知道，跷着二郎腿看电视本是一件很舒服的事情，可是此刻，孙红蕾却怎么着都觉得有点儿不舒服，有一丝别扭，似乎总要分神努力着才能维持住这个姿势。最后她不得不伸出右手扳住左膝，才将这个本来放松而又舒服的姿势固定住。她对这件怪事想了想，似有所悟，于是伸出两手做成环状，卡住大腿丈量了一番。终于发现了问题的症结：以前两只手可以轻松箍住的大腿，现在是无论如何也箍不拢了。两个大拇指如果接上头儿，中指那边就接不上，形成一个很大的缺口；反之中指那边接上头儿，大拇指这边就接不上，还是有一个很大的缺口。她终于明白了，怪不得二郎腿跷得这么费劲，原来大腿变粗了！或者说得文雅一点，变丰满了。她抚摸着自己多肉的、柔软的大腿，忽然想起某天夜里赵乏干把头枕在她的大腿上，曾经对那股子舒服劲儿赞不绝口的事来，她不由得笑了。能笑得出来，说明她并没有意识到事情的严重性。直到某个星期日，赵乏干出门游荡，她一个人在家里打扫卫生，找了一条两三年前的旧牛仔裤想要换上。这时她发现，她的两条腿怎么也塞不进裤筒里，一时间，她真有点儿恼羞成怒，并且潜意识里还不愿意承认这个事实。她于是耐下性子，坐在床上，气哼哼地从小腿到大腿一截一截地往裤筒里塞，好不容易把两条腿塞进裤筒里，腰部和小肚子又成了大麻烦，裤腰上的扣子和扣眼儿凭你怎么努力也接不上头儿。憋得她脸色通红，出了一头汗，最后只得将皮带勉强扣上，而小肚子前面的那一截拉链，只好任凭它像一张大嘴似的，难看地咧在那里。她就这样艰难地开始打扫卫生，在客厅抹茶儿的时候，一个小玩意不小心被扫落到地上，滚到了沙发下面。她不得不蹲下身子去找，这下不得了，才不到5秒钟，她就憋得喘不上气来，脸色通红，喉咙里发出费力的喘息声。她觉得前胸和腹部正被人恶意地、用力地挤压着，她快要窒息了，赶紧站起身子，顿时觉得眼前一黑，就把自己顺势放倒在沙发上。好一会儿她才清醒过来，她两眼望着天花板，若有所思地想了那么一会儿，才明白过来。其实并没有人挤她，只是身体的各个部位在互相挤而已。当她仰卧在沙发上的时候，似乎有点儿想不通，这些部位之间怎么会产生那么大的挤压力？可是一旦蜷起身子，立刻就会隆起很多圆滚滚的部位：两条大腿是圆滚滚的，小肚子是圆滚滚的，上腹部虽说不上圆滚滚，但至少也是一条明显的弧线，至于胸部……那就更别提了！试问，把这么多圆滚滚的部位硬蜷在一起，它能不挤吗?!

总之，青春的身体伴着青春的岁月一起流逝了。如今的孙红蕾在不知不觉中就变作了一名肥硕的少妇。更要命的是，就在这辛酸伤感、顾影自怜的节骨眼上，孙红蕾还被红旗机械厂无情地抛弃了。

这件事情的经过，说起来就像是一场闹剧。原来库房里有三个女库管员，其中资格最老的是一个叫曹丽华的女人。曹丽华倚老卖老，再加上某次开会车间主任信口说了一句“曹丽华你把库房那一摊子负起点责任来”，因此曹丽华平常喜欢对孙、刘二人指手画脚，自己却窝在南窗根下那一小片绿荫斑驳的太阳地里享清闲。孙、刘二人在对付曹的问题上基本是团结一致的，但二人间又时常有些鸡毛蒜皮的矛盾。曹丽华为了分化瓦解孙、刘二人，经常在孙的面前戳戳刘的是非，又在刘的面前戳戳孙的是非，因此孙刘二人的关系就呈现出一种分久必合、合久必分的态势。

三个女人一台戏，小小的一间库房，因为有了三个女人，就长年累月地上演着一出出复杂而微妙的戏文：一会儿刘不理孙了，一会孙不理曹了，一会曹又不理刘了。到了这一年，厂里因效益连年滑坡，局面已十分危险，不得不拿出壮士断腕的决心大力改革管理模式。各个车间和总厂分了家，以便亲兄弟明算账。车间主任摇身一变，成了分厂厂长，权力急剧地膨胀了。孙红蕾们所在的车间也派来了一个新的车间主任，据说极有魄力，在总厂的时候，就因动不动要魄力而令无数人畏之如虎。恰巧在这个节骨眼儿上，曹、孙、刘之间爆发了一场剧烈的矛盾，几乎到了撕破脸的程度。坐井观天的曹竟然误认为新车间主任的上任是确立自己地位的一个好机会，不知好歹地跑到新车间主任那里去哭诉，说是老主任在的时候就说过让她负责库房那一摊子的话，只是一直没有个正式的名分，眼下根本管不住手下那两个兵，两个兵不但不服管，还经常搞哗变，弄得她不但开展不了工作，还经常被侮辱人格。新主任听毕哭诉，两眼阴阴地盯住曹的脸，直盯得她毛骨悚然了，才说："管不住就不管嘛！让她两个下岗，你管你自己总管得住了吧。"曹万没料到会是这么个结果，这就意味着以后三个人的活儿就得她一个人扛了，而且这事万一泄露出去，自己就算添下两个你死我活的仇家了！为了争取主动，曹赶紧跑到孙、刘那里，装出一副通风报信的模样，把她得到的一点风声提前告知二人，又帮着出主意、想办法。孙、刘二人一听饭碗被砸，顿时五雷轰顶，急忙跑到车间主任那里去闹，可是已经晚了，新主任一向是令出如山，说一不二的。

至此，孙红蕾在红旗厂捧了十年的饭碗算是彻底砸碎了。

下岗之后，孙红蕾才发现在红旗厂的这十年几乎是毫无收获。记得刚进厂的时候，她是除了打篮球什么都不会，十年之后呢，还是什么都不会，而且连打篮球都不会了。她唯一的收获就是一个着三不着四的老公赵乏干，以及跟在篮球队时相比足足多出三十公斤的体重。

库管员这种角色，只要会点儿基本的四则运算，谁都可以干，而且现在连四则运算都用不着了，会按计算器就能对付了。孙红蕾怀揣着一点四则运算的小本领，或者干脆怀揣着一只计算器跑到社会上去，你想想她能找到什么样的工作？

更要命的是，在这样的关键时刻，着三不着四的赵乏干也下岗了。

那段时间，孙红蕾和赵乏干像两只没头苍蝇一样，一大早跑到社会上东奔西走找饭碗。晚上再灰头土脸地在家里汇合，几乎有种"夫妻本是同林鸟，大难来时各自飞"的感觉。

好在这二人都是大大咧咧不发愁的性格，晚上回到家来交流些心得体会之后，照样呼呼大睡。

从赵乏干这边来讲，下岗并没有打击到他的自信心。相反，他认为这次的下岗恰好为他提供了一个背水一战的机会。以前是被红旗厂提供的一只粗瓷大碗迷惑了，如果早十年下决心到社会上去混，凭着他的创造性思维，怕是早就混得很滋润了。然而，人才市场并不承认赵乏干嘴里虚无飘缈的那种创造性思维，人才市场只承认俗不可耐的文凭或者职称，而赵乏干的那张大专文凭眼下早就一钱不值了，职称呢，因为下放劳动，也没有捞着。四处碰壁的赵乏干只好凭借他的发散型思维，东一榔头西一棒子地在社会上打点儿零工，能挣一笔算一笔。有时在一些小公司举办的促销活动上，装扮成衣冠楚楚的主持人角色，凭着在宣传科混过几年的老底子，翻弄三寸不烂之舌，鼓动台下群众购买产品。有时撞上些机械加工的零活就揽下来，揽下来他又干不了，只得充个中间人角色，瞒了上家瞒下家，赚几个昧心钱。某次为了配合某油漆生产商推广一种所谓的环保型油漆，他在宣传活动中硬着头皮将一大罐据说绝对无毒无害的绿色油漆当场喝下肚去，一边抹着绿油油的嘴巴，一边按编排好的词儿对着台下观众嚷道："真的！味道就像老北京的油茶！"那次他赚了足足三千块，可惜像喝油漆这样的美差并非天天都有，赵乏干经常有种顾了上顿没下顿的感觉。

孙红蕾的日子也不比他好过，辛酸的求职经历给了她深刻的刺激，那就是全社会对肥胖女子有着莫名其妙的歧视情绪。一个男人肥胖一点儿好像并无大碍，而一个女人如果肥胖一点儿，立刻成为他们挑剔的理由，即使嘴上不说，从他们那种挑肥拣瘦的眼神里就可以看出来。不但服务行业是如此，甚至一些与所谓的"外貌气质"毫无瓜葛的行当也跟着凑热闹。孙红蕾渐渐感觉到，如今各行各业的大门似乎都对应聘者只留一条很窄的狭缝，所以只允许那些身材苗条的女人通过。像她这样丰满肥胖的女人，是无论如何也挤不进去的。孙红蕾的求职要求越降越低，最后甚至硬着头皮到某家政公司应聘。家政服务，说白了不就是给那些不确定的东家当女佣吗？可就连这个行当居然也学会了挑剔。那个所谓的经理对孙红蕾上下打量了一番，脸上就浮现出那种熟悉的、让人恨不得上去扇他一嘴巴的微笑。孙红蕾的心顿时就凉了半截，脸上不由自主就挂上一副低三下四的、讨好的笑容。讨好也没用，还是不行。孙红蕾于是诅咒发誓地说，她一定会珍惜这份工作。经理说，不是不相信你的诚意，而是你的身体条件，不符合我们这种工作的性质，别以为家政服务简单得很，我们碰上过的家务活儿可真是千奇百怪，有些活儿难度是很大的！经理边说边把桌上的一串钥匙随手丢进墙角摆放的一个方茶几下面，让孙红蕾想办法把它拣出来。孙红蕾于是艰难地蹲下身子把手伸进去够，够不着，又改趴在地上，把脑袋勉强伸进茶几底下找。茶几底下顿时传来粗重艰难的喘息声。就在她的手将要够着钥匙串的一瞬，她那两瓣圆滚滚的屁股已经将茶几扛得晃动起来。一个纸杯翻倒了，茶水在桌面上四溢，并顺着桌沿滴滴答答地流淌下来。

“看，翻倒了吧。”

当孙红蕾将钥匙串拣出来递给经理时，经理不接钥匙串，却指着茶几上翻倒的纸杯给她看。周围响起了几声窃笑。孙红蕾扭头一看，立刻明白了什么，脸色涨得通红，将钥匙串啪地摔在桌子上，转身走出了办公室。

孙红蕾气急败坏地跑回家向赵乏干诉苦，赵乏干先是大骂了一番社会风气，说是社会上对肥胖者的歧视是一种病态心理。“想想吧，群众胖起来了，只能说明物质生活水平提高了！只能说明改革开放取得了巨大成就！像刘经理家吸毒的那个柴禾棒，她能说明什么?！她只会给改革开放的大好形势抹黑！”接着又安慰孙红蕾，说是要辩证地看待肥胖问题，只要掌握了因势利导的思想方法，说不定就能化不利因素为有利因素。

5

中巴车的座椅靠背上套着洁白崭新的椅套，椅套上印着这样一则广告。

文艺复兴美容美体中心：本中心位于本市高尚住宅区滨湖区启阳

路52号。面向各年龄段、各类形体女性，为您承担美容美体塑形之重任。帮助您重获魅力、重建信心、重拾生活之乐趣。本中心聘有国内知名美容美体营养专家、针灸专家、内分泌学专家及整形外科专家。现重金特聘减肥模特一名，要求：女性，35岁以下，身体健康，心理素质好，体重85公斤以上。本中心庄重承诺：只要与本中心签约，参与本中心安排的各项减肥疗程，在一年内将体重减至55公斤以内，并积极配合本中心的各项宣传推广活动，可获年薪12万元。

有意应聘者请与本中心×××先生联系。电话：××××××（非诚勿扰）。

盯着这则广告仔细阅读的是坐在最后一排的一位少妇。少妇显然表现出了比其他人更高的关注度，口中甚至喃喃有声。喃喃毕，少妇向旁人借笔抄录下椅背上的电话号码，然后就近下了车。

说实在的，孙红蕾也不明白她为什么会把广告上的那个电话号码抄录下来。其实在她回家的途中，她的手已经在口袋里将那张纸条攥成一团，差一点儿就扔进路边的垃圾箱了。像这样一则广告难道是可以当真的吗？孙红蕾怎么想怎么觉着这则广告简直就是一个很不严肃的玩笑，字里行间透着那么一股子耍弄人的意味。可是话又说回来了，眼下做一则很小的广告也是要花钱的，哪怕你在随便一堵什么破墙上写上那么几个字，立刻就会伸过来一只要钱的手。在这样一个年头，谁又会花着来之不易的人民币跟素不相识的人——比如她孙红蕾，开这种玩笑呢？

吃过晚饭后，孙红蕾就将这件事告诉了赵乏干。为了几十块钱在大街上耍了一整天嘴皮子的赵乏干，此刻已精疲力竭、口干舌燥了。可听着孙红蕾的故事，他不知不觉地就从沙发上直起了腰，由躺着变成了坐着，很快又由坐着变成了站着。他要过孙红蕾抄电话号码的那张纸条，眯着眼睛研究了半天，突然精神焕发地说："他妈的！天生我材必有用！蕾子，你实现自我的机会到了！想想吧，年薪12万，就算是白领丽人也开不了这么高的工钱哪！"孙红蕾仰起头满脸不相信地问道："你的意思是，还真有这么回事？"

"不是我批评你，这些年你也活得太闭塞了，光顾着长肉了！你瞧瞧这个电话号码，这可是本城高尚住宅区——滨湖区的电话号码，本城80%以上的成功人士可都聚居在那一片。咱们不多算，按每个成功人士养两个女人来计算，最少也有上千号饭来张口、衣来伸手的女人常住在那一片。这上千号女人基本上是什么也不干，成天挖空了心思想的就是怎么对付自己这一百来斤，想方设法要弄得瘦一点、白一点、外加上光一点。这个什么什么中心的老板呢，你猜他成天想什么？他成天绞尽脑汁想的就是怎么把这上千号女人都动员到他的店里去美容去减肥。想想吧，上千号挥金如土的减肥女人，每年就是上千万的进账哪蕾子！”孙红蕾神情恍惚地盯着赵乏干容光焕发的脸，一副不开窍的模样。赵乏干恨铁不成钢地敲敲她的脑门子，耐下性子解释道：“有句老话叫作‘榜样的力量是无穷的’，也不知你听没听说过。这个什么什么中心的老板，一准是急着给他辖区里的上千号女人找个减肥的好榜样，找个减肥女英雄啊！”

6

滨湖高尚住宅区启阳路52号，文艺复兴美容美体中心经理室。一个陷在皮转椅里的男人，一边让皮转椅像婴儿的摇篮似的轻微地摇摆着，一边百无聊赖地盯着临街落地玻璃墙外的街景，两只眼睛似乎空无一物。

空无一物的眼睛里忽然有了点内容：那是从玻璃墙外走过的一名少妇，少妇一走过玻璃墙就从正门拐进了美体中心的前厅。前厅与经理室之间也有一面很大的橱窗，以便监控前厅员工的工作情况，以及金卡顾客光临时及时迎接。男人通过这面橱窗继续关注着刚进门的少妇。少妇的身量显然十分高大，刚才进门时，甚至不得不微微低了低头。少妇的体型也异常肥硕，当然，从与人为善的角度出发，也可以说成是丰满。不仅面若银盆，而且身体的各个部位，如肩部、胸部、臀部都呈现出那种浑圆、饱满的线条。尤其是胸部，只要身体稍有动作，立刻会在那里引起一阵令人心悸的颤动。员工请少妇坐在皮沙发上，少妇显得略有些紧张，仰着脸向员工询问着什么。男人继续关注少妇，目光从面部开始，沿着肩部、胸部、腹部一路盘桓而下，最后滑落到那一对丰满的、将牛仔裤绷得紧紧的大腿上。男人体味到一种处处膏腴的喜悦，觉得少妇的坐姿整体上呈现出一副沉甸甸的、慵懒而又肉感的气质，令人不觉联想起文艺复兴时期欧洲油画家倾心描绘的丰腴的女人体。那一具具女人体，洁白、饱满、富于肉感，或坐卧于郊外林下泉边，或横陈于后宫卧榻之上。不论什么时候，只要一联想起来，就让人禁不住打心眼儿里喷涌出那么一股子温暖和激动。

男人的眼睛渐渐盯得出了神儿，目光变得空茫而无助，活像一个躺在摇篮里的婴儿，早晨醒来一睁眼，却发现妈妈或奶妈不在身边，只得无助地盯着天花板愣神的模样。

7

文艺复兴美容美体中心的老板汤林德两眼紧盯着那个肥胖的少妇——她已经在员工的指点下朝经理室走来。汤林德的脊背下意识地离开了皮转椅的靠背，挺得笔直而僵硬，心脏扑通扑通跳动得剧烈起来。这是神经紧张的自然反应。这些天来，他对这次策划本来已不抱希望了。倒是来过几个女人——冲着那 12 万元的年薪。有几个是一听说全部的合作项目之后，脸色就渐渐变了。就好像她们本是来自上流社会，纡尊降贵到了这里，不想却劈面受到意想不到的羞辱。汤林德盯着她们拂袖而去的背影，心中暗骂道：还是肚子没饿够！还有那么一两个，积极性倒是挺高，几乎到了让干什么就干什么的程度。可汤林德却又看不上眼了：既肥且矮，脖子上的赘肉厚厚的，活像围着个一年四季也摘不掉的肉围脖。拿这种身材做原料，你下再大功夫也加工不出什么像样的货色，更不要说做什么形象宣传了，最后的结果就是画虎不成反类犬。但今天这个女人不一样，汤林德一眼就看出她的骨架是很有型的，属于高且瘦，比例匀称的类型。汤林德的目光就像刀片一样，迅速地在女人的浑身上下削来削去，把他认为的多余部分统统削去，一副标准的模特身材顿时兀立于眼前了。

汤林德压抑住内心的喜悦，把脸板得像一块青砖那样又硬又平，目光冷淡而挑剔。只有把对方压下去，压到只能仰望他的程度，才能预防她在以后的谈判中产生种种非分之想。

面对眼前这个男人，孙红蕾感到异常紧张。在潜意识里，她已经把这次应聘当作她的最后一次机会，相当于她的末日审判。原因就在于，唯有这一次肥胖是被当作有利因素看待的。她已经因肥胖被一票否决过无数次了，如果这次她还爬不出失败的深渊，那她就万劫不复了。她神色紧张，一会儿瞟一眼那张板得像一块青砖似的脸。一种熟悉的绝望感止不住地涌上心头。她嘴里机械地回答着那个男人的提问，“姓名?”“年龄?”“体重?”“从事过什么职业?”……脑海里却沸腾着各式各样的绝望、恐惧的念头。直到她告诉那个男人，她曾经是篮球运动员时，她才觉得那个男人脸上的神色有所缓和。但很快他就察觉了，他立即收回了那一丝儿缓和，神情严厉地告诉她：“参加这次应聘是要冒很大风险的。搞得好，我们双赢。我达到宣传示范效果，你减了肥，拿到佣金。搞不好，辛苦一年，你一分钱也拿不到。关键就在于你能否成功减去30公斤体重，少一斤也不行!”

孙红蕾再次感到一阵凉意从心脏弥漫到全身。说实话来之前她对失败想得并不多。她只觉得熬过这一年的辛苦，等挣到了那12万元，她可以和赵乏干在家属区开一家小商店，下半辈子就有了个基本保障。但此时男人却提醒她：一年的辛苦是摆在眼前的，是她要下的一个巨大赌注。但12万元却虚无飘缈，可望不可即——那要看这场拿身体开刀的赌博是赢是输。男人似乎也看出她内心一闪即逝的退缩念头，好不容易抛出了一句鼓励的话：“你是当过运动员的，这一点我们都替你有信心。况且，不管钱不钱的，一年之后，你重塑了自我形象，重获魅力重建信心，这就是一种收获。干吧，你不会赔本儿的!”

孙红蕾咬牙下定了决心，点了点头。随后男人带她去称体重——主要是检验她的体重究竟达没达到85公斤以上。孙红蕾本来对此满怀信心，她在家里称过，实际上达到了86公斤。但当她跟随男人到达一间仿佛健美形体训练室的房间里，当男人要求她脱衣服时，她突然有些慌了，内心有种不祥的预感。她脱去了来时穿的那件风衣，就准备往体重计上站。不料男人做了个阻止的手势，简短地说："脱，继续脱。"她的心跳开始加速了。她犹犹豫豫、磨磨蹭蹭地脱去了薄毛衣和牛仔裤。现在她只穿着长内衣和长内裤站在陌生男人的面前。她的眼睛不知往哪儿看，两只手也不知往哪儿搁，只是下意识地在大腿两侧的棉绒内裤表面摩挲着，擦去手心里潮湿的汗渍。但是她听到对面那个冷酷的声音不耐烦地说："脱！接着脱！剩下胸罩和短裤就可以了！"她觉得脑袋里发出一种轰鸣声，过后就只剩下一片空白。她听到自己那可怜巴巴的声音，在表达着被剥夺殆尽之后，残存的最后一丝意愿，还想维护点什么的意愿。

"就这样……不行吗？……还非得……"

对面的声音说："我还以为你都想明白了，看来我还得跟你解释一次，希望这是最后一次。首先，我们必须精确测量你的体重。因为12万元佣金是与30公斤体重挂钩的。每100克的体重误差对我来说都将是400元的经济损失。其次，既然是形象宣传，你就必须配合我们做好各类展示活动，要详细展示你从肥胖臃肿到苗条纤细的全过程，要展示每个细节。展示对象有媒体，也有本中心的会员，甚至一般顾客。今天只是第一次，而且只面对我一个人，如果你连这一关都过不去，往下咱们没法儿合作……你想想吧。"

有人说，一个人的自尊、敏感、矜持，总之种种纤细的情感是需要优雅体面的生活来滋养的。反之，恶劣的生存环境，低贱的谋生方式，过度的挫折感，会像虫蛀似的，将人性中的这类奢侈品蛀蚀得一干二净，只留下坚硬、粗砺和麻木。像孙红蕾这样一个越来越贴近社会底层生活的女人，自然无法避免这样的蛀蚀。其实在此之前的若干次求职受挫的经历中，她的心理承受力已经得到足够的锤炼。今天的她已经很难体会到初次遭受屈辱时的那种刺痛感。过去尖锐的刺激，今天只能引起一种轻微的、麻木的钝痛，很快就没有感觉了。她的抗击打能力在日益增强。眼下这个处境，对于她来说，或许只是强度适当提高的一次锻炼。只见她站在那里，经过一段适应性的等待，觉得头脑中各种纷乱的念头平静下来了，发烫的脸颊也变凉了，身体不再那么僵硬，双手的动作也灵活起来。于是，她猛然把内衣自下而上掀过头顶，又交替抬起两脚，把内裤也揪下来扔在了一边的椅子上。她就这样洁白、肥硕地站在那个男人面前。她丰满高耸的胸部，以及腹部和大腿的赘肉，都因为剧烈的动作而颤动起来。她的眼神空茫地注视着前方，不含有任何表情，说明她已充分适应了当前的局面。

汤林德以职业雕塑家一般的目光上下打量着孙红蕾，估摸着这具躯体的可塑性，然后示意她上体重秤。躯体默不作声地踏上体重秤，显示屏上红色的数字剧烈地变动了一阵儿，停在了86.5这个数字上。汤林德告诉对方，按照要求，明年的这个时候，她必须将体重控制在56.5kg的范围内。他将这个数字写在合同的“达标体重”一栏下，将合同推到孙红蕾一边。孙红蕾将合同略略扫了一眼，就签下了自己的名字。

8

赵乏干与孙红蕾最后一次见面就是她在美体中心签约的那天。那天下午，签完约的孙红蕾闷闷不乐地回家收拾随身物品。赵乏干问她签约情况，她有点儿神不守舍，只简单地说，从今天开始进训练营地，封闭训练一年，管吃管住。明年的今天若能减去30公斤体重，就可拿到12万元佣金（有意隐瞒了配合媒体宣传等细节）。赵乏干鼓励了她几句。然而，她在收拾完东西拉开门要走时，又突然回头问赵乏干：“你说我到底是去还是不去？要在里面待一年呢！”赵乏干马上跳起来道：“去呀！干嘛不去呢?！好不容易找到一份工！待一年怕什么？反正人家管吃管住，至少咱俩给解决了一个名额。我你放心，凭我脑瓜子饿不着！”又走到门跟前拍拍孙的肩膀道：“好好干！争取明年的这个时候，咱家金钱美女双丰收！”

当时的赵乏干只想到两个人闲在家里负担太重，能解决一个是一个。然而，真把孙红蕾送进了有去无回的集中营，他立刻就咂摸出家里的空来。过去，虽然两个人都没什么正经职业，未免惶惶不可终日。但奔波一天回到家中，聊聊天，说说话，总可以互相排遣排遣郁闷。两人又都是没心没肺的性格，再难的事到了这二人口中，说着说着就“大事化小，小事化了”，装不到肚子里去。再加上赵乏干这人好吹，奉行“一吹解千愁”的格言。如果他在外面拣了几粒芝麻，回到家就能吹成个西瓜。今天说某公司老板相中他了，要高薪聘他去做销售经理。明天说某广告公司看上他了，要请他去做文案策划。往往头一个肥皂泡还没来得及破裂，下一个肥皂泡已经被他吹出来了。两个人的头上咕噜咕噜地不断冒出五颜六色、信以为真的肥皂泡，这家庭里就充满了乐观主义的气氛。

但是，现在不行了。再能吹的人，其精神支柱也在于有人信，至少得有人在听。连一个听众都没有，想吹也提不起那口气。由此可见，“吹”也是需要互动的。

没有了“吹”，就没有了乐观主义的气氛。人就活得没有精气神。快入冬了，大街上用得着赵乏干的各种宣传促销场所像是被风刮跑了似的。出门找不到事做，只好一个人闷在家里。憋闷急了，赵乏干曾试过一个人对着墙吹，对着阳台吹。总觉得效果不如两个人在时好。那天，他正在阳台上滔滔不绝地吹着，就见隔壁阳台上那个孩子把脑袋从墙后面探出来瞅他。那一刻，他神情恍惚地看了一眼那个孩子，思维还没有从所吹的“千金散尽还复来”“天生我材必有用”等境界中回来。突然，他浑身一个激灵，从白日梦中惊醒。他抹一把头上的虚汗，想，不能再这么吹下去了，再这么吹下去，真要吹出精神病来了。他强捺住性子，抱了几本闲书窝在家里看。可是渐渐地，那些字像蚊蝇症患者的幻视一般从眼前飘忽而过，却一点儿也看不进去是什么意思。只觉得心里没底儿，焦虑。早晨一睁眼，就觉得着急。眼睛不知往哪里看，看到电视机一声不吭地摆在那儿，着急。看到空沙发，着急。看到饭桌干干净净地靠着墙，也觉得着急。几间空房子转来转去，竟找不到一处能让人踏踏实实待着的地方。

他对家里的几间空房子慢慢地产生了一种恐惧心理。

赵乏干最终想出了一种办法逃避空房间给他的折磨。这就是，坐着公共汽车在城市里漫无目的地游荡。这是他那发散型思维经过周密琢磨之后想出来的点子，一种最适合他的消磨时间的办法。他从市区地图上选择了几条线路最为漫长的公交车。首先是2路，从他家所在的城市西南角坐起，走对角线穿越整个城市一直到东北角的动物园，耗时最少一个半小时。在动物园大门前看看花花绿绿的哄孩子的小摊点，看看冷饮店、小食店，再看看手牵气球天真烂漫的孩子们，不知不觉一个多小时就过去了。然后坐上101路环城线，贴着整个城市外围转一大圈，选在城市东南角的升仙桥下车，在这里的廉价大排档吃上一碗面，休息半小时，这又是两个多小时过去了。休息毕，再搭乘44路公交车从城市东南角直向西，一路沿着青柳河边走到城市西南角的家附近下车——这也就快到做晚饭的时间了。

每当坐在公交车上，身边都是些陌生的、互不相干的面孔，侧过脸就看见大千世界、富贵繁华都如云如烟一般向身后飘逝而去，他的心里就有种说不出的宁静和踏实。每到一个车站停留的那一两分钟，都能看见世相百态在那里活灵活现地上演，那要比电视剧里真实有趣得多了。有一回，他看见一个青年混混跟在一个姑娘身后，用一把长长的镊子从姑娘的裤兜里夹东西。姑娘发现后，打开他的手，捂住裤兜就跑，边跑边回头骂。混混却既不怕，也不恼，只张着嘴嗬嗬嗬地仰天大笑，好像他在做什么有趣的游戏。他不由感叹，人活到这种百无禁忌的地步，大概也就很自由了。又有一次，公交车恰好停在某大商厦门前，这里在搞商业庆典活动，雇了跑江湖的草台班子。他看见舞台上一个女子正在耍蛇。真不像话，耍蛇女子竟骑在一个男人的脖子上进行表演！两条粗壮的大腿夹着男人的脑袋，男人脑袋涨得通红，气喘吁吁。女子一边笑吟吟地舞动着那条肥大的毒蛇，一边像毒蛇一样做出各种妖娆的动作，她的胯部还随着音乐的节奏起劲儿地扭动着。被夹在大腿中间的那颗脑袋上于是显出一番夸张的、痛苦不堪的神情，似乎就要被那两条大腿拗断了似的。观众中爆发出一阵阵笑声。这热烈的反应使女子兴奋起来了，猛然将耍腻了的蛇抛向台下观众，引起了一阵狂热的起哄……还有一次，也是一场街头表演。他看见一个玩杂耍的女孩，把屁股坐进一只没有底的桶里，然后以屁股为前锋，整个身体蠕动着往木桶里缩了进去。眼瞅着她的脑袋、胳膊、腿都被那只木桶箍成了一束，屁股从桶子另一边慢慢挤出来，活像是从绞肉机的洞眼里挤出来的一股肉馅儿。那一刻，他不由感叹道，为了生存，人们就是这样把自己弄得奇形怪状、不堪入目。

9

文艺复兴美容美体中心关于“200×年减肥塑形示范大行动”的新闻发布会暨金卡会员见面会，如期在该中心的美体塑形训练营地召开。形体训练室里临时搭起一个小展示台，展示台上铺着红地毯，周围灯光照明一应俱全。城里的几家为小市民办的报纸派来了几位娱记。娱记们聚在一起，边嚼口香糖，边摆弄照相器材，边东张西望着。再有一些人就是所谓金卡会员，主要是聚居在滨湖小区里的富人们。富人们有男有女，男人是一些成功人士，大腹便便。女人们则主要是富裕家庭里养尊处优的全职太太。这些全职太太们由于年龄的原因，往往生理优势丧失殆尽，地位岌岌可危。当然也有一些年轻漂亮的女人们混杂其间，她们大多身份暧昧，有几个据传是被小区里的成功男人们包养的女人。对于这些靠身体起家的女人来说，美容啦、减肥啦已经成为日常生活的一部分。防患于未然嘛，免得重蹈全职太太们的覆辙。

因为是常见面的金卡会员，男人女人们彼此礼貌地寒暄着。成功男人们不知不觉就围拢在了几个漂亮女人的周围。有的一本正经，谈自己近来的生意或项目，谈出国旅游，或者更换新款车、购买郊区别墅的计划。活泼一点的呢，就开始讲荤段子，把近在咫尺的漂亮女人逗出一脸灿烂的笑容。被排挤在圈子外面的全职太太们渐渐自成一派，无声地与圈子里面那几个潜在敌人抗衡。她们的神情显得愈发地矜持，脸上的微笑格外得体、自信，言谈举止拿捏得极有分寸。明显比圈子里面那几个不时暴发出刺耳大笑的女人们显得有身份，有教养。她们彼此之间也不时发出些轻声的惊叹和赞美：“呀！比上次又瘦了一圈儿哎!”或者“怎么又年轻了这么多，我都要认不出来了!”

这实际上是同一个营垒之间在互相打气。

直到减肥模特登上了小展示台，这场无声的抗衡才暂告一段落，因为大家的目光都被吸引到了这名减肥模特身上。这位身材高大的女子显得异常肥硕，因为她的肥硕不像台下的全职太太们是被妥帖地包藏、精心地遮掩起来的。她的肥硕是被刻意凸显出来给大家看的。她浑身上下只穿着胸罩和短裤，充分暴露出躯体每一个多肉的部位。在展示台充足灯光的照耀下，模特肤色的洁白产生了色彩学上所谓的向外扩张的效果，愈发凸显了肉体的饱满和肥腴。

美体中心的老板汤林德走上台来，针对模特的身体给大家讲解他的这次减肥示范行动。他不断地摆弄着模特的身体，一会儿让她正面朝向观众，一会儿又是侧面，一会儿又是背面，时而要求模特做出某种动作。他详细指出赘肉生长的部位，赘肉的成因，以及他的“健康科学燃烧脂肪”的计划。他强调说，在他的美体中心，减肥塑形主要依靠适量运动、科学饮食再辅以按摩、针灸等传统医学手段。中心会给会员配备专职教练和营养师，针对每个人的实际情况，量身定制减肥塑形计划。不但保证会员绝对健康，而且几乎没任何生理痛苦。一切都是在不知不觉中进行的……

模特在汤林德的摆弄下，不断做出五花八门的姿态。每一种姿态都把身体上某个特定部位的多肉和肥美展示给台下观众看。这对于台下观众的心理起到了强烈的暗示作用。首先受到暗示作用的就是那帮全职太太们，她们普遍长舒了一口气。长期因生理衰退而饱受压抑的心灵得到了一种彻底的放松。她们观赏着台上那个肥胖女人的各种肥胖表演，简直是丑态百出。但这种种丑态给了她们生活的信心和勇气。尽管她们内心隐隐知道，如果在卧室剥去层层伪装，她们未必比台上的女子好到哪里去。但至少她们在绝大部分时间段里（除了卧室），是被包装得很妥帖的，尽可能掩藏身体的每一种缺陷。这方面，她们有足够的经济实力，她们的衣服都是名牌，而且是花大价钱量身定做。她们用不着在大庭广众之下展览自己。在台上肥胖女子的映衬下，她们与圈子里那几个潜在敌人之间的差距无限缩小了，几乎可以忽略不计了。如果连这样的肥女都可以重塑形象，乃至重整旗鼓开始“第二春”（按汤林德的说法），她们有什么理由妄自菲薄、自暴自弃呢？她们的心情不知不觉昂奋起来。

其次受到冲击的就是成功男人们。他们欣赏着台上这场奇怪的表演，觉得这场表演似乎把滑稽、别扭、尴尬和肉感，甚至把美与丑糅合到了一起。他们虽然因为成功而尝遍了人生之百味，却还从来没有尝过这一味。台上女人的身体使他们生发了种种联想，他们当然明白这样的女人既不适合当老婆，也不适合当情人。但他们想，如果偶然在床上尝尝这样多肉的女人，不知是什么滋味。他们这样想的时候，怀着私密而阴暗的快乐。

从这场表演中得到东西最少的，就数围在圈子里的那几个漂亮女人了。她们与前两者不同，从本质上说，她们并不是眼下富裕体面的主人，她们与台上女子一样，也是靠某种表演、某种展示来生活的。因此，这场表演带给她们更多的是别扭、尴尬，有一丝受辱感，甚至有种轻微的、令人作呕的不适感。一开始，她们甚至忸忸怩怩、目光躲躲闪闪不敢看台上的肥女。但她们毕竟还年轻，身材姣好，对自己的生涯充满自信。她们的自信冲淡了最初的不适感，很快她们就调正了心态。她们怀着悲天悯人的心理，以同情的目光遥望着台上的女子，揣测着她是怎样沦落到这一步的，为此有种虚拟的心痛和真实的怜悯。但在心底里，她们又以她为警诫，警醒自己一定要努力生活，要居安思危。女人啊，切不可走到这一步……

汤林德终于讲解完了他的减肥计划。他让助手搬来一张展板，竖立在台上。展板是一幅电脑喷绘的人像，是一名身材苗条性感，姿态风情万种的女子。大家一开始还没反应过来，直到助手两手平端着一支绿色的箭头站在了减肥模特和展板之间，箭头朝向展板。大家这才恍然大悟，原来展板上的妖娆女子正是减肥模特本人。汤林德解释说，这是经过本中心一年的减肥塑形之后，对减肥模特身材的预期效果图。

台下响起了热烈的掌声。

“减肥示范行动”开始产生宣传效果。富人区里的一些女人和男人，本来对减肥塑形总感到缺乏点勇气和耐性，似乎就差那么一点点。但有了那名减肥模特的引领，就像一个长跑运动员身边突然出现了一个带跑的人，他的勇气和耐力突然增加了。减肥模特在这里起到了这样一种心理暗示："如果连她都能达到那种效果的话，那么我至少应该达到一个什么什么效果"。这是在效果方面。而在付出代价这方面来说，减肥模特更是以她自己的"垫底"来给大家提供一种踏实感，会员们会认为如果有什么遭罪的事，大家也不会比模特承受得更多。

10

这天，赵乏干在游荡中遇上了一个甚为热烈的场面，使他的心情出现了自下岗以来的第一抹亮色。那是他乘 2 路车快走到城市中心的民主路上时，公交车突然停住不走了。他从车窗探出头去张望，望见了前面凝滞不动的车流，无数小轿车的车顶在太阳的照耀下熠熠发光，宽阔的大马路顿时变成了停车场。他听见有人说，防盗门厂的下岗职工闹事，把马路堵了。他像是得到什么启示似的，立刻兴奋起来，砸开车门跳下车就朝前跑。无数人聚成的一个大疙瘩堵在前面的马路上。他向着人群跑去，越跑越兴奋，越跑步子越大。他一把推开警戒线外拦他的警察，一头钻进人群中。

眼前是一些灰黄的面孔，头发一律是未经修整的蓬乱，显示出这些人已毫无心情顾及干净整洁等生活细节。他们的目光是那么茫然、空洞，但又透露着某种破罐子破摔的决心，好死不如赖活着的生存毅力。

他兴奋地在人群中钻来钻去，打听事情的原委。原来是厂子被卖给了房地产公司的老板，老板把厂子搬到远郊，在原址开发房地产。因此要裁掉大批职工，但安置费又达不到群众的要求。他跟着大家一起发牢骚，痛骂领导，锋芒直指背后的腐败分子。他的演说才能很快引起了周围群众的注意：他词锋犀利，分析问题鞭辟入里，对社会不公的鞭挞入木三分。有人往他脚底下塞了一把椅子，他在一种狂热的冲动下，一脚踏上椅子大声疾呼起来。人群自然地以他为中心围成了一个圈，有人问他是哪个车间的，他说他不是这个厂的，但他也是一名下岗工人。有人在喊，说呀！接着说呀！他继续滔滔不绝。但他没有料到问他的那人是个暗探。很快有几名警察拨开人群朝他走来，一个警察拿着扩音器朝群众喊："大家别上当！他不是这个厂的！他是个别有用心的骗子！"另几名警察把他从椅子上揪下来，七手八脚把他叉起来往人群外送。他挣扎着从警察的肩膀上坐起来朝人群挥舞着手臂喊："但我也是个下岗工人！下岗工人！！"人群不知怎么就愤怒起来，有人喊："警察抓人啦！"无数的手臂伸向警察，就像少数民族刁羊（传统体育项目）似的，将警察撕过来扯过去，警帽也掉在了地上，被无数人的足迹所践踏。

慑于事态的激化，政府那天撤去了警力，答应第二天谈判。那天晚上，他被防盗门厂的工人抬举到了人群之上，像英雄一样被簇拥着来到了厂家属区。在一家小酒馆里，和几名工人代表高谈阔论，喝得酩酊大醉。

然而，生活中的这点亮色并没有持续多久。市政府与防盗门厂的工人们谈判，做房地产老板的工作，给出更优惠的安置条件。加上政策攻心，分化瓦解，很快就平息了这场群体性事件。赵乏干到民主路上去了几回，看到的只是富贵繁华的街道车水马龙，追名逐利的人群熙熙攘攘，一派歌舞升平的景象。站在这浮华喧闹的十字街头，不知怎么，赵乏干却觉得异常的冷清，心里有种说不出的失落。那激情燃烧的日子到哪里去寻觅？

他病恹恹地回到家，却在楼道门口遇到一个似曾相识的面孔朝他热情地迎上来。握手之后，他才想起此人正是防盗门厂的工人，名叫代正乾。那天闹事时，他负责在人群里串联消息，给大伙传达指挥者的指令。因此，晚上一起在小酒馆里喝了酒，彼此留了地址的。赵乏干一听之下，心头滚过一阵温暖，连忙将代正乾让进屋里，开了酒，抓了一把花生米，二人对饮起来。代正乾告诉他，他们厂不属于破产重组的厂子，效益虽然不算好，但也正常维持。只因被房地产老板看中了闹市区的地皮，上下一运作，就卖给了私人。新老板计划将厂子远远地迁到离城二十几公里的郊区，厂子里愿意去郊区上班的人不多，况且大家明白，新老板的主业在房产开发这一块，就算去郊区上班，也是凶多吉少。闹事的目的本来是想让市里收回成命，但只多闹了几个钱，人心就散了。二人于是对着酒瓶长吁短叹。代正乾说那天对赵乏干有种相见恨晚的感觉，一直想交个朋友。事闹完了过后，又跑了几天工作的事，今天才抽空过来。赵乏干忙说："兄弟你常来，常来。哥哥我也闲在家里苦闷得很，咱们多一个人多一份点子，谋划点什么事情干干。"

自那天之后，赵乏干与代正乾来往就密切起来。有时代到赵家来，有时赵到代家里去。代正乾母亲早死，父亲瘫在床上不能动。因为买不起楼房，至今住在父母早年从厂里分的平房内。老婆因为住不上楼房，又要伺候瘫子爹，受不住了，索性与代正乾离了婚，儿子也被老婆带走。

赵乏干与代正乾见面就是喝酒。喝那种劣质的散白酒，佐以瓜子花生米。边喝边聊，发泄着愁闷和怨气。喝罢了两人就到城里四处游荡。这天，二人游荡到滨湖豪华住宅区，本想到湖边坐一会儿，晒晒太阳。不想这湖边草地也已属于小区内的富人所有，保安搭眼一看，是两个醉醺醺的穷光蛋，怕扰了小区的清静，硬把二人从湖边撵走。二人窝了一肚子的鸟气，来到小区大门外的一片林带里。眼看着一辆辆香车载着美女在小区出出进进，刚才凶神恶煞一般的保安此刻跑前跑后，低三下四地给香车美女开关大门，指挥泊车。二人心中窝着一股说不出的难受劲儿。

赵乏干问代正乾，怎么联系的工作还没着落？代正乾道，他有一手修锁配钥匙的手艺，那几天拿了安置费之后就买了配钥匙的机器，想在街边支个修锁配钥匙的摊儿。哪知道这么个营生还得公安局点头，拿到特行许可证才能营业。闹事那天与派出所的几个警察有过撕扯，这特行许可证就是办不下来，这几天心也灰了。

赵乏干不由骂道："这还给不给人一条活路了？!"代正乾红着眼睛盯着对面的豪华小区，嘴里说："听说这豪华小区里开发了许多房产，因为售价太高卖不出去，闲在那里都两三年了没人住。老子从生下来还没住过楼房呢！”赵乏干忽然灵机一动，盯着对面的高楼大厦沉吟良久，说：“闲着两三年都没人住？这倒是笔闲置资源，想个什么办法能把它盘活呀？”代正乾与他对视一眼，说：“咱哥俩回去再好好想想，看有什么好办法。”

11

孙红蕾万万没有料想到给她配备的专职减肥教练会是王帮奎。自从离开篮球队，她已有十几年没有见过这位曾给姑娘们的青春时代打下痛苦烙印的所谓“黑帮教练”。

那天见面的时候，王帮奎一看见她，脸上就浮现出他特有的那种僵硬、迟钝的笑容。他挪动着两条笨重的长腿，活像一具快要散架的变形金刚似的挪到孙红蕾的面前，伸出那支蒙着一层人皮的铁钳子，夹住了她的手。她的手被夹得生疼，额上冒了一层虚汗。王帮奎盯着她，脸上僵硬的笑容迟迟不肯平复，嘴里喃喃地念叨着：“你总算又落到我手里了。”

孙红蕾感到一股浸透身心的恐惧。

大约7年前她就从老队友那里得知，王帮奎因虐待手下的女运动员，被狠狠地告过几次。其实当年同队的一名队友就因为不堪忍受折磨而闹过一次，但那时王帮奎的劣迹还没有达到路人皆知的地步，再加上毕竟将球队带出了成绩，也就不了了之。但到了7年前的那个时期就不同了，不仅球队出不了成绩，告他的女运动员反而层出不穷，个个咬牙切齿，铁证如山。他终于被告倒了，遭到体委的辞退，还差点被追究刑事责任。这么些年来，不知这只可怕的大猩猩在哪里混，现在竟又在这里碰上了。

恍惚之间，孙红蕾产生了一种奇怪的感觉。似乎生命走到了今天，突然开始了神秘的轮回。时空发生了扭曲，又把她带入到十多年前那场遥远的噩梦中去了。

她的生命似乎陷入到了一个永远也走不出去的怪圈之中。这也许就是她的宿命。

训练开始后不久，孙红蕾很快发现，汤林德所谓的“无痛苦减肥”是个残酷的谎言。王帮奎给她设计的是一套当年被她们骂作“法西斯式”的训练计划。

王帮奎不顾她肥硕的身躯，逼着她在运动场上一圈一圈像时钟上的秒针一样永无止境地兜圈子。

王帮奎把她像拧螺丝一样固定在各种各样的健身器材上，无限制地重复一些消耗大量体能和力量的动作。有时她在痛苦的恍惚中，觉得自己已经麻木到无知无觉，似乎成了那些钢铁器材的一部分。甚至到了结束的时候，她都没法把自己从器材上卸下来。她真想就这么无知无觉地和器械们融为一体。

在她实在动不了的时候，王帮奎就用粗暴的外力帮助她动起来。比如踩住她的脚，揪住她的头发帮她做仰卧起坐。在头一个月，她就挨了三次耳光。她对她的前教练哭闹起来，歇斯底里地撕扯他。但她没有对方的蛮力，王帮奎掐住她的脖子把她抵到墙角，几乎使她两脚悬空，她的白眼仁儿开始翻出来了。王帮奎贴在她的耳边咬牙切齿地说：“我这是为了你！你能得到12万，我能得到什么?！我这一辈子都叫你们毁了！”

自从参加了这个“减肥示范行动”以来，孙红蕾首先是从精神上彻底麻木了。如果说脱光衣服签合同的那一次，她还多少有些羞怯的话，那么到了新闻发布会上展示形体那一回，她就彻底丧失了女人的羞耻之心。说心里话，那天她只是感到身上有点儿冷。她让自己的身体任由汤林德摆弄，尽管动作和表情还有些僵硬，没有达到汤林德的要求，但那只是因为没有经过职业化训练的缘故。在她的头脑里，已没有任何抵触的情绪。她学会了把目光的焦距调到无限远，让眼前只是模糊一片，耳朵里听着指令，胳膊和腿随着指令做出相应的动作。脑子里什么也不想，除了那12万元，一片空白，就像银行的保险柜，简单、冰冷、安全……

她适应了那种脱光衣服展览自己的场面，那毕竟没有什么肉体上的痛楚。但现在不一样了，落入了王帮奎手中，你还得让皮肉也学会麻木，无知无觉像机器。夜深人静的时候，她躺在床上反复盘算，越来越感觉到她上当了。什么“无痛苦的减肥塑形”！什么“绝对健康绿色”！也许会员们能享受到那些高级的服务，但对她，他们一定会不择手段的。只要能让她在规定的时间减下来，他们会拿她想都想不到的东西在她身上做实验。她预感到后面也许还有更让她受不了的什么在等待着。怪不得他们要把她封闭起来。原来他们的谎言是经不起任何推敲的。

有一次她终于受不了了，很不理智地想从训练营逃走。但在大门口，她被保安拦住了，她的谎言被保安识破。保安说你用不着离开这个院子，这里吃喝拉撒都提供，你的任务就是待在这里，把自己弄到56公斤以下，否则不准出门！这是老板交代我们的。她发火了，想来硬的，却被保安按着嗞嗞作响、打出蓝色火花的电警棍吓退了。

她哭着跑回宿舍，思来想去，唯一的办法就是尽快结束这场噩梦。她想起前一段时间曾经拒绝了汤林德提出的抽脂手术，她担心手术会有并发症，不想让身体承担太大的危险。眼下，她决定主动去找汤林德，要求做抽脂手术。

汤林德听了她的要求很高兴，称赞她越来越合作了，并且在第二天就安排了手术。她被塞进一辆精神病院用来拉武疯子的那种带防护栅栏的车辆，美体中心还派了一个保安去陪护，她明白是要防止她逃跑。她既已从心底屈服了，她就做出特别乖顺的样子来，以免惹来什么不必要的麻烦。保安可是带有电警棍的。

她被送到哪里都不知道，只知道是一家医院。见到了一个全身蒙在白衣白帽里的医生，一双毫无情绪的眼睛只能隔着玻璃镜片看见。她没有被告知任何事项就被推进了手术室。她被实施了局部麻醉，在肚脐附近切开一个小口。吸脂管从皮下插进去，可以看见那小小的凸起在皮下游走。后来她就什么也不知道了……

她没有想到吸出的脂肪也被他们带了回来，作为一种病态展览着，用以激励那些想减肥又下不了决心的女人。那是她有一次训练完毕，路过另一个房间时偶然发现的。她看见一些女人围在一个展台前，展台上放着一个玻璃缸，里面盛满了一种淡黄色的膏状物。一个工作人员正在那里讲解着什么。她突然就心跳起来，异样地难受。她觉得必须弄明白，玻璃缸里到底盛的什么东西。她趁他们都走开后，跑到展台前。她看见玻璃缸上贴着一张纸，上端是一行标签式文字“人体脂肪标本”。下面则是一行一行的说明文字：脂肪的形成机理；脂肪对人体健康的危害；燃烧消耗脂肪的种种渠道……她忽然意识到，玻璃缸里盛的正是来自她腹部和大腿的皮下脂肪。这些膏状的淡黄色物质静静地积淀在玻璃缸里，稠而且黏，看起来与“人”这个字眼毫无关系，你不会想到它们曾是“人”的一部分。她突然想起小时候商店里卖的廉价雪花膏、洗头膏什么的，也是这样摆在那里，供人挑选。她突然有种恶心、想吐的感觉，同时觉得一阵莫名的心痛。她觉得自己的一部分脱离自己了，被摆在这里出卖、展览。

12

滨湖豪华住宅区启发了赵乏干的灵感，促使他给代正乾出了这样一个点子：把这座小区里卖不出去、长期闲置的房子撬它一两套，换了锁，再以房东的名义出租赚钱。代正乾一听，吃了一惊，这不是要犯法了吗？赵乏干恨铁不成钢地瞪了他一眼，不耐烦地说：“要说犯法，你早就犯了！你聚众闹事，撕扯警察，还不犯法?!”代正乾辩道：“那是为了大伙的利益，况且法不责众。”赵乏干道：“对呀！咱们这也是维护自己的合法权益呀！你想想，厂子砸你的饭碗就为了卖地皮，卖了地皮才能盖房子，盖了房子，房子才会闲在那里没人要。冤有头，债有主。咱们不从这些闲房子上找补偿，找谁?！况且，房子闲在那里，不住人也要折旧！”

代正乾被赵乏干说得恍然大悟：“是呀！都是社会欠下咱们的呀！如果能通过这个渠道夺回点损失，至少今年冬天父子二人的生活费有了着落。待明年开春万象更新，再找份好工作不迟！”

他抬起头来，看见眼前的赵乏干目光炯炯、慷慨激昂，声音极富煽动性，让人按捺不住地想干点什么。仿佛又恢复了闹事那天的英雄气概。

第二天，二人打扮整齐装作买房客户到小区踩点，很快就有了意外发现。他们在高层住宅发现了一种所谓的精装修房。这种精装修房是为业务繁忙的老板们准备的，装修风格可谓囊括了当前最时尚的元素，以高档、舒适、休闲、环保、阳光为原则，再配以上等家具。老板只要相中，付完款，当天就可入住，以达到所谓“拎包入住”的效果。

当天晚上，二人潜入小区，来到5幢2088室。代正乾靠着手上绝活，不到2分钟就将防盗门打开。进入室内，打开灯一看，他们只觉眼前一片灿烂辉煌，令人炫目。室内的豪华奢侈将二人惊呆。

赵乏干一时兴起，拍着大腿喊道：“他妈的！今夜就住在这儿了！”代正乾听后愣了愣，忽然转身往外跑，说是要把儿子接来享受享受，儿子长这么大就梦想着住一回高楼呢！

于是这天深夜，两个大人带一个孩子，以君子不齿的方式欢聚在城市的夜空。那悬浮在浓浓夜色中的几个亮晶晶的小窗格可以作证。

三个人在七八个房间里兴奋地跑来跑去：客厅的巨型水晶吊灯打开了，书房的羊皮纸灯打开了，餐厅的木瓜灯打开了，家庭酒吧的铁艺灯打开了，所有嵌在吊顶里的小射灯像夜空中的繁星一齐睁开了明亮的眼睛，连卧室里光线暧昧的做爱灯也打开了……所有的房间都沉浸在一片金黄色的世界里，那真叫金碧辉煌啊！代正乾的儿子兴奋得到处乱钻，在房间套房间的七八个房间和无数面镜子之间流连忘返，最后竟迷了路，不知在哪个角落里拼命喊爸爸。然而，爸爸却什么也听不见了，兀自坐在地上抚摸着油光可鉴的高级实木地板，不知为什么竟热泪盈眶。

卧室里，赵乏干坐在波涛起伏的水床上，手下意识地摩挲着墙壁上花纹繁复的壁纸，一双眼睛却一眨不眨地盯着那钉有某知名品牌铜牌的大衣柜：在一层清澈透明的清漆覆盖下，那流光溢彩的奶油色仿佛新鲜得快要融化了，快要流淌到地板上似的。

赵乏干禁不住长叹一声：这才叫生活啊！

两个大人把代正乾捎来的一瓶白酒喝了个底朝天，酒酣耳热地来到阳台边。代正乾将儿子抱到窗台上，大家透过环绕式阳台宽大的玻璃窗，从五十多米的高空俯瞰着城市的夜景：所有的穷困潦倒、腌臜龌龊的角落此刻都被浓黑的夜色所覆盖了，能看见的只有歌舞升平、灯红酒绿。霓虹灯在夜空中像绽放的礼花，明明灭灭，此起彼伏。豪华小轿车在高架桥上划出一道道锃亮的弧线。无数排列整齐的、亮晶晶的小窗格勾勒出高楼大厦的巍峨的轮廓。

远处的财王山顶上，那座酷似金元宝、而且自打改革开放以来干脆被大家一口咬定为金元宝的巨石周围，早被善解人意的财王山公园管理处设置了几处地灯照耀着。那金灿灿的光芒围绕着元宝石将它照个通体透亮，吸引了多少世俗的目光。

赵乏干盯着财王山顶上那金光灿烂的所在，口中喃喃道：财王山啊……财王山……

不久，赵乏干凭着他那大言不惭的表演外加买来的假身份证、假房产证，竟真的将2208号房租给了一个冤大头房客。

代正乾尝到了赵乏干的所谓发散型思维的甜头，对赵乏干佩服得五体投地。二人准备好好合作，将这笔业务在城市的其他高档小区继续开拓下去。

13

经过几个月的熬炼，孙红蕾就像在铁锅里熬炼的一块肥肉似的，脂肪被熬成油汁渗出来，肥肉萎缩成了一小块油渣……孙红蕾的体重由86公斤下降到了66公斤。在这一段日子，孙红蕾有种被熬得吱吱作响的感觉。更要命的是，当体重下降到66公斤左右时，下降的趋势逐渐减缓，直到最后完全停滞下来。对体重的定期检测清楚地说明了这一点。

孙红蕾的精神又要挺不住了。

王帮奎也变得日益焦躁，他的报酬也是跟孙红蕾的体重挂钩的。

汤林德把他们和几个专家召集到一块儿开会，分析问题的症结。有专家指出，孙红蕾的吸收功能过强，就是俗话说的那种“喝凉水都长肉”的体质，但你又不能不给她东西吃。另有专家说，目前药物治疗也采用过了，吸脂手术也做过了，物理的办法也采用了，甚至中医针灸的办法也上过了，眼下只能在运动量上再想想办法。王帮奎立刻跳起来表示坚决反对。他说运动量已经达到了极限，不可能再增加了。

实际上，在这几个月的集中营式的磨难中，他几乎每天都在和孙红蕾进行着肉搏。靠体力来彻底制服她，让她不得不服从他的意志，进行那种累死人的训练。他发现，人类的语言发出的指令对她已经不起作用，现在管用的完全是马戏团驯兽师的那一套：鞭子外加上诱饵。有时连这两样也不管用了，她就那么躺在地上“耍死狗”，任他踢也好、打也好、揪头发也好，就是一动也不动。此时她的精神状态麻木、迟钝。在她身上起作用的只剩下一点动物的应激性。

王帮奎感到，孙红蕾就算是一根皮条，也已经被他扯到了极限，再扯下去，天知道会发生什么……

汤林德最后打破了僵局。他对这群沮丧的专家加油打气地说：“根据生理学家研究，人体内70%的成分都是水。古埃及国王拉姆西斯二世的木乃伊被挖出来时，只有十几公斤重。有位名人曾说过，时间就像海绵里的水，只要挤，总是有的。我在这里套用一下，孙红蕾的脂肪也就像是海绵里的水，只要我们大伙齐心协力，用力挤，总能挤得出来的。”说到这里，他攥起双手做了一个挤水的动作，脸上呈现出咬牙切齿的用力表情。

他们又开始变着法儿地从她身上挤水。运动量是再也加不上去了。他们听信一个药品推销商的建议，想出了一个新点子，给她上一种新出现的消脂利便的药物——吸油基，据说是美国的宇航员使用的药物。每天饭后服用这种药物，能够迅速吸收肠道内的脂肪，通过排泄的方式排出体外。王帮奎为此还专门趴在马桶上检查过孙红蕾的排泄物。据他向汤林德汇报，孙红蕾自服用吸油基以来，其排泄物看起来似乎都油汪汪的。

他们又燃起了新的希望。

由于短时期内皮下脂肪急剧缩水，孙红蕾的皮肤开始出现大面积的松弛。尤其是在脖子和小腹这些部位，由于过度的松弛，皮肤堆叠在一起，形成像手风琴风箱似的层层皱褶。为了形象展示的需要，他们给她实施了拉皮手术，将她浑身的皮肤重新绷紧。

拉皮手术之后，他们不得不让她休息几天。然而，就是这几天休息，孙红蕾的体重竟反弹了1公斤之多。汤林德暴跳如雷，把王帮奎叫去劈头盖脸地痛骂了一番，严令他查明原因。王帮奎百思不得其解，他不得不对孙红蕾进行全天候的监控。某天终于通过跟踪盯梢发现，孙红蕾半夜三更悄悄起床，蹑手蹑脚地离开宿舍楼来到运动场。只见她掀开运动场边地下管沟的盖板，像条狗似的爬进地下管沟，然后钻进训练营地的小食堂偷吃东西。她一钻进食堂贮物间就发了疯，见什么拿什么，逮什么咬什么：面包、香肠、隔夜的包子、卤肉……她已经完全丧失了理智。

他们只得对她的行动采取限制措施。以前只限制在大院范围内，现在，他们给她的宿舍门安装了特制的外加锁，窗户安上防盗栅栏。白天她由王帮奎管带、训练。晚上带进宿舍后，将宿舍门从外面锁严实。

为了彻底解决她的超量进食的问题，经汤林德等人研究，他们决定给她做由美国引进的胃袋隔离手术，就是将她的胃隔离出一部分，用隔离带扎好，只留下一部分用来容纳和消化食物。

自从做了这项手术后，孙红蕾每次进食，似乎吃不进去多少东西，稍微吃多点就要反胃、呕吐。但此时她并没有饱的感觉，仍然感到饥饿，每天都被这种奇怪的感觉所折磨。

孙红蕾终于开始出现精神恍惚的症状。她不断地跑到汤林德那里哭闹，要他兑现诺言付给她报酬，可她的体重明明还没达到合同的要求。于是她就开始胡搅蛮缠，要求汤林德把那12万元分摊到每公斤体重中去，按她已减去的体重付钱。汤林德懒得跟她讲道理，每次都让保安把她拉回去交给王帮奎。

有一次，她对王帮奎说，她不想干了，哪怕一分钱不要她也不干了，她只想回家。王帮奎将这个情况汇报给了汤林德。

接着，保安发现，她抓住一切机会往外打电话。电话号码总是一个，但好像老也没见她打通过。保安把这个情况报告给了汤林德，汤林德要求多注意她的行踪，尽量别让她靠近电话。

14

赵乏干的最后一票“租房业务”隐隐透出一丝凶兆。那天在柜员机里取钱时，他猛然发现，玻璃房子外面有个彪形大汉正疾步走来。他心里一哆嗦，眼光一转，另外一个方向也有一条汉子正逼过来，二人呈钳形夹击之势。他低叱声不好，朝代正乾使个眼色，二人拉开玻璃门各奔东西。直到气喘吁吁地奔回家，他的心才定下来。下午，他来到财王山顶上问了一卦，解签老道盯着他那张心神不定的脸看了半天，吐出了四个字“见好就收”。

晚上回到家，他躺在床上，两眼出神地盯着天花板，心中咂摸着老道那云山雾罩的一番话。自从干起这“租房业务”，已经进账25000元了，这最后一笔5000元如能进账，凑成个3万整数，他真打算洗手不干了……就在这一刻电话发出刺耳的响声，把他吓了一跳。说实在的，他一时有点不敢接，但电话响得很执着。他终于抓起了话筒，里面传出女人歇斯底里的喊叫：“快救我出来!!发干你快来救我呀……我要死了，受不了啦……”

赵乏干好不容易才听出原来是孙红蕾的声音。他听出事情很严重，孙红蕾说话语无伦次，显然精神状态很糟糕，甚至让人觉得有点不正常了。他不知道她究竟遭遇了什么，只知道得赶快去那个所谓的训练营把她想法弄出来，得在晚上去，而且她是被锁着的。电话是突然被强行挂断的，显然不是出自她本人的意愿。这一点使赵乏干更加相信，她确实出事了。

赵乏干心急如焚，他又不得不出动了。男人啊，总是歇不下来。好在他现在已精于策划，谋事周密精细。当天夜里，按照孙红蕾那语无伦次的嘱咐，本着未雨绸缪的原则，他带上代正乾和相应工具，半夜三更来到启阳路52号，翻墙进院，登堂入室。来到宿舍楼404房间。代正乾刚一动手，房子里就亮了一下灯光，旋即熄灭。二人心里有底，代正乾轻手轻脚落了锁，见孙红蕾已穿戴整齐。三人一起蹑手蹑脚下了楼，悄悄潜出了训练营地的大院。

三人来到了大街上，夜色正浓，又逢早春。夜风吹在脸上、身上已有了一丝温暖与潮湿。白日喧闹的大街上阒寂无人，只有个别娱乐场所的霓虹灯在夜空中寂寞地眨着眼。三个人再也没有说一句话，似乎谁也不愿打破午夜大街的静寂，似乎都想让疲累的身心暂时放松一下……

第二天清晨天色微明，当孙红蕾还在床上睡意沉沉的时候。赵乏干已经来到家属区外的大街上，他走到十字街头的一部柜员机跟前。此时的大街上空空荡荡，藏不住一个人。赵乏干拉开玻璃门进入柜员机里开始操作机器，与他以往收取“租金”时不同，这次他感到格外紧张，因为这些天来，心中一直有个念头在折磨着他：如果这一票干成了，他就金盆洗手，另寻生路。一种兴奋、恐惧和对成败的强烈担忧糅合在一起，这成分复杂的情绪控制着他的中枢神经。他的右手轻微地颤抖着，两次都没把卡塞进吃卡口里去。当他最终查询到那笔钱已进账时，一股成功的狂喜在瞬间攫住了他，头脑中充满了丰收的喜悦，仿佛金风送爽，将先前的紧张和恐惧一扫而空。步出柜员机，他感到神清气明，身轻如燕，整个身心有种向上升腾的趋势。他大步流星地往家走，一路上，声音洪亮，异常热情地与家属区里出来早锻炼的老头们打招呼。老头们刚从支离破碎的噩梦中挣扎出来，个个睡眼惺忪，猛然遭遇到赵乏干热情响亮的招呼声，个个神色迷惘、不知所云。赵乏干人都过去了，他们还频频回头纳闷，百思不得其解：在这个大院里，已经不知多少年没看见过一大早就如此喜悦自信的脸孔了……

赵乏干轻手轻脚地走进卧室，猛地看见东窗前站着一个陌生女子，两手撑在窗台上向外瞭望。女子身穿着健身馆里常见的比基尼泳装式健身服，身材妖娆、曲线毕露。那温柔圆润的肩部，纤细的腰肢，浑圆的臀部，洁白修长的大腿……先是令赵乏干一阵惊艳，既而又感到似曾相识。赵乏干一时有些恍惚，片刻之后，才意识到眼前女子正是七八个月没见过面的孙红蕾。仿佛时空穿越一般，记忆一下把赵乏干拉回到了十几年前。

那时的孙红蕾身材颀长，脑后梳着一根麻雀尾巴一般的小辫。一上了篮球场，孙红蕾就成了万众瞩目的焦点，就成了红旗机械厂的明星偶像，只见她动作潇洒灵活，在十几个男人中间躲闪腾挪，如入无人之境。每到中场休息的时候，孙红蕾就站在场边上，解开麻雀尾小辫昂着头甩甩头发里的汗珠，两颊布满了运动后的红晕，脸上是一副似笑非笑的神情，两眼睥睨着满场的观众，鹤立鸡群，独享尊荣……

赵乏干轻轻地走过去，两手环住孙红蕾的腰部，与她脸贴着脸轻轻地摩挲着，一脸迷醉的神情。忽然，他感觉到孙红蕾脸上的清凉湿润，不由喃喃道："怎么啦？"孙红蕾抽噎半晌，才泣不成声地说："咱们……都上了人家的当了……该死的……受了不是人的罪……没挣到钱……"

赵乏干一边口中"噢噢"地安慰着她，一边摩挲着她的脸意味深长地说："不要紧……不要紧……依我看，咱们都把老本捞回来啦！从明天起，不，就从今天起，咱们要有一个新的开始……"

他目光坚毅自信地望向远方：清晨的太阳已从天边升起半个饱满红润的脸，家属区密如蛛网的小道上，行人匆匆，各奔前程，星星点点散布其间的早餐摊点，锅开油沸。人间烟火，冉冉升腾。

迷恋骸骨

1

暮色四合，天光黯淡。初冬时节，每逢日落，浓雾就从四面八方的虚无之处滋生出来。远处的灯火被雾气稀释，只是一团微弱的黄晕。偶尔从车窗外驶过的一辆三轮摩托，突突声还隐约在耳，车子的轮廓早就隐入浓雾之中不见踪影。

窝在后排座里的吕桂泉，越来越忍受不了后腰的那种空虚酸麻的感觉。他把身体歪向车门那侧，把两条长腿勉强伸到前排两座位的空隙间。这样一来，右边腰眼得到一丝舒展抚慰，似乎略微舒服了一些。但左边的腰眼却负重更甚，肌肉拧紧，越发酸麻空虚了。

所谓蹲守就是如此，虽然没出什么体力。但神经的长时间紧绷，还有各式各样奇形怪状、窝憋难受的姿势，会把你的精气神耗空。四十多岁的人了，真的耗不起了。有时候耗上一夜，三四天都缓不过来。

“龙队，我上去看看。”

吕桂泉瞅准一个周围没人的空当，也不看龙德先的脸色就拉开车门下了地。三两下跳上马路旁的斜坡，隐入到那个事先看好的小巷子里。这是一座郊区农民自建楼，房东在厅堂里坐着，旁边是派出所的人陪着。看见他进来，房东神色紧张地笑了笑，朝楼上指了指。

四楼临着小巷的窗子跟前，坐着郭起胜和跟着认人的李亚林。李亚林讨好地朝他笑笑。

郭起胜则皱着眉头低声汇报：“一白天都没见到人影子。”

“房子里面情况咋样？”

“看不清，玻璃反光。”

吕桂泉把脸略略凑向窗玻璃。窗外一片重重叠叠、高低错落的楼房屋顶向远处蔓延开去。这是一片城乡结合部农民自建楼集中的片区，以出租为主。正是所谓藏污纳垢的所在。根据线索，“壮壮”这两天就在对面那座楼里落脚。那座楼是个二层楼，结构呈回字形。周围一圈带廊檐的房子，中间是天井。

可是，整整一白天，“壮壮”都没到天井里露个面儿。楼里人员复杂，为了确保一击而中，又不敢轻举妄动，只好在这里干熬着。刑警队对类似这种活儿有个说法，叫“熬髓油”，意思是能把骨髓里的油都熬出来。

吕桂泉眯着眼望着楼上一个挨一个的窗户，玻璃反射着最后一抹天光，果然看不清里面的情况。

“‘壮壮’那货长得可魁实啦！1.8 米的大个儿，脖子比头还粗！随身带刀子，你们可得小心……”李亚林以为吕桂泉是带个“长”的，凑在他耳边搜肠刮肚地介绍着他所知道的“壮壮”的情况。可他不曾料想到，他的絮叨只徒然增添了吕桂泉的烦躁。吕桂泉虽然年龄在那摆着（有那张老脸为证），可并没有混上个带“长”的职务，待会儿他也得进房子。虽然凭着他的那张老脸，总算用不着干踹门扑人的角色了。但只要进房子，就得担着那份危险，就得干那些连动手带吆喝，与这个年龄极不相称的粗活儿。

“嘘——”，吕桂泉忽然打断李亚林的絮叨。

原来对面的某个窗户忽然亮起了灯。橘黄色的灯光把这扇窗户和窗内的景象凸显在暗蓝的夜色中……

这边的窗户里，三个脑袋一齐凑到窗玻璃跟前，六只眼珠在对面灯光的映照下，一眨不眨地朝前方凝视着……

“‘壮壮’……真的是‘壮壮’！……他可真壮啊，瞧他那副从脑袋到肩膀、几乎呈三角形的强壮的脖子，连脸上的肉都那么瓷实，简直长错了地方！长到胳膊上举杠铃也不费劲……尤其糟糕的是，那间屋子里还有个抱孩子的妇女！”

吕桂泉用对讲机汇报了情况。过一会儿，龙德先对讲机打过来了，说已经调好一个女特警，以给孩子喂服糖丸为名骗门，让他们做好行动准备。“子弹可以上膛，但是，手指给我放在护圈外面！伤了女人孩子，吃不了兜着走！”龙德先最后的话在吕桂泉的脑子里响亮着，加剧了他的紧张和烦躁，他只有拿这个念头来安慰自己，又不是老子第一个进门！老子四十岁的人了！

那个穿着白大褂的女特警在敲门……里面问谁……回答是卫生局安排，社区免费喂服糖丸……里面说孩子已服过糖丸……吕桂泉的心猛然缩紧，但他很快听见白大褂说，这次是加强喂服，南疆脊灰（脊髓灰质炎）流行很厉害，本市也有病例了……趿拉趿拉的拖鞋声朝门口传来……是时候了，吕桂泉暗暗地提了一口气，觉得浑身的肌肉都开始绷紧。

门一开，三四个特警一拥而入……干什么？干什么？……吕桂泉听见女人张皇颤抖的叫喊声，接着是里间一阵野蛮粗暴的响动和吆喝。估计人已经按住了，吕桂泉跨进门去要帮忙。刚进门，一条硕大的黑影扑面而来。他还未来得及反应，只觉左眼白光一闪，同时脑袋里一记轰然巨响。左眼眶那里就如瓷器被敲裂般，无数条裂纹瞬间向大脑深处延展，每条裂纹都撕开一道钝痛……他一时什么也听不见，唯一的反应是手捂着左眼眶，就地慢慢蹲下。他的脑海里有无数嘈杂的声响在荡漾。等荡漾平静下来，重新听见外界声音时，抓人的粗暴响动好像已经在院子里了。这回好像确实按住了，也许没按住，管他呢，吕桂泉不愿再操心这件事了。他捂着左眼眶，蹒跚地向外面走去，手掌心里很快感到湿漉漉的，是流血了吗？还是仅仅是汗液？眼球会不会受伤？他一瞬间觉得心里一阵发凉，身体有种掏空似的虚弱。他犹豫了一下，摊开手掌借着天井里微弱的灯光看了看，还好，没有什么红颜色。他的眼角顺便扫视了一下天井里，三个特警正骑压在“壮壮”身上给他扎背铐，有的顾着头，有的顾着尾，活像趴作一堆的蟾蜍。“壮壮”的背太厚实了，这种人背铐很不好扎。可是，他太壮了，不扎背铐又不放心。一边指挥的龙德先就不停嘴地吆喝着“扎背铐扎背铐!”

“壮壮”呢，都到这分上了居然还不甘心地拱动着、挣扎着，有一瞬居然还显出翻盘的可能性，弄得旁边的人也很紧张，可“壮壮”身上已经压了三个人，他们实在插不上手。“壮壮”身上的特警累得气喘吁吁的，鼻子里喷着两股白汽，脸也挣得通红……可是，这幅热火朝天的战斗场面都是属于他们的，留给吕桂泉的只有冷清、落寞和凄凉。他捂着左眼眶，一步拖一步地、蹒跚地向外走，尤其下楼梯的时候，他不得不用剩下的那只眼睛艰难地找着台阶以免踩空，他觉得连仅剩的这只眼睛也有些昏花。可是，谁也没注意到他，谁也不会过来扶他一把的，大家的注意力都在“壮壮”身上呢。他忽然间想起小时候看恺撒大帝的故事时，看到的一句话：凯旋门的鲜花，永远只属于胜利者。

2

11 月 12 日，星期一一大早，郭起胜就接到一起报案。按规矩，他把报案人领到他师傅吕桂泉的办公室，等吕桂泉了解了基本情况后，再决定受不受理等事项。

吕桂泉在家养了一个星期，今天是头一天上班。

“报案的。”郭起胜把人领进门，话音未落，就见师傅那张脸一下拉长了。只见他的眉峰瞬间挤作一堆，嘴唇紧抿，两个嘴角各挤出一道延长线，有如刀刻一般刺向斜下方。与此同时，他的嘴里发出短促的“啧!”的一声。郭起胜知道，只有他的烦躁水平在瞬间出现一个峰值的时候，他才会发出这种声音。

“报啥案?”

“失踪案。”

“啥失踪了?”

“我的一个雇工，给我放羊的。连人带羊都失踪了，前天就再没见过人。”

“去了派出所没有？”

“没有。”

“咋不去派出所？”

“我 148 只羊都不见了，折算下来起码五六万，这好像不归派出所，归你们这儿管吧。”见吕桂泉没个好脸色，男人也有意显出一副不卑不亢，见过世面，并且深谙公安之道的架势来。

“知识面还挺宽嘛！”吕桂泉不阴不阳地噎了他一句。报案男子忍辱负重，没吭声。此人一看就是城郊农村的富裕农民，能养 140 多只羊，能雇得起工。本人说不定还干着其他营生。

“你这雇工附近有啥亲戚朋友没有？都找了没有？”

“他是从甘肃到新疆打工的，本地无亲无故，没处找。”

“你这雇工——叫啥？”

“杨有禄。”

“杨有禄有啥不良嗜好没有？”

“啥？报案男子没听懂。”

“打不打麻将？”

“不咋打。”

“不咋打？到底是打还是不打？冬天羊进了圈了，他忙啥着呢？”

“就过年……打个小麻将，一毛两毛的。”

“嫖不嫖女人？”

报案男人的脸上似乎有点挂不住了，不安地向旁边一起来报案的女人看了一眼。

郭起胜此时已明白吕桂泉的用意，后悔没有提前告知女人的身份。他不安地瞟了一眼那女人。女人一望而知是来自甘肃那些靠天吃饭的土塬，饱经风沙的脸上，很对称地分布着两团皴红的红晕。但她的一对眼珠却黑白分明，显得清亮干净，这是她身上唯一能胜过城里女人的地方。

然而此时，吕桂泉的话显然刺激了这个女人。郭起胜注意到，她的胸脯在剧烈地起伏着，喉部也因此而压抑地耸动着。她眉头紧皱，眼睛紧盯着吕桂泉，眼看着泪水就要溢出来了。

迟疑片刻，报案男人终于下定决心地说：“这就是杨有禄的女人，叫赵宝菊。”

吕桂泉一愣，迅速转移了话题：“行，我们马上把情况都登记下。你们回去也再到处找找。有什么情况，你们及时跟我们联系。”

郭起胜做完了报案登记，两个报案人刚出门。趴在桌子皱着眉头发愣的吕桂泉忽然急急地说：“快去！把那个男的叫回来，光叫男的！”

报案人刘建设隔着桌子站在吕桂泉面前。吕桂泉深陷在椅子里，两只手十指交叉地歇在肚皮上，两眼斜着向上地望着刘建设的脸，一副欲言又止的模样。就这么望了片刻，望得刘建设都有些紧张不安了，才用那种有弦外之声地语气说道：“刚才杨有禄的老婆也在场，有些话不好说透。杨有禄有啥不良嗜好？在外面欠没欠赌债？搭没搭其他女人？为什么突然发生这种莫名其妙的事情？你想想……”

刘建设皱眉抿嘴，舌尖时不时悄悄地探出一点点，又悄悄地缩回去，显然是绞尽脑汁地思索了一番。末了才下定决心地说：“按说，我这雇工人挺老实巴交的，外面没啥乱七八糟的事……”

吕桂泉打断他说：“这年月的人，都难说啊！回去再好好想想。他的情况你比我们清楚，再多方打听打听。我看你这人知识面还挺宽阔，有句话不知你听说没有，上帝也只救自力更生的人，对吧……”

吕桂泉边说边站起来，拍着刘建设的肩膀把他送出了门。

郭起胜总算逮着个上厕所的机会。他本是个生活极其规律的人，早晨去一趟厕所是雷打不动的。可自从来到刑警队之后，他发现自己的很多好习惯都开始土崩瓦解了。他人虽然蹲着，脑子里却没闲着。想，老吕这是想干什么？其实，早在派出所的时候，他就见识过这一手。比如有个群众报案，取钱的时候把银行卡忘在机器里面，结果被紧跟其后的人取走了4000元。驻所中队的刑警费了好大的劲儿，用曲里拐弯的话打了好多比方，终于让群众明白，他这叫遗失，不归刑警队管辖。不过，这都是些小事。而今的事呢，148只羊，一个人，突然就不见了。硬往盗窃上靠？能拖一时算一时？郭起胜总觉得，对老吕这样40多岁的人的心态，他还很不了解……突然，他听到一墙之隔的楼梯间里，什么人的争执声大起来了。

“什么?!工资?!亏你想得出来！我五万块钱的羊都不见了，我找谁去?!”是刘建设的声音，刚才在警察面前强压着的气急败坏，此时是彻底发泄出来了。

“五万块钱的羊也是羊，我家老杨人都没了，我和娃娃下半辈子咋过呀？不要说下半辈子，下个月咋过呀，这大冬天的到哪儿去找活儿干呀？你就可怜可怜我们女人娃娃的吧……”赵宝菊的声音里充满了一种底气不足的软弱和哀求。

“谁可怜我?!150只羊交给你们家老杨，这下好，羊也不见了，人也不见了，我找谁去?!我不找你就是好的!”

“你啥意思？难道你怀疑我们家老杨？我们家老杨多老实的人你又不是不知道……老杨万一……我们母子咋活呀?!”

后面的话都被女人嘤嘤的哭声淹没了。

郭起胜脑海里又浮现出，那个女人饱经风沙的皴红脸上那一双黑亮清澈的眼睛，还有刚才眼睛里面泪水刚刚渗出来、欲落未落的样子。他觉得蹲不下去了，起身摸了摸兜里，还有200块钱。

他走出厕所，转到拐角楼梯间里，那里已空无一人。

3

案情分析会上，让大家谈谈初步的侦查方向，吕桂泉率先发了言。他谈的还是他那套看法：“人也不见了，羊也不见了。乍一看有些蹊跷，有些摸不着头脑。其实细想一下简单得很嘛！人把羊拐走了嘛！本来就是个放羊人，拐一群羊还不简单!”

看到大家漫不经心的态度，吕桂泉有些不死心，又给大家打上了比方：“就像我上学时听的一个故事。老师让学生画画，学生交了一张白纸。题目是‘羊吃草’。老师问：草呢？让羊吃完了。羊呢？吃完草走了。就这么简单。这个案子人也不见了，羊也不见了，连个现场也没有。乍看就像一张白纸……呃……有点儿没处下手的意思。其实细想想……可能，呃……就这么简单。”

吕桂泉边说边看龙德先的脸色。龙德先呢，边听边用右手指甲抠着左手指甲里的指甲泥，一脸漫不经心的架势。吕桂泉也就越说越没了底气，最后几句话变得一句一吭哧。

“你这个比方打得巧妙嘛！我听来听去，妙就妙在，一张白纸就把老师打发了嘛！啊？”

龙德先话音一落，周围立刻爆发出一阵憋不住的哄笑声。

吕桂泉没吭气，皱着眉头抽出一根烟点上。先是猛吸一口，半天，淡淡的两股青烟从鼻孔里徐徐喷出。其实这会儿，那种所谓“死驴不怕狼啃”的心态又一次浮上了心头。他其实本来也没指望靠这几句话就能把龙德先糊弄过去，他其实是借这几句话表明他的态度：别人要小题大做，那是别人的事。他可不想卷到这起案子里抽不出个手脚，这一年到头的，他早就受够了！他的脑子里不由自主地浮现出这一年来参与的案子，“1·28”盗窃电力设施案、“3·10”神医系列诈骗案、“4·11”抢劫女出租司机案、“5·09”水电站碎尸案、6—8月打击“两抢一盗”专项行动、10月“百日严打”会战、摸排、走访、蹲坑、连轴转的审讯……案件年年攀升，犯罪分子越打越多，何年何月才是个头啊？有时候他忍不住气急败坏地、并且不切实际地幻想道：这他妈的还不如过去大家都是穷光蛋、谁也别盯着谁的时候踏实呢！

他是改变不了社会环境的。改变自己吗？怕也来不及了。他给自己总结了，这前半辈子吃亏就吃在光会苦干，不会巧干。会巧干的人都上去了，混上带“长”的职务了。那天在街上碰见警校同学，人家都是分局局长了。看见他的青眼圈，还调侃地说是“把谁老公惹着了”，简直是往伤口上撒盐嘛！人家分局局长了，还用得着干这种踹门扑人的粗活儿吗？人家当然有心情调侃了。那一刻，他觉得那个青眼圈简直就是个耻辱无能、低人一等的标记，简直就像宋江脸上刺的金印，成了一生的伤痛！老婆经常劝他，既然跟人比着难受，就别比了。可他呢，越是难受越还喜欢跟人比，甚至主动打听着比、事事比。就像人那种越辣越吃、越臭越吃的寻求刺激的怪癖似的。那天，不知不觉间，他又开始打听人家的工资待遇、住房。得知人家这回住房享受到了副处级待遇，都 180 平方米的复式住宅了！而且都是第二套了！那天晚上他简直辛酸得难受，一晚上都没睡着觉……

忽然，他听见龙德先点了郭起胜的名。让他谈点补充意见。郭起胜刚说了句："我认为……首先来说……吕哥的看法的确是一种很大的可能……"立刻就被龙德先打断了："我让你谈的是补充意见，也就是不同意见。你要和老吕一样，你就不用谈了。"

郭起胜不安地看了龙德先一眼，又冲他讨好似的笑了笑，才说："要说不同意见嘛，放羊人每天在本市西郊三棵树一带放羊，那里是半荒漠戈壁，人迹罕至。放羊人作息又十分规律。被人蓄意谋害，抢走羊群的可能性也不是没有……不过，一切还有待于进一步调查。"

"按照老吕的意见，似乎可以先按盗窃这个方向去搞。按照小郭的意见，这可就是抢劫杀人的大案了！"龙德先那一对揉不得沙的眼珠子目光逼人地扫视了大家一圈，"不过，对待案件，在定性还不清楚以前，我们要把各种可能性都充分考虑到。而且，越是严重的后果，越是要考虑到！不能因为害怕担子重，就对案件采取一种大事化小、小事化了、轻描淡写、敷衍了事的态度！这方面，我赞成小郭刚才的一句话，一切有待于进一步调查！而且是在充分考虑各种可能性基础上的调查！好了，下面我分工，大家抓紧到三棵树一带、附近高速公路收费站、活畜市场，围绕羊的下落展开调查……"

后面的话吕桂泉再也听不进去了，因为龙德先话里面的几句夹带早弄得他气血上头，太阳穴嘣嘣跳了。"想拿年轻人刺激我？搞分而治之？对不起，这一手我老吕见识得多了！我偏不上你的当！"

4

马上入冬了，过不了冬的淘汰羊进入了交易的旺季。一辆接一辆的大卡车从山区和牧区拉来成卡车的淘汰羊，送进本市活畜交易市场。还有一些牧民，为了摆脱二道贩子的盘剥，多落几个钱，不辞辛苦地从上百公里外赶着羊群亲自到交易市场卖羊。可是他们想不到，坐地收购的贩子一看到这种送羊上门的牧民，就故意把价压得特别低。因为他们深知牧民在这里待不住，羊也没地方圈。跟二道贩子较劲的牧民们，往往在辛辛苦苦赶了上百公里路的羊之后，还得以比二道贩子更低的价格把羊群卖给坐地贩子，然后骂骂咧咧地离开活畜市场。他们说，活畜市场的贩子连活畜都不如。

不过，郭起胜和吕桂泉这一趟来，恰恰就要跟这群活畜贩子打交道。

市场大门口尘土飞扬，要进去的大卡车和要出来的大卡车在大门口互相别死了，而且谁也不愿退让，司机伸着头互相对骂。保安仰着脸骂完这个骂那个，边骂边跑来跑去，指手画脚，累得气喘吁吁。赶羊进场的牧民也等不及了，大声吆喝起来，于是成群的羊拉出一条细线，从卡车的缝隙间慢慢流进市场里。一串串冒着热乎气的新鲜羊粪蛋从羊尾巴下面不断滚落下来。空气中充满了浓烈的膻骚味。

好半天才等到保安队长疏导完交通，进了值班室。摘下帽子，脑袋上的热汽袅袅上升着。

听完来意，保安队长马上把头摇得像拨浪鼓："不知道不知道！谁收了多少羊市场咋能知道呢！"

"活畜进出情况，市场也没个登记吗？"

"这哪能数得过来？你也看见了。"

"那你们到底负责些啥？"

看见郭起胜脸阴下来、话也不好听了，保安这才收拾起那份不耐烦。苦笑着说："市场这么大，交易这么多，我们确实管不过来。我们主要负责夜间不发生失盗，再就是打架斗殴之类的事。白天进进出出的事，都是贩子自己负责。"

"这样，你通知一下贩子们，让带上账本，到这里咱们开个短会。了解一下星期一进货的情况。"

"这哪能召集得起来？！现在这都是市场经济了，都忙着挣钱呢！这又不是人家的事，哪能叫得动呢？"保安一脸乞求的苦笑，最后小心翼翼地递补了一句："真要是大事非掌握不行的话，您二位就辛苦一下，沿着院墙绕一圈，半天也就差不多了。"

郭起胜心里很烦乱，偏过脑袋望着吕桂泉，后者靠在椅子背上，半眯着眼睛望着天花板，一副事不关己的架势。派出所民警看看这个、看看那个，也不吱声。自从二人展开调查，郭起胜已经有好几次感到了刚入道年轻人的那种力不从心，好几次把求助的目光转向自己师傅。可师傅呢，就是那么一副无动于衷的架势。其实他也深知，师傅四十多岁的人了，没什么奔头了，也就没什么积极性了。可是关键时刻指点一下，遇上困难了凭老面子给协调一下，这总可以的吧。就像现在，如果是师傅出面说话，他就不信会是这种局面。也许是那天密捕"壮壮"挨打的事，把师傅心伤着了。更也许是昨天开会，自己不该那么出头拔尖的？

说实在的，自己早就感觉到师傅的那份消极。有时候忍不住年轻人的雄心勃发那么一下子，觉得终于该自己出头挑大梁了。何况昨天的会上，龙队那份藏而不露的表扬，尤其是下来后单独找自己谈的那番话，让自己多挑大梁的鼓励，更是把自己的雄心和勇气鼓舞起来了。龙队就好像拿着个吹火筒对着自己心里那个隐秘的部位一通猛吹，那里的火苗顿时熊熊燃烧起来了。怪不得人都说龙队善用年轻人，是个吹火筒，年轻人跟着他干是福分云云……

活畜贩子们果然不好打交道。对于无利可图的事，他们表现出惊人的、而且是整齐划一的冷漠。对郭起胜的耐心询问，他们表现得爱答不理，从他们嘴里蹦出来的，永远是那么简单的几个字"没有""不知道""记不清了"。看来，把警察当回事的时代已经一去不复返了。不知问到哪一家的时候，吕桂泉就以胃不舒服为由，回值班室喝热水去了。现在只剩下郭起胜一个人咬着牙在活畜贩子中间周旋着、坚持着。他不再相信活畜贩子的敷衍，也不再与他们多费口舌。只是简单地要求看账本，他走到一家，就要出账本，坐在那里仔细翻阅着。他的耳边，那些嘈杂的市声渐渐远去，他的鼻孔里，那种浓烈的膻骚味再也闻不到一丝了。他看着账本，羊的品种、头数、公母……一一与脑子里掌握的情况核对着，刚才还体会强烈的那种遭冷落、受轻视、甚至被抛弃的委屈的感觉，不知不觉烟消云散。一种全神贯注于一件重要事情的快感，渐渐溢满心头，让他觉得内心深处储藏着取之不尽的力量和耐性……

他们在活畜市场没有发现任何有价值的线索，紧接着就把目光盯上了高速公路收费站。因为如果不在本地销赃，必然要动用车辆运输。此时，郭起胜似乎已经成了调查的主导者，他的心劲儿大得很，一次也没提出过休息，简直是连轴转。虽然他每次都象征性地请示一下吕桂泉。吕桂泉呢，就像个旁观者。不动声色地看着小伙子折腾，似乎看他能折腾到几时。

收费站值班室的监控录像跟前，趴伏着郭起胜的脸。脸被屏幕映照着，泛着蓝荧荧的光泽。这张脸看起来很有耐性，甚至始终潜藏着一丝胸有成竹的、看不见的笑容似的。四十几个小时的录像，一小段一小段地过。只在吃方便面的时候，请吕桂泉替换那么一会儿。上千辆车从眼皮底下过去了，永远是那么一幅单调的画面，乍看起来大同小异。可细看起来，每幅和每幅又都有细微的差别。眼睛就要这么一刻不松地注意着这些细微的差别，从中抓出那有价值的一瞬……然而可惜的是，从事发地出发，有可能通过的三处高速公路收费站，一处也没检索到可疑车辆。

二人疲惫地驾车往回赶。虽然一无所获，但在这个过程中，郭起胜能感觉到吕桂泉态度的微妙变化。回来的路上，是吕桂泉主动提出开车的。郭起胜诧异了一下，心想，难道师傅被我感化啦。

郭起胜在副驾驶位上睡了一小觉，是一个急刹车把他弄醒的。他懵懵懂懂地睁开眼，发现车窗外一片漆黑。车灯的光柱子里，已是雪花纷飞。他把脸转向吕桂泉那里，吕桂泉看看他，然后向左侧车窗外努了一下嘴。他迷迷糊糊地朝那里一看，赫然发现，对面道路的高速公路护栏有一截断口，断口处已经被逃费车辆在戈壁滩上压出了一条隐约可见的便道。

他们把车开到市区入口处调了个头，然后反向开回到那个岔口处，从岔口处把车开出去。向第一个遇见的司机问这条路能通到哪里，那司机说能一直通到老国道。

吕桂泉说："看样子，高速路上没跑，也可能从这里跑。以车找人的路子还没全断。"

5

自从杨有禄失踪之后，赵宝菊就觉得自己得上了一种心慌病。只要是清醒的时候，脑子里就一刻不停地想着男人的事。男人到底怎么了？到哪儿去了？公安局那个老警察的那种怀疑，让她觉得耻辱。她一想起来，就觉得一种被侮辱的愤怒仿佛要从心底里腾起一蓬大火，烧到她的头脑里去，太阳穴处就开始"崩！崩！崩！"地跳。她的男人多么老实，如果不是因为老实，哪会被村里的恶人欺负得待不下去，背井离乡地跑到新疆来放羊……一家伙拐走别人 148 只羊，他哪里敢做这种事?! ……可是，如果不接受这种说法，那么，就有一个更可怕的结果在后面等着她，她都不敢想下去……可是她又控制不住她的脑子，那些可怕的念头，甚至一幅幅逼真的、凄惨的场面不断地涌到她的脑子里来……她想到男人是怎么被人弄死的，临死前是多么的绝望、恐惧……那么胆小老实的一个人，死前他一定求饶了，苦苦求饶了，甚至提到她和孩子，可是那帮恶人却不饶他！……连尸体都不知被弄到哪儿去了……每念至此，她就觉得身体仿佛被掏空了似的，从里到外一阵阵发虚发凉，一颗心也在不停地坠落，永不见底似的坠落着。她就快要呜咽出声了，忽然意识到娃娃还在里间玩，赶紧掩住自己的嘴，跑到院子里去流泪。有时候想到最心痛的时候，忽然就心念一转，觉得警察的那种怀疑对她来说还好接受些，一想到娃娃他爸还活着，藏在人世间的某个角落，她就觉得一阵轻松。但很快她就意识到这是不可能的，以他一贯的性格他是绝对做不出这种事的，他又不欠债，他又恋家，喜欢孩子和她，怎么可能突然干出这种不顾家的事来？她搜肠刮肚，努力往好处设想，忽然就想到，会不会别人劫走了羊，可怜他一个老实人，就留了他一条性命。可他害怕不好向东家交代，就躲到什么地方去了？这倒很符合他那胆小怕事的性格，她一时几乎要欢喜起来了。但欢喜不了几分钟，忽然就意识到，如果这样，他早就该给自己打电话要钱了，对面小商店里的电话他又不是没打过……她的思想绕了一大圈儿，那种可怕的念头、凄惨的场面又开始向她的头脑逼近了，就像一列无情的火车，沉重地轰隆着、呼啸着越来越近地开过来了，她又开始心慌气短，觉得再也坐不住了，于是站起来，漫无目的地在家里转圈子。摸摸这个，动动那个，却什么事也做不下去，最后只得到外面去转悠……

赵宝菊去了几次刑警队，有时找不到那两个警官，有时又只有那个姓吕的在，可她不想跟姓吕的说话。好不容易叫她碰上了姓郭的年轻警官，可郭警官也没有告诉她什么好消息，只是说还在进一步查找。当她问起查找到什么线索的时候，郭警官就支吾起来，不肯细说了，看来他们还是不相信她。她虽然很伤心，但是，这又给她一种莫名的希望，觉得那种可能性，也就是娃娃他爸还活着的可能性，由此似乎显得还残存着一些似的。

房东开始催着她交上半年房租了，她翻翻家底，发现只剩1500元了。如果交上半年房租，那就只剩600元了。她算了算她和孩子的花销，发现即使按最低算，也撑不住两个月了。房东拿到房租，临走时劝她道："你这么坐吃山空地等下去，不是个事呀！还不如一边打工、一边找人。说不定哪天就碰上了！"

她觉得房东说的也有道理。况且每天再这么胡思乱想，心慌气短地耗下去，她觉得她迟早会疯的。夏天的时候，她在建筑工地上做过饭，孩子就跟着她在锅台边转，灶房里玩，要么就跟她坐在三轮车斗子里上菜市场。可冬天没有这么好的事。要找工作只有到饭馆去，可她又不知道人家愿不愿意让她带着个孩子到饭馆打工。

第二天一早，她锁好门，领着孩子就到城里饭馆集中的一条街上去了。走进第一家饭馆前，把她难的，在门外徘徊了半天。因为觉得带个孩子来打工，知道老板不愿意，自己先就做贼心虚似的，不知怎么开口才好。待她好不容易下了决心踏进门，再没想到人家跑堂的早都在里面注意到她了，看着她那副哭丧着脸的模样，再加上孩子脸上脏兮兮没擦干净，早把她当成了要饭的，不耐烦地把她往外挥："去去去！还没开张呢，到下一家去！”

她被轰出来之后，抱着娃娃就蹲在墙根哭起来了。娃娃不知道咋回事，看见妈妈哭，也吓得哭起来了。于是母子俩抱头痛哭了一场……

经过六七家碰壁，赵宝菊终于知道，带着孩子是没办法找到工作的。

因此，赵宝菊来到“肚儿圆”饺子馆连锁店的时候，就有意识把自己收拾得利利索索的，把孩子托在了房东那里。

“肚儿圆”饺子馆的老板娘李双丽把赵宝菊上下打量了一番，一张口就说：“甘肃来的？”赵宝菊“嗯”了一声，心里很紧张。没有料到老板娘眼这么毒，一眼就看出她是甘肃人——还不知要挑啥呢。“会干啥？”李双丽又问。赵宝菊一时不知从何说起，刚好看见后面案子上几个女人擀皮的擀皮、包饺子的包饺子，就说：“擀皮子，包饺子，弄馅什么的，都会。”“那就擀几个皮子，包几个饺子我看看。”

赵宝菊一边擀皮子，一边紧张得头上冒汗。家里穷，出外干活又累，很少吃这种麻烦的饭，手上生得很。皮子擀得奇形怪状，难得有个圆的。捏饺子还略好一点，但捏出来是扁的、塌的，摆在一起很不整齐，也不好看。不像那几个女人捏出来的饺子，一个个肚子圆滚滚的，合缝处像花瓣。立在案板上精神、好看，显出一副薄皮大馅的架势，似乎正暗合了“肚儿圆”的招牌。

“你看她们是怎么捏的。”李双丽用眼睛示意那几个饺子工。

赵宝菊脸色灰败、神情难堪地望向那几个女人。只见她们的手指极为灵活，配合默契，就像某种设计好程序的机械手一般，一兜、一拢、一挤，一个圆滚滚的饺子就挤出来了，手指头动作干净利落，没一个多余。看见老板赏识，并且给新手做榜样，几个女人更卖弄了。手指头上下翻飞、眼花缭乱，案板上的饺子一会儿一行，一会儿一行地延伸着。

李双丽随手指着其中一个道：“小赵一小时捏 500 个饺子，我给她开 1000 元工资。你说，我给你开多少钱？”

赵宝菊想着完了，老板这是变着法儿要笑她呢。她低下头，觉得鼻子阵阵发酸，声音快要哽咽地说：“随便，能混口饭吃就行。”

“那就留下干杂工吧，一个月 700 元。”

这几乎是赵宝菊没敢想的结果，她的眼泪已经控制不住地流淌下来，低低地说了声：“谢谢老板。”

6

本市的活畜市场甚至周边县城的几个活畜市场，都摸遍了。三棵树一带通外的三处高速公路收费站，再加上由岔路、便道所能绕行经过的四处收费站的监控录像资料也都一小段一小段，关键处甚至一帧一帧地盯过了。虽然也有过几个怀疑对象，但经过进一步核实，都是空欢喜一场。

龙德先带的那一组也没闲着，把附近县市曾因盗窃牲畜而遭打击处理的重点人口一个一个过筛子。本市地处农牧区，靠山吃山，盗畜犯罪原本就是当地特色。三十多个重点人口，每个人都起码要找三四个旁证。最后的结果，全部排除。

讨论情况的会议上，气氛异常沉闷。有的人闷头吸烟，有的人呢，愣愣地凝视着前方的虚空。

龙德先最后发言：“我给你们说过无数遍了，不要以为没出线索，干过的工作就一钱不值了！至少我们做了排除嘛，至少我们把本地 30 多个重点人排掉了嘛！跟前的活畜市场没情况，至少杨有禄作案的可能性要下降嘛，再有，至少说明他们肯定要用车嘛！排掉的可能性越多，我们就离真相越近嘛！所有的可能性都排掉了，剩下一个不就是真相了嘛！破案子，有时候就像在树林子里张网捕鸟，鸟雀最后钻的就是那一个洞眼。但是，你敢说别的洞眼没功劳？！你就把那一个洞眼孤零零地挂到树枝上，你看它钻不钻？！所以嘛，大家要共同努力，互相策应，发扬团队精神，编成个一张大网。非把这伙狗日的给我兜住不可！”

按照龙德先的布置，可能性大的地方摸过了，再接着摸可能性小的。郭起胜、吕桂泉又开始到三棵树一带走访调查农牧民散户。经过前几轮的折腾，吕桂泉这个四十几岁的半老汉早就精疲力竭了，龙德先那些话，在他耳朵里早就磨出老茧了，对他形同放屁。但对郭起胜这样的年轻人就不一样了。郭起胜本来也有些沮丧，但龙德先的话听着听着，心劲又上来了，觉得工作至少得到领导肯定了，往前走似乎又有希望了。不知不觉间，他的眼睛就盯着龙德先看了。龙德先面对着一屋子垂头丧气、心不在焉、愣神卖呆的嘴脸，本来就气不打一处来，忽然发现角落里居然有双眼睛亮晶晶地盯着他看，就像个穷愁潦倒之人忽遇知音似的，心中顿时一阵热乎。讲话中忍不住拿眼不断地瞟向郭起胜那里，每次都能得到积极的回应。如此眉来眼去了一番，龙德先就在心里暗想：这小伙子倒说不定是个可造之材。

三棵树一带是两面漫坡夹着一片谷地，属于半荒漠草场。夏季的时候，稀疏的植被要延伸到远方，才看得出积郁的绿色。但就是这种细嫩的一小簇一小簇的绒绒草是羊的最爱。哪怕入冬泛黄了，羊也爱吃。漫坡上零零星星地分散着些农牧民的平房、羊圈、牲口棚。谷地里一条灰黑色的带子蜿蜒蛇行而过，那就是省道××线。省道两边，附着了一些饭馆、小旅社、红顶子的加油站。

郭起胜、吕桂泉两个踏着初雪后的泥泞，在一望无际的漫坡上艰难地爬行着。有时吕桂泉一脚滑跌，被手快的郭起胜一把兜揽住。吕桂泉活动着扭痛的脚腕子，嘴里忍不住咒骂起来了：“摸球摸的！这能摸上个啥?!”

的确，可能性大的地方早都被摸遍了。常常他们两个爬上半天坡，喊上半天门，然后从鞋底上刮下厚厚两坨泥，好不容易进了门，人家只用“不知道”三个字，就把他们打发了。

这回又是如此，在一户农民家门口，他们把拳头都砸疼了。好不容易听到里面发出一声苟延残喘似的声音“来了——”

院门一开，一张干核桃似的老脸出现在他们面前。老汉上身披着件老棉袄，下身呢，却穿着条球裤，显然刚从热炕上爬下来。空荡荡的裤管随风猎猎飘动，仿佛里面支撑着的仅仅是几根干骨头棒子似的。郭起胜刚刚说明身份，还未讲来意，老汉就闭着眼睛晃起了脑袋：“不知道不知道！我啥也不知道！”吕桂泉一下蹿火了，喝道：“我嘴都没动呢，你就给我‘不知道’上了！你知道啥?！你除了吃你还知道个啥?！啊?!”老汉梗着个脖子，翻着白眼说：“我就混吃等死啦！咋的?！我一年四季连个院子门都不出，我能知道啥?！你说我能知道啥?!”

郭起胜连忙把吕桂泉劝开。临走前，老汉却蠕动着嘴巴，用下巴往前点着说：“去！到那边问去！去吧！”

离开破院子，二人朝前走着。郭起胜无意识地朝老汉下巴指着的方向望去，辽阔的漫坡延伸到谷底，是那条飘带似的公路，老汉下巴所指的地方，恰恰是那片附着在公路两侧的小饭馆、小旅社、红顶子的加油站。旷野之上，初冬薄薄的雾气在天地之间流贯，给远方的公路啦、小饭馆啦、小旅社啦、红顶子的加油站啦，蒙上了一层若隐若现的轻纱。使之看上去微微泛着一种神秘的意味。

郭起胜的眼睛一直离不开那一片公路旁的房屋群落。二人往前走了几步，野地上突兀地出现一片散落的黑色石头。二人坐在黑石头上抽烟休息。

“人家说三棵树这一片戈壁滩有天上掉下的陨石呢，不知这个是不是。”吕桂泉边说边用指头抠着屁股底下黑石头那黑油油的表面。

郭起胜没吭声，他的眼睛还在盯着那一片加油站、小旅馆的方向。他的脑子里在专注地思索着，假如有这么一伙人的话，他们会在哪里落脚呢？片刻，吕桂泉的话才挤进他的脑海里，让他的思维稍稍游离开了那么一会儿……陨石？……他略微地想了一想，感觉好像屁股底下的石头不但没有冬天的寒冷，似乎还微微散发出一股热气通过屁股传导到他体内，在躯体里慢慢升腾着。很快，完全在不知不觉间，那片小旅馆、加油站又进入到他的视野中，眼珠子在他走神的时候，又自己找到那个目标，开始盯住它看了……忽然之间，仿佛电光石火一般，他觉得什么东西被打通了。他猛地站起了身，对吕桂泉说：“师傅，我觉得，咱们应该到那片小旅馆看看去。如果有一伙人，有车，需要住店、踩点，他们会住哪儿?”

吕桂泉听了，往徒弟指的方向一看，顿觉心里一紧。凭他多少年的经验，直觉给他第一反应就是：眼真毒！

7

“11月9号中午，有4个客人到我店里来，要了两个大盘鸡。其中一个河南口音、三个北疆口音（指新疆天山以北地区），大概都是30~40岁的人。吃完饭，请客的掏口袋的时候，说钱忘在旅社的皮筒子里了（指一种粗制皮大衣），说他们就住对面红灯笼旅社，我就让他们去拿钱了。说好等会儿把钱拿来，但是等到下午也没把钱拿来，我就到对面红灯笼旅社去要钱。进门的时候，刚好看见请客的那个人趴在服务台上打电话，说的就是拉一百四十几只羊的事。看见我进来了就像没看见一样，没完没了地打那个拉羊的电话，把我瞭得气的，所以印象比较深。”

郭起胜、吕桂泉二人在三棵树加油站附近的“沙湾大盘鸡店”摸到的这条线索，被专案组认定为重大线索。在当时，甚至被局领导看作是“1110”案件实现重大突破的转折点。

案件侦破出现重大转机，市局领导、刑警大队长龙德先都开始高度关注郭起胜、吕桂泉这一组的工作，指示他们迅速围绕11月9号下午那个拉羊的电话展开调查。二人立即前往电信部门调查红灯笼旅社服务台电话通话情况，摸出了一个手机号135××××××××。

8

内地的用工荒看来是渐渐蔓延到新疆来了，餐饮业的服务员越来越难招了。1000元的工资想招个人，根本招不上。“肚儿圆”饺子馆的女老板李双丽最近就经常咬牙切齿地骂着说：“把这些盲道（盲流的蔑称）还一个两个值钱得不行啦!”

她本来想招个四川姑娘。因为干过餐饮的都知道，饭馆打工的数四川姑娘勤快，而且脑瓜子灵光，学东西上手快。但这些年来，人家四川人一个两个都熬出头了，都自己开饭馆跟她这号本地人对着干呢。即便碰上一两个零星的，工资也要得高得很。但眼下确实缺个杂工。那天赵宝菊来找工作，一看又是个甘肃人，一脸西北人那种木愣，心里就不太中意，就想压工资。但她接受了最近的教训，对打工的也不能像以前那样随随便便、爱答不理的了，工难招呀。要想压工资，更是得动一番脑筋。说实话，那天压工资的时候，她也怪紧张的，脑子转得飞快才想起这么一出。想不到把甘肃人镇住了，居然把工资压到700块。看到甘肃人点头，她暗中都松了一口气。他妈的，饭馆难开呀，对付个盲道也这么累人！

既然是杂工，活就特别多，特别杂。首先是剁陷。按说现在都是绞肉机绞馅，可是饺子馆刚开起来的时候，生意并不好。眼看要赔钱，把李双丽急得跟什么似的。有一天，有个食客吃饱喝足了，招招手把李双丽叫到跟前，挑嘴说："你知道你的饺子馆为啥生意不旺？这绞肉机铰出来的馅，吃着就是不香，像泥巴。还是小时候手工剁出来的肉馅香，筋道呀！"李双丽肚子里暗骂：放你妈狗屁，肉馅饺子还堵不住你嘴！脸上却赔笑地说："我们改我们改！"自那以后，"肚儿圆"饺子馆就改成了手工剁馅，剁馅工就摆设在厅堂里给大家看，像一块招牌。说来也怪，从此生意越来越好，人流越来越大了。然而，剁馅工也越来越供不上馅了，到最后，连剁馅工的手都发生了所谓神经性痉挛的毛病。除非再雇一个剁馅工，否则食客就要在馆子里骂大街了。那时候把李双丽头痛的，经常后悔当初打出手工剁馅的招牌，一想到这件事，就骂骂咧咧地说："挑球呀挑的！吃到肚里都是屎！"后来就悄悄改成了，剁馅工还摆设在那里给人看，后堂的暗门子里悄悄地用绞肉机绞肉。这样，剁馅工清闲了。就找由头辞了一个杂工，让剁馅工把杂工的一摊也背上，又不给涨工资，剁馅工就不愿意了，商量无果，背起铺盖卷骂骂咧咧地走了。

赵宝菊就是由此才进了"肚儿圆"饺子馆的门。所以她一来就得把那个走了的剁馅工和杂工的活儿都背起来。每日人一多起来的时候，她就像个活招牌似的。坐在厅堂的一个角落里剁馅。她剁的都是肥瘦相间的上等五花肉，一大块冻肉先是一层一层地切成片，再把肉片摞起来，一刀一刀地切成条，再把肉条一束一束地码好。按住，一刀一刀切成碎丁。最后，一大堆红白相间的肉丁堆在案板上了。赵宝菊略微活动活动发酸的后腰，喝上一口水，两手各提一把菜刀，左右开弓地剁起了肉馅。那一刻，只见两把菜刀此起彼落，灰暗油腻的刀身下端，暗藏着一条雪亮锋利的刀刃，在灯光下时不时地划过一道亮影。尖尖的肉堆很快被剁成薄薄的一摊肉饼，于是两把菜刀前后左右地一铲、一翻、一抹，肉饼又成了肉堆，如此循环往复，以至无穷……

不过，人一少了，她就摇身一变，成了真正的杂工。杂工的活可就多了，所有的洗菜、切菜、洗碗涮碟、倒泔水等统统都是她的活。再加上新来的嘛，谁都有资格支使。中午高峰期，跑堂的跑不过来了，都会高门大嗓地喊她帮忙抹桌子收碗筷。那一段时间，店堂里一营业，她的名字就会此起彼伏地被各个角落喊响。

韭菜这种馅料，不能像其他馅料那样提前准备。如果早早切好，一隔了夜就会变黄，味道也不鲜辣了。李双丽要求，当天用的韭菜非要当天清晨才洗净切好，临时拌进肉馅里，让馅里的韭菜即使煮熟咬开之后，还保持碧绿、鲜嫩、水灵，恨不得一截一截接起来插到地里还能活似的。茴香馅也有这毛病。就为这，赵宝菊每天早晨 6 点钟就开始对付一大盆韭菜，一大盆茴香菜。拣好，洗好，切好。

“饺子就酒，越喝越有。”本市很多吃不起大餐的穷光蛋，喜欢拿饺子下酒，拿饺子馆当酒馆消遣。200 个饺子，几盘卤货，两瓶白酒，就能把一张桌子占上 4、5 个小时。活得不得劲儿，几杯黄汤下肚，就要发泄，就要闹。经常闹到摔碟子砸碗，两三个人缠到一起就撕不开。光报警就报过几回。他们这样闹不要紧，苦的就是赵宝菊等几个杂工了。因为他们要一直伺候到把最后一拨客人打发走，打扫完卫生才能锁门回家，经常搞到晚上 12 点。

不过，最让赵宝菊滋味复杂的活，就是剥皮芽子（洋葱）。本市人喜欢吃皮芽子羊肉馅饺子，每隔一天，就要剥一大盆皮芽子。每次剥皮芽子的时候，剥不了几下，那辛辣的气息直蹿鼻孔眼睛，赵宝菊就开始眼泪汪汪了。不过，她并没有抱怨这个活。因为，剥洋葱似乎给了她一个名正言顺的流眼泪的机会。自从杨有禄失踪之后，她的心里就憋着一股难受劲儿没处说。没处说只有忍着，可忍在心里就更难受啊。每次借着剁洋葱的机会，痛痛快快地流上一场眼泪，把心里的苦都冲出来，似乎就能好受点。别人也察觉不着个啥。

这天剁洋葱的时候，她又想起了儿子留小儿。因为自己白天上班，只得把儿子托给房东老太婆照看。说好是暂时的，老太婆才没提钱的事。可是这头还没混熟，不敢把儿子带来，害怕老板不愿意。但时间一长，那头老太婆就觉得吃了亏了，开始支使着留小儿给她干这干那。留小儿才六岁，干不了什么重活，老太婆就因地制宜地使唤娃娃。三棵树一带的农牧民冬天都使用菜窖，隔不两天，就要下到两三米深的菜窖里去掏萝卜土豆。菜窖口都窄，又要爬上爬下的，老太婆就支使娃娃干这个活。把娃娃用筐子坠下去，钻在黑洞洞的窖里刨上一筐子萝卜、土豆或白菜提上来，然后把娃娃提上来。菜窖里阴暗潮湿，黑咕隆咚，土壁上爬满潮虫。有一回娃娃就给她说了，菜窖里的老鼠有小兔子那么大，今天从他手上蹿过去了一只。还有巴掌那么大的八叉（蜘蛛），毛茸茸的，他害怕得很。娃娃不敢明说，但她知道娃娃是想让她给老太婆说，别再让他下菜窖了。但他哪里知道大人的难，她在老太婆跟前讲不起话呀。最后她只好说，下次奶奶让你下菜窖，你就说你害怕，不敢下就行了。过了两天，晚上回到家发现娃娃的裤腿上又是一裤腿泥。问他是不是又下菜窖了，娃娃点了点头。她问，你不下不行吗？娃娃像个大人似的叹了口气，说，下吧，害怕老鼠呢。不下吧，害怕奶奶呢，最后还是下了。她忍不住抱着儿子痛哭起来。

最近这两天，老太婆又给儿子找了个新活。带着儿子到还没封冻的河里去翻洗羊杂碎，把娃娃的手冻得皴出一道道口子。想到这里，她的泪水越发汹涌。她以为别人不知道，其实周围的人早就察觉她剁洋葱的时候不太对劲了。按老板的说法，早该适应了，哪有那么多眼泪可流的嘛。今天更是流得厉害，连她自己都没意识到，她已经不知不觉地一抽一抽地哭出了声。

她的哭声终于把老板李双丽给吸引过来了，李双丽就过来蹲下问她咋了。她再也控制不住，把一切都告诉了老板。老板沉吟半晌，最后说："不行就住到店里来吧。把娃娃也带过来。不过有两条，娃娃就在店里、门口玩，跑远了出事我不负责。再一个好好干，攒下钱了再到近处租个房子。”

9

大家很快都知道赵宝菊的事了。店堂里喊她干这干那的声音少了起来了。留小儿每天就在店里玩，出店门也不敢跑远，跑远了他妈就要追出来喝他。店员伙计们闲时就逗他玩，忙不过来时，也会支他端个茶倒个水、收拾个碗碟什么的。对赵宝菊来说，只要娃娃在眼跟前，她心里就踏实多了。即便给大人跑个腿干点小活，也总比下菜窖或者到河坝沿的冰水里翻洗羊杂碎强多了。

晚上打扫完卫生，赵宝菊就从里面锁上店门，带着儿子钻进那间堆放面粉清油和蔬菜的杂物间。杂物间只是个窄窄的道道，里面支了一张行军床。灯一黑，里面静静的，一丝光亮也看不见。每到这种时候，赵宝菊的脑子里就开始胡思乱想，赶都赶不走，那种心慌气短的感觉又要浮上来了。不知不觉间她就要把儿子搂在怀里，虽然儿子已经 6 岁多，不像小时候那么好搂了。但她还是养成了这么个习惯。只有这么搂着，她的心里才不慌，才觉得有一丝丝踏实，才能睡得着觉。

李双丽曾经劝她踏踏实实在这干。她说：“我这饺子馆里，南来北往的人多。尤其是那种到处乱跑的小包工头、民工头经常到我这馆子里请客。碰上了就多打听打听，说不定哪天就把你男人的下落打听着了。”

听了这话，赵宝菊果真对这件事上了心。以后但凡碰上看着像这一类的人物，就壮着胆子凑上去打听。那结果是可想而知的。不过，赵宝菊并没有死心。见了这一类的人，她还是忍不住要上前打听。她觉得，只要上去问，那就会有希望。赔个笑脸问个话，那又不花费什么，但是能给人带来一线希望啊。李双丽从旁边看着她的这些举动，不由得感慨万千。她揣想，赵宝菊的这种心态，就像那些买彩票的人，花个 2 块钱，就有 50 万、100 万的希望啊，不管希望有多小，再小的希望那也是希望啊。但赵宝菊的心里并不是像她揣想的那样。

她想的是菩萨，她信这个就像信菩萨一样。人一辈子也没见过菩萨，但人还是要信。因为只有信了菩萨，微茫的前路上才会有一点点希望的火光闪烁，人也才会有力量把日子过下去。

这天，赵宝菊在她那个角落里剁肉馅的时候，又看见了那个红脸汉子。红脸汉子前几天就来过两次，当时是一个人，没太引起她的注意。但今天，红脸汉子又带了几个人来饺子馆了。今天是他请客，而且关键是，那几个人一听都是甘肃人，一看就是打工盲流。赵宝菊不知不觉停下刀，眼睛开始望着红脸汉子不离开了。红脸汉子听口音像是河南人，话很多，一张嘴不是往里倒酒就是往外喷话。吃相十分贪婪，一个饺子夹进嘴里打个滚，喉结一耸，就下了肚了。汉子长了一副好牙，两排洁白硕大的牙齿排列紧密，严丝合缝，就像饺子馆卫生间里镶的瓷砖似的。

红脸汉子一边吃饭，一边还不停地接打电话，显得十分忙碌。赵宝菊注意到，他的手机用一根塑料弹簧绳拴在裤腰带上，这几乎是到处乱跑的小包工头、民工头的标志性装束。赵宝菊望着他手下那个甘肃老乡，脑子里开始浮想联翩，心跳也加剧起来。不知怎么，她今天有种不一样的预感，似乎那种希望就在眼前了。但一种不踏实的感觉也开始捏弄着她的心。她先悄悄地跑到后堂，把李双丽叫出来，问她认不认得这个人。李双丽看了看说，叫不上名字，反正是个领头的，手下倒有不少甘肃人。

“那他是干啥的？”

“挖发菜、挖大芸、拾棉花，啥都干。”

赵宝菊的心越发紧张了。因为杨有禄放羊的时候，也顺便挖过大芸、发菜什么的。

她终于期期艾艾地来到红脸汉子身边，小心地问：“老板，不好意思，我问你个事噢。你走南闯北的，手底下人也多，我看你手底下甘肃人也不少噢，你见没见过一个叫杨有禄的？”

红脸汉子停下咀嚼，先是望着她愣了片刻，接着不知为何扭脸向旁边看了一下，然后仿佛认真地思索片刻，最后肯定地说：“有这么个人！”

赵宝菊眼睛本来就一眨不眨地盯在红脸汉子脸上，当听到这句话后，她忽然觉得一阵血上头，周围的景物突然变暗了，变绿了，甚至变模糊了，只有汉子那张红脸无比清晰地悬浮在眼前，脸上的两个眼珠显得特别大，看不出任何意思，就像画出来的一样愣愣地盯着自己在看。她的耳朵里也听不到任何声音了，只有自己的心跳声“扑通——扑通——”在耳朵里响。

过了不知多久，饭馆里的嘈杂声渐渐从很远的地方回到了耳中。她费力地咽了一口吐沫，理了理脑子，才又问：“你说的这个杨有禄，他是哪里人？”

“甘肃人，金塔县的。”

“你是咋认识他的？”

“上个月他通过老乡找到我，要跟我干。现在在福海等我。”

“那他以前是干啥的？”

“好像……放羊的。你问恁多干啥？你是他啥人？”

红脸汉子看着眼前的女人眼里射出的已经是仿佛疯子般兴奋的光芒，似乎也有点害怕，把手悄悄从她手里抽了出来。

此时的赵宝菊已经控制不住她复杂的情绪，她把脱逃的那只手又抓了回来，哽咽地说：“他是我男人，你领我去找他嘛。”

红脸汉子看了看左右，低声问：“咋的啦？两口子打架啦？”

赵宝菊只是哽咽着，摇摇头。

“那是咋回事？犯了事啦？”

赵宝菊哽咽声大了起来，但仍然摇着头。

“嘘——”红脸汉子仿佛生怕招惹人的注意，把手指竖在嘴边让赵宝菊噤声。然后又伸出手来把她脸上的眼泪水擦干。她果然不再出声，只让泪水默默流淌。此时的她已经是红脸汉子说什么她就听什么，只要能带她去找她男人。

“我也不细问了，就当做件好事吧。可你咋走得了呀？现在工这么难招——老板押你身份证没？”

“没有”

“押钱了吗？”

“也没有。”

“工资当月结，下月结？”

“下月结。”

“那就押了一个月工资嘛，这样——”汉子对赵宝菊俯身低语了一番。

第三天上午，赵宝菊带着留小儿跟着这个叫梁新初的红脸汉子及他手下几个甘肃民工一起坐在发往福海县的班车上。中午时分，班车疾驶在如同飘带一般伸向远方的公路上，忽然，远方一座大湖出现在视野中，残冬将尽，大湖的周边围着一圈将化未化的冰沿，仿佛镶着一圈银白边。那就是乌伦古湖，汉人叫福海。

10

自从与郭起胜一起办案以来，吕桂泉就一直处于一种消极状态。龙德先想通过抬举年轻人的办法刺激一下他的劲头，不料却刺激得他逆反心理发作，越发消极了。在整个前期调查过程中，老吕一副袖手旁观的架势，冷眼看着郭起胜事事打头。他呢，宁可扮演一个跟班跑腿的角色，也不愿意操心出力。龙德先话里话外地敲打他，他就摆出一副死驴不怕狼啃的架势，把退休挂在嘴边上，动不动就骂警校三年为啥不算工龄。“他妈的下乡混知青，偷鸡摸狗的都算了工龄了。为党的公安事业废寝忘食地学习，倒不算工龄，啥球世道嘛！”

然而，当郭起胜真的摸出重大线索那一刻，他的心就像遭了针刺，一下子揪紧了。精神上一下就背上了压力。原先他总想，这么个没头没脑的失踪案，哪有那么好搞。让年轻人折腾去吧，折腾上一年半载的没情况，他就再不轻狂了。不料，郭起胜竟真的摸出了重大线索！再加上龙德先煽阴风点鬼火，话里话外地刺激上那么几句，我们老吕再也坐不住了。到这个份上了，什么混没混上带“长”的，住没住上大房子，都顾不得了。先保住这张老脸要紧！

吕桂泉忽然间改变了工作作风。说话干脆利落，斩钉截铁。行动事事打头，雷厉风行。总之一句话，又变成了小郭的师傅和老大。他对小郭说，既然有了线索，当前最要紧的就是快！俗话说，兵贵神速。破案的黄金期就是头一个月。一个月过去，痕迹物证该灭失的灭失，目击证人该遗忘的遗忘，办案人员该疲惫的疲惫，就弄不成事儿了。

吕桂泉调动起残存的全部精力和意志，带着郭起胜开始了连轴转。

12 月 8 日 10 时，吕郭二人赶到 135××××××××手机机主陈登科的户籍地，沙湾县××派出所。11 时后，社区民警将陈登科的情况了解清楚，报告了两位刑警。陈登科，本地人，28 岁，未婚。目前在 312 国道沙湾县岔口边的“路路通”货运出租点跑车。无前科劣迹。此时人未在家中，估计要么跑车，要么在货运出租点等活。

12 时，吕郭二人赶到“路路通”货运出租点，向经理说明来意后，经理说陈登科正拉一趟活。吕问时间长不长，经理答大概要 3 个小时。吕说，想个办法催一下，让快点回来。不要说是我们找他。就说，有个好活，让快回来。

经理按要求打了电话。给二位刑警端上热茶，小心翼翼地问：“陈登科——咋啦？”

吕说：“没咋，就是了解个情况。”

14 时许，陈登科出车回来。听说警察找他，眼睛就眨巴个不停。吕桂泉主问，郭起胜记录。

问：“11 月 9 号到 10 号，拉过什么活？”

答：“时间长了，有点记不清了。”

问：“到三棵树一带拉过活没有？”

答：“噢对了，到三棵树拉过羊。”

问：“拉了多少只羊？”

答：“八十多只吧。”

问：“再好好想想，到底多少只？”

答：“噢对了，我的车上拉了八十多只，老王的车上拉了六十多只。总共应该，一百四十多只吧。”

问：“老王是谁？”

答：“老王是收羊的，就是他打电话叫我去拉羊的。说他车拉不下。”

问：“卖羊的什么人？”

答：“除了老王还有三个人。一个河南口音，两个本地口音。”

问：“有没有这个人？”

吕桂泉向陈登科出示了一张照片。郭起胜一瞟，正是杨有禄的照片。郭起胜心里一咯噔，看样子，师傅并未放弃他的那种设想。看样子，两个人的想法还要继续较劲。陈登科眯着眼睛把照片瞅了半天，最后困惑地摇摇头，没见过。这时，吕桂泉嘴里不易察觉地“啧”了一声。郭起胜知道他又失望了，又有点烦了，不由偷着乐了一下。

问：“你认识老王吗？”

答：“不太熟，光知道姓王，是收羊的。家在呼图壁二十里镇。”

问：“他咋知道你手机的？”

答：“不太清楚……噢对了，可能拿过我散发的名片吧”。

说到这里，陈登科不安地往经理室方向瞟了一眼。

问：“你把羊卸在哪儿了？”

答：“我也说不上，反正二十里镇西面，快出镇子的路边一个大院子。”

问：“你跟我们走一趟，把那个大院子找到。”

答：“哥你不敢开玩笑，我后头还有个活呢。”

“你以为是啥好活？就这个活！”

“哥你把我饶下吧，我还养家糊口呢，我上有八十岁的老母……”

“胡说！你才几岁?！哎，你拉私活的事还让不让哥给你保密啦？啊?！”

陈登科脸上挤满了无奈的苦笑，跟着两个警察出了门。

15时许，警车离开“路路通”货运车出租点。先上高速路，再下到呼图壁县，再下到二十里镇。在二十里镇的阡陌小道上东一头西一头地瞎转悠了近1个小时，在陈登科无数次地拍脑袋、无数次地“噢对了”之后，终于停在了一条乡村小路旁的一个大土院子跟前。

大土院子一看就是个收羊点，满院子羊波涛起伏。美中不足的是，老板并非姓王的，而是二十里镇居民马想财。看样子，姓王的也只是个二道贩子。陈登科紧张激动，连说带比划地给马想财描述那天的事，描述那个姓王的。马想财却一脸漠然，一副油盐不进的架势。最后，还是老吕说了几句硬话，才迫使马想财拿出了账本。终于从账本上找到了进货记录上的名字，王福元。

对王福元的情况，除了比陈登科多知道“福元”俩字外，马想财也提供不出什么情况。手机号码倒是记了一个，可惜被一摊陈得发黑的羊血盖住了。

急于脱身的陈登科不顾腌臜，伸出舌尖就朝那摊羊血上舔。舔一舔就对着灯泡看一看，舔一舔就对着灯泡看一看。在鲜红湿润的舌尖的温柔舔弄下，羊血似乎也被感化了，眼看着那摊羊血越舔越薄，越舔越薄……最后一下……嗨呀！舌头尖还是把纸捅破了！

陈登科把账本一摔，懊丧地蹲下身子：“与我有啥关系！你们就把我绑上了！”

“公民、当事人有配合公安机关调查的义务，找不到姓王的，你别想脱身。”从头顶上抛下了吕桂泉厚重的话语。

此时天已黑透，只有住店了。

第二天一清早，三人来到呼图壁县公安局。通过人口信息系统，查询到县城有三个叫“王福元”的，一个年轻人不是，两个老的没照片。在呼图壁县公安局的大力支持下，相关派出所社区民警终于找到了收羊的王福元。中午 14 时许，王福元带到了县局刑警大队。

但王福元也不认识三个卖羊人。只知道主事的姓袁，河南口音，三十多不到四十岁。剩下一个姓张，一个姓苏，都是本地口音。问他怎么与这三人做上生意的，答是本县的孟广才给牵的线。

下午 15 时许，撂下饭碗就开始找孟广才。孟广才是个牲口掮客，行踪飘忽不定，连其家人都说不清他在哪里。因为孟广才已经十分逼近可能的犯罪嫌疑人，对案件的参与程度不清。为怕走漏风声，打草惊蛇，不敢公开找他。连其家人都是派社区信息员接触的。

于是开着车满城转，找他的关系人了解情况。第三天上午，终于确定了孟广才的位置。

这一路调查过来。郭起胜只觉得，犯罪嫌疑人就像潜藏在池塘里的鱼，踪迹飘忽不定，稍纵即逝。然而，通过几天的工作，他们的面目已经越来越清晰。如今，已到了揭开其庐山真面目的关键时刻了。一种越来越溢满胸怀的兴奋，荡涤了连日奔波的疲惫。

在孟广才这里，终于弄清了卖羊人的真实身份。张禄三，原籍河南夏邑，长期在石河子132团种地。刘兵，石河子133团人。李保元，沙湾县人，长期在三棵树一带种地。

情况汇报到专案组。专案组立即兵分三路对三人展开调查。结果查明，张禄三、刘兵案发后均不知去向。李保元系化名，原名李军。案发后也不知去向。

三人有重大嫌疑，放羊人杨有禄很有可能已被害。案件性质的严重性陡然上升。

然而，对张禄三等三人的抓捕工作却异常艰难。该做的布控、协查、蹲守，该安排力量的亲朋好友、关系人、落脚点都把工作做到，而这三人就如人间蒸发一般，了无踪影。

直到4月，忽然从几百公里之外的克拉玛依，传来李军因在当地抢劫而落网的消息。

“1110”专案组异常兴奋，立即赶赴克拉玛依提审李军。龙德先带着吕桂泉、郭起胜等亲自主持提审。因为是团伙作案，三个人的名字和基本情况又都掌握，要弄这种人是龙德先最拿手的。先交代政策，想保一条命吗，那就要主动交代，争取立功表现。然后熬他个一两天，再适时抛出一两个证据，王福元、陈登科的笔录等。李军已经有点顶不住了。到了窗户纸快捅破的关键时刻，再透露点所谓的张禄三的口供。“张禄三说了，是你出的点子，你拿事，他们都听你的。我们正准备给他算作重大立功表现呢”这一招是最灵的，李军一听，立刻就疯了，马上陷入到龙德先他们最希望看到的那种狗咬狗的状态。没办法，这就是人性的弱点，正常人还互相猜忌呢，何况这种为了钱临时纠集的乌合之众，还是处在这种“你死我活”的关口。

李军很快吐口，点子是张禄三出的，张禄三先把刘兵拉进去。然后两个人强迫他干的。但杀杨有禄的事他没有参与，杨有禄被张刘二人扔进了三棵树附近的一个地洞里面。

龙德先他们趁热打铁，立即带李军指认现场。

春寒料峭，一片萧索的三棵树草场上，龙德先一行带着李军寻找那个地洞。然而，在来的路上，龙德先就发现李军的表现不太对头。可能是指认现场这个环节，让他有点醒过味来了。让他怀疑警方可能并未抓住张禄三，他可能上当了。一路上，他拐边抹角地打听着张禄三的事，想试探警方到底抓没抓住张禄三。龙德先实在让他搞累了，最后厉声将其喝住："是你问我还是我问你?!"

龙德先的不祥预感果然应验，也许刚才他的暴躁表现多少暴露了警方底气不足的一面。李军磨磨唧唧地领着人在荒漠上转来转去，转了整整一上午，就是找不到那个地洞。最后，当龙德先让他坐下休息一会儿，看看四周地形地物，好好想想到底在哪的时候。他竟说："出事以后我脑子里特别乱，天天晚上做噩梦，梦见他两个把那个放羊的塞进地洞里，精神恍惚得很！其实到底是塞进地洞啦？还是我做梦做出来的，我现在也搞不清了……"

狗日的想翻供！

郭起胜急得刚想冲上去收拾他，被龙德先一条胳膊硬硬地挡住。龙德先站起来说："想不起来了吗？走，回。这个地方我不会再陪你来第二次，你听清楚噢？"

龙德先率先朝越野车走去，他的脸上毫无表情。大家也吃不透他啥意思，闷闷地跟着。

车子一发动，李军再也不像刚才那样打听这、打听那了。他的眼睛愣愣地盯着前面椅背下方的一个角落，眼珠子长久都不动一动。显然，龙德先那副无所谓的态度把他镇唬住了。他心里又没底了，此时一定激烈地盘算着，到底说还是不说。忽然，他问龙德先："龙队，我是克拉玛依那边抓的，也没费你们啥劲。咱们一见面，该说的我也都说了，我这能算自首吧！"

龙德先半天才打个哈欠说："算不算自首的，那就是我们说了算了，就不劳你操心了。别忘了，你那个抢劫就得判个六七年。日子还长着呢，没事，咱们慢慢耗。”

李军突然就不吭声了。很快，郭起胜就发现他的脸色异常惨白，额头上汗珠子出了一层。郭马上分析出，这几天提审都围绕着杀人的事，李军的脑神经高度集中在应付杀人案的事上，刚才决定翻供的一瞬，肯定是把他还背了一起克拉玛依的抢劫给忘了。这恰恰是对他极为不利的一面。此时一经龙队提醒，他肯定要崩溃了。郭预感到：他马上就要反悔！

果然，不到两分钟，李军突然歇斯底里地叫起来：“龙队，我想起来了！地洞我想起来了！我现在就带你们去，你们一定要给我算个好表现呀！我上面还有六十岁的老母亲等我赡养呢……”

郭起胜终于见到了那个地洞，洞口很小，直径不到 60 公分，像荒漠上咧开的一张小嘴。郭起胜蹲下身子，朝洞口里张望，黑黝黝的洞口深不见底，荒漠上的微风从洞口吹过，竟然形成轻微而遥远的哨音。想到杨有禄的尸体就在这下面，而他忙碌了几个月的破案成果也就在这下面。他的心里有种止不住的激动。但一想到找过他几次的那个甘肃女人，他又感到一阵莫名的辛酸和沉重。种种情绪融合在一起，化作一种肃穆的感觉。他就带着这种肃穆的感觉，用带来的绳子绑上小铁锹往下坠，一把、一把、又一把，10 米的绳子都放完了，可以感觉到铁锹还在半空中荡悠着，从车上又拿来一截绳子。这截绳子当初是犹豫了一下才带上的。因为谁也没做这种思想准备，不就是个地洞嘛……20 米的绳子又放完了，可铁锹还在半空中荡悠着……

11

“那是一个石油探井，20 世纪 90 年代初打的，因为没情况，打到大约 60 米深的时候废弃了。时间太久，井下的详细资料也都遗失了。”这就是××石油钻井公司给龙德先他们的答复。

这个出乎意料的情况，专案组迅速汇报给了局领导。

井到底有多深？下面的空间有多大？如果派人下井，会不会因常见的井下缺氧、中毒等各种危险因素造成人身伤害？

为此，刑警队还联系市消防二中队勘测。勘测结果，井深58米。当向消防队提出在下井捞尸上给予支援时，消防队领导对此表示爱莫能助。“这么深的井，缺氧、中毒、塌方、井喷、火山爆发，各种可能性都有！我们消防队的职责是抢险救人，但那指的是活人。我们不能为一具尸体冒这么大风险，这也不是我们的职责范围。”

看来，要想找到尸体，只有组织一场浩大的工程开挖了。

公安局初步接触了几个工程队，根据土方量计算，连开挖带回填，预算达22万余元。局领导吃了一惊，问对方没算错吧？对方讨好地笑着说：“这是最低价，赚谁的钱也不敢赚你公安局的钱噻！隔行如隔山，领导们不懂，这要从边上挖开去好远，要形成一个坡道好出土，最后挖出来的就像是戈壁滩上出现一条、一条……类似峡谷似的东西，井的剖面要像崖壁似的保持不倒，才好找尸体。这里面还有好多技术问题呢……所以按道理说还有设计费用哩。再加上你这是找死人，不吉利，我们老家人讲究，按道理还有精神补偿方面的费用哩，我们都还没敢给您算哩……”

局领导的神情越来越绝望了。龙德先的神情更是越来越绝望了。

局里都在热议这件打解放以来都没出现过的奇案。不知怎么的，李军所谓记不清的说法流传出去了，吕德泉关于放羊人拐走羊的说法也流传开了。

领导们在正式会议上怎么说的？不得而知，大家只是看见这个案子迟迟不见动静了。有人传小道消息，说龙德先在会上提过几次这个案子，说克拉玛依那边催着要人了。领导说：“我一年的办案经费才多少钱？你这一个案子就把二十多万砸进去，下半年咋办？喝西北风吗？上级领导督办的案子咋办？就都不办了吗？你们要有点全局观念！不能搞个人英雄主义，起码不能凭李军一句话，我就把二十几万往里砸，再说，就没有其他可能性了吗？”

说来说去，为一个放羊的，可能吗？传话者这样总结道。

一个星期日的中午，龙德先开着车又来到三棵树荒野上。远远地，他就看见那个探洞跟前停着一辆车，蹲着一个人。开到跟前一看，是郭起胜，正捏着一截绳子望着他。龙德先走过去，郭起胜讪笑着道："看看这个办法行不行。"说着把绳子提溜出来。龙德先看见端头上拴着一个武侠小说里夜行人攀墙用的那种挠钩，尖端还带着倒刺。他的身后是一大盘尼龙绳索。龙德先把烟扔了，与郭起胜交换着干起来。一把一把地坠绳子，触底之后摇绳子，然后再一把一把地提绳子。按照这个单调乏味，又累人的程序，两个人忙活了一下午。一会儿一个人站起来捶腰仰头一番。做了十几次实验，累得二人气喘吁吁、满头大汗，结果是一无所获。

夕阳西下，二人收好绳子各自上车前，龙德先拍着郭起胜的肩膀说："本来这个案子要记你一大功的，我知道你的心情，运气不好的事儿谁都会摊上，我也摊过无数次。不过，只要心气儿在，机会多得是。来日方长嘛。另外，那个女人找过你没有？"

"2月份找过几次，再就没见来了。"

"她要再找你问案子细节，尤其这些事，千万不能说。要顾大局，懂吗？"龙德先边说边朝那个黑洞努了努嘴。

12

红脸汉子梁新初带着赵宝菊母子及几个甘肃人来到福海县后，并没有在县城里久留。他们到农贸市场买了十几袋面粉、一麻袋挂面、两麻袋土豆、两麻袋萝卜、两麻袋白菜，还有两大壶清油、一口袋辣子面、还有好几公斤盐巴……这一切全部都是梁新初付账，他斜叼着烟卷，一边付账一边在一本油腻破烂的小笔记本上记账，一副油熟老练、满不在乎的架势。随后就指挥着几个甘肃人把一堆一堆的面口袋、麻袋统统搬到几辆三轮摩托上。一行人坐在堆得冒尖的三轮车上，手里紧紧抓着加高栏杆，向城外呼啸而去……

赵宝菊一手紧紧抓着摩托车护栏，一手紧紧搂着留小儿。风把头发吹得在脸上扫来扫去，心里却感到越来越没底。这个梁新初到底是干啥的？买这么多粮食？很快，他们就来到了远离县城的戈壁滩上，公路旁边有一排废弃不知多少年的土平房。黑洞洞的窗口，就像老太婆没牙的嘴。然而，听到开过来的摩托车声，房子里立刻钻出来不少人，站了一大片。一看都是民工打扮，而且大多是甘肃人。梁新初跟他们大声打招呼，嘴里回答他们的问话。不停地说："就走就走!"赵宝菊抱着留小儿，紧紧地跟着他，目光在人群里不停地寻找着。

忽然人群里钻出来一个脑袋长得很不规整，活像一块生姜疙瘩的年轻人，梁新初马上问他："杨有禄呢?"

年轻人皱着眉头说："他妈的跑了！前天就不见人了！临走还借我 200 块钱!"

赵宝菊的脑子里顿时轰地一响，脚下的土地似乎在发软下陷。她放下留小儿，手撑着后腰勉强支撑住自己，眼睛看着梁新初。梁新初也显得吃了一惊，牙疼似的咝着气，抓着头皮说："跑了？狗日的招呼也不打一个就跑了？我还把她老婆带来了。"

"啊？那咋办?"生姜头小伙子看看这个，看看那个。

赵宝菊觉得浑身再没一丝力气，她先是蹲下身子，接着就顺势坐在了地上。她脑子里乱哄哄的，纷乱的念头在脑海里翻涌着，他真拐走了别人的羊？他为啥东躲西藏的？忽然一道可怕的闪电从脑海里划过，难道姓梁的是骗子？她把模糊的泪眼擦拭清楚，看见梁新初正在原地转圈子，叉开五指捋头发，一副坐立不安的模样。随后，他就蹲到她跟前，把脸伸到她面前，说："这咋办？要不，你们还回去？我们也得马上就走了。"

赵宝菊忍不住撕心裂肺地嚎哭起来："你把我们娘儿俩拐到这前不着村、后不着店的地方，我们咋办嘛？咋活嘛?"

"我也是好心嘛，谁能想到出这个情况！要不，你先跟我们一块挖发菜，说不定啥时候杨有禄又打我电话了，到时候我再给你们联系。"

那张红光满面的大脸又无比清晰地悬浮在了她的眼前，脸上的两个眼珠显得特别大，看不出任何意思地、就像画出来的一样愣愣地盯着自己在看。

老梁雇来的骆驼队拉着捆扎好的帐篷、鼓鼓囊囊的行李卷儿、成麻袋成麻袋的面粉、白菜、土豆、萝卜、清油、辣子面、锅碗瓢盆，摇摇晃晃地出发了。骆驼队的周围，散布着几十号花花绿绿的民工。这支破破烂烂的奇怪队伍，在亘古寂静的戈壁滩上制造出一幅人喊马嘶、热火朝天的场面。老梁跑前跑后，吆喝指挥着，活像个司令。

赵宝菊一路上都琢磨着老梁。这么大一支队伍，老梁是怎么拉起来的？她想起从那边出发的时候，就在汽车站等车的一会儿工夫，老梁就又把两个甘肃人鼓弄上跟着他们走了。老梁似乎对甘肃人特别感兴趣，从万头攒动的人群里，他一眼就能发现甘肃人，然后咬紧他们不松口。他问两个甘肃人找上活没有，两人说没有，他马上盛情邀请两人跟他一起去挖发菜。说是队伍大着哩，都是甘肃老乡，成天人喊马叫的，可热闹了。两个人犹豫地说，发菜现在不好挖了，挖了也没处卖，到处都严打！老梁马上拍着胸脯保证说："我就收着哩！一斤150元！"旁边几个甘肃人立刻给老梁帮腔作证。等开车的时候，他们就一块儿跟上走了。

赵宝菊一边赶路，一边跟周围的人打听老梁。大家都说，老梁本事大着呢。只要想吃挖发菜这碗饭，就得跟着老梁。现如今到处严打挖发菜，只有老梁能把发菜卖掉。万一被林业公安抓了，也只有老梁出面才能搞定。进了戈壁滩，更是要听老梁的，不然能不能出来都难说了。

赵宝菊想，怪不得前面好多地方都见着发菜了，队伍也不停下，看样子是要往戈壁滩深处走，偷偷摸摸地干呢。一直走了两天，当远处出现成片的沙丘，像大大小小的城堡似的矗立在天边的时候，往年跟老梁干过的人就兴奋地用手指点着说"到了！到了！"

营地就扎在了沙丘城堡里。太阳落到地平线上的时候，彩色的霞光把大大小小的沙丘城堡镀得就像红铜铸就的，看起来既壮观又诡异。赵宝菊和留小儿坐在营地外的戈壁滩上，看着这从未经见的奇景都发呆了，他们的眸子被夕阳点亮，发出晶莹的光泽。入夜之后起风了，风在沙丘城堡里穿行，发出千奇百怪、鬼哭狼嚎的声音。赵宝菊紧紧搂着留小儿蜷缩在帐篷一角，一夜都未睡踏实。

发菜，是半荒漠草原上贴着地皮生长的菌类，就像一团一团的头发。因为与"发财"谐音，广东人很喜欢吃。为了给广东人挖发菜，西北很多荒漠牧区的生态环境遭受严重破坏，自××年起国家开始严禁挖发菜。虽然禁止挖发菜，但并不禁止广东人的嘴，加上广东人有钱，所以发菜的价格飙升起来了，致使黑市交易异常活跃。

赵宝菊和留小儿一人拿着一把老梁借给他们的铁丝耙子，一人背着一条口袋，每天天一亮，就踏进了荒漠的深处。如今发菜是越来越稀少了，弓着腰低着头，眼睛在荒滩上仔细地搜寻着那头发丝粗细的一团一团的宝物。走不了多久，人就腰酸背疼了。可是，停下来看一看口袋里的收获，却是那么的可怜。春天里，荒漠上风夹杂着沙尘扑面而来，是最伤人皮肤的，再加上太阳的无情暴晒，赵宝菊很快感到脸蛋上的干枯皴裂，手指也像锉刀一样粗粝。那天给留小儿抓背的时候，弄得他不停地叫：砂得很！砂得很！但最让她心急的是收获的微薄。老梁自己不挖，他每天留在营地里，负责清理每个人的收获，把沙土抖干净，把杂草清理掉。每个人都有一个专用的口袋，上面缝着白布条，写着自己的名字。每个人的收获都被老梁来一番去粗取精、去伪存真的精加工，达到收购的品级了，然后小心收在各自的口袋里。老梁没事就用一杆小秤把每个人口袋里的分量称出来，记在一个本本上。晚上大家收工回来吃罢饭，老梁就叼着烟卷在大家中间来回穿梭，大声吆喝着："张麻子！你都××斤啦！沙堡子要让你狗日的翻个底朝天啦！马瘸子，你才××斤！还想不想娶老婆啦！"挖得多的于是得意洋洋，第二天干劲十足。挖得少的不由得心里发急，有的还不相信似的跑到老梁的帐篷里提起自己的口袋掂量着。老梁把杆秤塞给他，让他自己称，果然是老梁报的那个数。老梁总是那么精确，那么公平。怪只怪自己没有出到力，于是第二天就悄悄跟在张麻子后面，到戈壁滩去发狠了。老梁就用这种办法刺激着大家的积极性，日日提高着帐篷里的收获。

赵宝菊在这种刺激下，心里怎能不着急。她把留小儿留在营地托给老梁。自己开始越跑越远，有时一天能走出十几里地。有一天，正累得腰酸背疼，忽然望见远处走来两个人，一大一小。走近才看出是老梁牵着留小儿。

从那天开始，老梁开始帮着赵宝菊挖发菜。老梁在荒漠上很有经验，他耐心地教赵宝菊怎么看地面的植被的情况，跟着哪种植被走，才能找到发菜多生的地方。老梁还认识很多荒漠上的植物，甚至包括长在地底下的东西。比如大芸，还有一种被他叫作“太岁菇”的东西。他能从地面的某种轻微的隆起、某种只有他才察觉到的特征，把这些值钱的东西从地底下挖掘出来。

赵宝菊慢慢感觉出了老梁对她的一种特殊关照。一开始，她觉得，可能因为老梁对她有所愧疚；也可能，老梁是因为看她带个孩子可怜。直到后来，她发现连大家都对她格外客气起来了。似乎她在这个部落里，因为跟头领的特殊关系，而享有了什么特殊地位似的。

自从杨有禄失踪之后，她第一次感觉到，生活似乎又有了一丝依靠。每天晚上躺在帐篷里，浑身累得像散架似的，可是，一看见帐篷外面老梁在逗着留小儿玩耍，心底里就觉得有了一股踏实的感觉。

一个多月过去了，最先出现的大概要属水危机了。刚到这里安营扎寨的时候，老梁就领着大家在沙丘背阴积雪处挖了好多圆坑，把附近的积雪统统铲到坑里，用铁锨拍瓷实。虽说沙丘的东部有一处渗泉，但不够几十号人吃用的。做饭都要从坑里挖雪。春来雪化，一个个坑里都汪着一坑黄水。有天下午，一个生病小伙子临时帮伙，和做饭老汉一起去坑里抬水。恰巧那一坑水快见底了，当小伙子皱着眉头把近似泥汤的黄水小心翼翼地滗到舀勺里，一点一点地舀到水桶里的时候。忽然，他发现水底现出一堆黑乎乎、肉囊囊的东西，仔细一看，竟是一堆不知何时淹死泡涨的死老鼠。想到十几天来一直喝着坑里的水，小伙子当即蹲地呕吐起来。吐完他直起腰，出其不意地把一桶泥水掀进了坑里，做饭老汉想拦都来不及。小伙子坚持要到别的坑里舀水的时候，老汉那张饱经沧桑的麻木的老脸对着他，一对浑浊的眼珠子冷冷地盯着他看了半天。直到把他心里盯毛了，才嘟囔着说：“哪个坑里都一样——我跟了老梁六七年了，你就听我一句吧。戈壁滩上，哪有那么娇贵的……澄清了，烧开了，还不是一个喝……老鼠也是渴狠了，光知道下去喝，不想想咋上得来……”

两个月过去了，挂面早都吃完了。白菜、萝卜也吃光了。最后，就连甘肃人最牢靠的生存伴侣——土豆，也吃完了。后面的日子，就靠馍馍和油泼辣子了。天天都是馍馍夹油泼辣子，顿顿都是馍馍夹油泼辣子。人们的脸色开始变得灰黄，嘴唇干裂卷皮，走路也摇摇晃晃。身体弱的顶不住，开始感冒发烧了。老梁的办法就是烧姜汤，这也是唯一的办法。有一个人牙开始剧痛，痛得成天哎哟呻吟，弄得大家都睡不着觉。老梁就拿尖嘴钳子给他拔牙。只见老梁左手扳住病人的下巴，把他的脑袋夹在胳膊肘里固定好，右手捏着尖嘴钳子小心翼翼地伸进他的嘴里，眯着一只眼睛仔细往那个黑窟窿里瞧着，一边厉声吆喝拿手电筒的人把光柱子对正。那个人仰脸朝天躺在老梁的怀里，他的脸被牢牢地夹在老梁的胳膊肘里，嘴巴已经张到了极致，因此脸上再没有余地呈现任何表情了。可是，该有的表情却全都跑到了围观的人脸上，大家都像患了最厉害的牙痛病似的，个个紧皱眉头，咬紧牙关，脸上所有的褶子都蹙到了一起，好像这场酷刑马上就要轮到他们头上似的……忽然，老梁的怀里发出一阵痛苦的呜噜声，紧接着，尖嘴钳子重新出现在大家面前，尖端上赫然夹着一颗挂着血丝的牙齿……

有些人实在顶不住了，提出撤退的要求。老梁突然发作起来，揪住想逃跑的脖领子破口大骂，眼珠子睁得溜圆，一副活吃了你的架势。大家都害怕了。在这个部落里，老梁的头脑是唯一的头脑，老梁的意志是唯一的意志。没有老梁的带领，谁也别想私自走出这片戈壁滩。直到发生那件事，这个挖掘季才结束。

那天上午，大家正散布在草滩上挖掘着。赵宝菊偶一抬头，发现遥远的地平线上有几个骑马的哈萨克人的身影。对身心已趋麻木的赵宝菊来说，这并未引起她的注意。但过了一会儿，仿佛鬼使神差一般，赵宝菊又一次抬头向远方望去，她发现那几个骑马的哈萨克人近了很多，她望了望被他们挖得遍地狼藉的草场，忽然明白了点什么，再也无法集中精神挖掘了。她牵着留小儿的手快步跑向老梁身边，把看到的情况指给他。老梁一抬眼，马上搡了她一把说："快跑！"她牵着留小儿边跑边回头看，只见几个哈萨克人已打马飞奔起来了，荒漠之上，一路烟尘如离弦之箭向他们射来。

赵宝菊拉着留小儿的手撒开腿飞奔起来。心跳如擂鼓一般，耳边隐隐听到老梁的吆喝声："扔下东西快跑！别到帐篷跟前去！"大地像船甲板一样，在她脚下颠簸摇荡。所有挖发菜的人像没头苍蝇似的朝四面八方逃窜着。赵宝菊拉着留小儿，怎么也跑不快，留小儿哭喊着，“妈！慢些！跑不动啦！跑不动啦！”马群已经越跑越近，忽然，她看见老梁刹住脚步，朝反方向，也就是迎着哈萨克人的方向跑去，她心里一沉，感觉一阵没着没落的慌张，可是脚下却不敢停。当她再回头的时候，只远远地看见几匹驮着哈萨克人的骏马围在一起兜圈子，哈萨克人手里的皮鞭此起彼伏。在马屁股和马腿的间隙中，能看见老梁正两手抱头蹲在地上……

当天晚上，大家天黑之后才敢慢慢聚回到营地里去。在别处挖掘的、没撞上哈萨克人的人，都惊讶地问他们怎么啦。然后，大家一起提心吊胆地等候老梁。老梁一直到半夜才跌跌撞撞地摸回营地，满头满脸的血道子。他说，没想到和布克赛尔的哈萨克人会把羊赶到这么远的地方来找草吃。不过，看到营地、尤其发菜都还安全，他舒了一口气。当晚，赵宝菊和留小儿留在了老梁的帐篷里照顾了他一夜。她暗暗想，只要没找到杨有禄，她就跟定老梁了，哪怕到天涯海角，她也跟定了……

13

郭起胜不知道自己为什么要在这片荒野上游荡。在这片冬日的荒野上，浓重的雾气在天地之间弥漫，天光极其黯淡，难分白昼黄昏，甚至何年何月、何时何地都无法确认，只觉得身心被一种地老天荒、无始无终的孤独和凄凉所控制。走累了，心中的郁闷无法排遣，于是找块黑石头躺下休息。迷迷糊糊之中，阴湿的风在耳边呼啸起来，浓重的雾气在眼缝里急速地四处漂流着、旋转飙升着，眼看着不远处地面的一处裂隙中，一个人艰难地从里面挣扎着爬上半个身子，那人脸色惨白、整个脑袋虚泡肿胀、湿淋淋地往下淌水，就像一个在水里泡了一夜的发面馍馍，他慢慢地抬起眼睛望向郭起胜，他的眼角、嘴角、鼻洼沟、胡须一律向下松弛地耷拉着、淌着水，脸上有种说不出的悲惨和疲惫，向郭起胜颤巍巍地伸出一只手，似哭似笑地嘟囔着：拉一把吧，兄弟……

郭起胜猛然惊醒过来，只觉得前胸后背湿湿地发凉，也许是最近背得案子太多、压力过大的缘故吧。他已经不止一次做这个噩梦了。

如果从案发算，已经三年多过去了。这个案件，就像一些无头案一样，被尘封进了档案柜里。这些无头案，人们好像有意无意地要把它们遗忘似的，因为新的案件又在层出不穷地发生，新的损失、新的受害、新的悲伤、新的恐慌，由此引发的新的高度重视和新的全力以赴，都在不断地吸引着人们的注意力，挤占着人们有限的精力。

然而，郭起胜却对这个案件无法忘怀。在他看来，这个案件与那些无头案是大不一样的。这个案件从外行的朴素观点来看，几乎已经算是侦破了。从开始的调查摸排，到挖出关键线索，再到后来的顺线追击、审讯李军、指认抛尸地，郭起胜都全程参与了。这些环节，曾经在他的脑海里捋了一遍又一遍，整个过程可谓无懈可击。杨有禄就被扔在那口深井里，犯罪分子就是李军、张禄三、刘兵。这在他的心目中几乎是铁一般的事实。可是，案子偏偏就卡在这里办不下去了。

郭起胜之所以无法忘怀这个案件，还有一个潜藏在内心深处、连他自己都未必清晰意识到的原因：这个案件是他干刑警以来，第一个由他亲手挖出关键性线索的案件。第一次成功所获得的那种巨大的喜悦和鼓舞，是那样的刻骨铭心，对于一个追求事业型的年轻人来说，简直可以与初恋的美好滋味相媲美。然而，这个成功居然没有圆满！居然在最后一刻半途而废、化为泡影！年轻人的激情没有得到充分的释放，反而在最后一刻遭遇重大挫折，残留在心底的只有无尽的遗憾和沮丧。

在头两年里，郭起胜还经常记起龙德先关于这个案子的最后那句话："来日方长，机会还有的是。"他当初理解为，领导不能因为李军一句口供，就把二十多万砸进去挖尸体。只要抓住张禄三和刘兵随便哪个，对李军的口供有所映证，案件就能向下进行了。为此，他经常找龙德行旁敲侧击，打听对张禄三和刘兵的布控有无进展。可是，他慢慢发现，一贯足智多谋的龙德先对这二人好像就没有办法了。每次面对他的询问都是一脸无奈。到最后，甚至都对他有些不耐烦了。有一次，他忍不住对布控工作出谋划策，提出他的建议和想法。龙德先终于忍耐不住了，他沉下脸说："这是该你操心的事吗?！你把你手头的案子办好，把基本功练扎实！至于排兵布阵，整体工作安排，那是领导的事！”

下班后，郭起胜找吕桂泉诉说委屈。吕桂泉“哼哼”冷笑着听完郭起胜的诉说，以那种饱通世故的长者口气开导道：“小郭啊！你就跟我当年一样，埋头拉车不看线！只知苦干，不知巧干！你这样下去，下场比我好不到哪去！干工作，首要的是体会领导意图，要跟着领导的指挥棒转！杨有禄的案子是个烫手山芋，谁都不愿碰。你还看不出来？你想想，就算是张禄三、刘兵都抓住了，公安局难道真的会花上二十几万去挖个放羊的？再说了，人家家属都不来闹，你新媳妇上炕你急的球呀！”

然而，吕桂泉的这番开导，不但没让郭起胜把事情想通，反而激起了年轻人的一种逆反心理，惹起了一股子要跟整个公安局对着干的蛮劲。这逆反心理真是害死个人。

为此，郭起胜需要等待一个机会。但机会在哪儿，他一时也有些茫然。他只是在心底里存下一个念头，只要发现机会，他定会咬住不放。

机会，在案发后的第四年悄然降临了。

首先，公安局领导班子调整。原局长调离，新局长上任。其次，公安部发起了“大接访”运动。要求上自省厅厅长，下至县公安局局长，都要积极发起一场认真接待群众信访案件的运动。要认真听取群众诉求，努力改进公安工作……最后，停访息诉率达到××%。

这是新局长上任后迎接的第一个运动，当然要高度重视。日常工作固然要重视，上头发起的运动更要高度重视。只有在上头发起的运动中干出成绩、干出亮点，才能引起上头的关注，才能收到事半功倍的效果。

新局长把桌子摆到了公安局大院里，公安局大院开始热闹起来了。

14

郭起胜开车载着吕桂泉，奔驰在 314 国道上。此时是 9 月中旬，炽热的南疆并无秋意。金色的太阳高悬在蓝色的天空，辉煌灿烂的阳光普照着大地。国道两旁是一望无际的棉田，棉花已经彻底成熟，棉桃炸开，雪白的棉朵得了解放，从棉桃里充分地膨胀开来。远远望去，棉田里就像铺了一地的散碎银子，点点银光，灿烂地闪烁，铺展向无尽的远方。田头里，拾花工弯着腰，怀里围着鼓鼓囊囊塞满棉朵的大围兜，两只手就像两只啄米的鸡，一刻不歇地在棉田里获取着。尽管戴着遮阳帽，她们的脸还是被南疆暴烈的太阳晒得黑红黑红，满脸的汗珠最后如百川归海一般，汇聚到下巴尖上，一滴接一滴掉到脚下焦热的土地上。

郭吕二人下午到达 K 县，就直奔了××派出所。此行是为一起入室盗窃案调查一个嫌疑人的情况。

不巧的是，社区民警正在调解一起棘手的纠纷案。一方是当地的种棉大户，俗称“地老板”。一方就是他们刚才在路上看见的那种黑里透红的拾花工。但拾花工们并没有直接跟地老板交锋，她们只是围着一个哭得抽抽噎噎的拾花工，用那种同仇敌忾的、看到谁脸上谁觉得钻心的目光，死盯着地老板和民警不放。代替他们交锋的是什么人呢？是一个红脸汉子，一听就是河南人。嘴巴伶牙俐齿能说会道，两排洁白硕大的牙齿排列紧密、严丝合缝，张合之间，似能咬钢嚼铁。说着说着，连地老板带民警都被他套进去了，理就全跑到他那边去了。

大概民警也说得口干舌燥、心烦意乱了，实在想从这乱哄哄的一群中脱身片刻。趁场上气氛稍稍缓和，摇着头把他俩拉出了询问室。

郭起胜就问是咋回事。社区民警摇头说：“说是打架，其实也就撕扯了几下。本质上是个经济纠纷，按说归法院管。咱这里拾棉花分两道工序，头道花、二道花。头道花好拾，拾一公斤是 9 毛钱。头道花拾完了，这地里还得过一遍才能拾干净，这时候剩下的都是位置特别矮的花，散落地上的花，总之人得佝偻着，特别难拾，特别费劲。所以这二道花拾一公斤是 1 块 9。这一伙呢，合同签的是包地，就是头道花、二道花全包，一公斤 1 块 5。现在有个女的，头道花刚拾完说是家里老公急病，要结算工钱回去。地老板当然不吃这个亏，要按头道花结算工钱。她要按合同结算工钱。两相争执，最后撕扯起来了，女的就寻死觅活的。本来也好办，但是他们有个领工的，就你刚才见着那个河南人，关键这狗日的麻烦得很。”

“领工的是咋回事？”

“领工的就类似一个小包工头。你不知道，现在拾花工可难雇了。一到季节，地老板急得不得了，到处找拾花工。乌鲁木齐火车站的拉客仔，一到这个季节就开始做拾花工生意了，拉一个100块。领工的这个河南人，手底下有四五十号甘肃盲流，长年累月都是跟着他到处打工的，就跟他放下的一群羊似的，特别听他的，谁的话也听不进去。想搞个分化瓦解，没门儿！当然，他也得护着这一群。这货贼得很，脑子快，人赖，谁也拿他没治。去年，也是他这一伙里，有个两口子都给一家地老板拾花，顾不上娃娃，结果娃娃掉渠里淹死了。按说与地老板没啥直接关系，你自己看管不力嘛。结果他一出面就麻烦了，非要往工伤上靠。要不然，全体罢工。正是当季抢收的时候，那个损失地老板可赔不起，最后呀，硬是赔了8万块钱才了结。厉害吧！”

这时，询问室里突然闹哄起来了。社区民警丢下郭起胜他们就往询问室跑，那里随即传出吆牲口似的喝骂声，又闹哄了一阵才平静下来。片刻后，那个河南人骂骂咧咧地整理着被揪扯拧巴了的旧西装从询问室出来了。这时，一个女人从外面进来，直走到河南人跟前跟河南人说话。女人跟河南人关系显然不一般，一边商量，一边不时地伸手抚弄河南人被揪扯乱了的衣裳。又片刻，似商量出个主意，河南人踩灭烟头又朝询问室走去。女人呢，漫无目的地在派出所大厅里闲转。当女人偶然间转过脸来、目光从郭起胜脸上扫过的一瞬，电光石火之间，郭起胜只觉得一张极为熟悉的脸孔进入了他的视野。不知怎么，这张脸让他心里陡然一慌，仿佛一件麻烦事突然降临，需要他脑筋急转弯想出个对策来。就在“赵宝菊”这个名字从记忆深处紧急打捞上来时，女人的第二眼已经扫过来了，这一眼可不是无意的了，是要专门寻找核对什么了。郭起胜连忙低下头，顺手抓起旁边休息椅上的报纸假意读起来。头虽然低着，眼珠却向上翻着，找到了那个女人穿着黑色平绒布鞋的两只脚。只见那两只脚像是无心又像是有心似的，慢慢地朝自己这边靠过来。郭起胜可不想承受那种被人监视打量的难堪场面，何况他还没想好对策，更没下定决心。

他在女人将要在旁边落座的一瞬，拿着报纸起身上了二楼，去找厕所了。

该死！厕所里还偏偏有一个人在小便，他不能不有所表示，他索性走进隔档里，蹲了下来。当他一个人蹲在这私密的狭小空间里的时候，他觉得头脑里安静了，思路也清晰了。他回想着正在轰轰烈烈开展的大接访运动，掂量着与赵宝菊的这场奇遇，这不正是他等待已久的机会吗？害什么怕呢？但他就是觉得无法面对那个女人。该怎么告诉她这一切？而且，他还想起了那个河南人，想起了在派出所闹事的这一群。万一将来他们不管不顾地把这一切都抖露出来，会给自己造成什么后果呢？

最后，他终于想定了一出妙招，妙招还得落实在那个河南人身上。

可是，当他轻松地步出隔档，在洗手池边洗完手，正要走出厕所的时候，他透过通风栅栏看见了一双穿着黑平绒布鞋的脚，正牢牢地扎根在墙根上，耐心执着地等待着。

郭起胜无奈地返回到厕所里。他看了看窗子，窗外有一颗梨树。他苦笑了笑，打开了窗。

第二天，在办完正事后。郭起胜对社区民警提了一个奇怪的要求。他要单独约见那个闹事的河南人。社区民警很奇怪，问："咋的？你有啥妙招？会做思想工作？"

郭起胜笑而不答。

郭起胜与河南人到底谈了些什么？这成了社区民警永远猜不透的一个谜团。不管谈的是什么，社区民警都惊喜地发现，从那天之后，河南人老梁彻底蔫了。说个话也没精打采、心不在焉，一副心事重重的模样。社区民警十分高兴，发扬痛打落水狗的精神，很快就把河南人拿下，把这起难缠的纠纷解决了。

第三天夜里，老梁的这支拾花工队伍住宿的营地里，发生了一件奇怪的事情。在赵宝菊和留小儿的宿舍里，半夜发生了打架事件。其实熄灯前有人看见老梁醉醺醺地进了赵宝菊的宿舍，这倒也没啥奇怪，他们二人的关系早已算不得秘密了。可是半夜的时候，不知为啥事突然就打起来了。他们住的是很老式的房子，除了隔墙，房架上是通的。有人好奇地趴上墙头。惊讶地发现，哪是什么打架，纯粹是老梁在挨打哩。平常说一不二的老梁，跪在赵宝菊跟前，挨了嘴巴子都不敢吭声哩。大家都竖着耳朵听着。只听见赵宝菊那撕心裂肺的哭嚎声，一会儿哭杨有禄死得好惨啊，一会儿又骂老梁骗得她好惨啊，整整骗了她三年啊！期间夹杂着留小儿哀哀哭劝母亲的声音。还有老梁的赌咒发誓，要帮赵宝菊洗冤报仇，要一辈子对赵宝菊好……

15

星期一的早晨，又到了每周一次的局长接待日。局长的桌子又支到了公安局大院里。对于这个日子，局长每次都心存幻想，希望今天没有什么找事的人，至少没有那种连哭带闹，弄得大家很难看的人。可是，局长的侥幸心理几乎回回都要落空。每到这种时候，局长脸上装出一脸耐心的笑，肚子里却要恶狠狠地骂他的前任：他妈的咋干的！欠账这么多！让老子还这驴打滚的债！

你别说，局长肚子里这个驴打滚的比喻还真形象！本来是一两个人的事，非要招惹上一大群人来才解决。把人累的！

局长趴在桌子上，正枉自心存侥幸的时候，就发现了异常情况，他一边观察着，一边心揪紧起来了。

斜对面的那条巷道里，浩浩荡荡地出来了一群人。这伙人穿得花花绿绿，迷彩服、破西装、烂夹克，有的女人还围着一块花头巾。这破破烂烂的一群个个挺胸昂头，走得理直气壮，眼睛看住谁谁觉得钻心，显见得来者不善！打头是个红脸汉子，披着件军大衣，威风凛凛地迈着大步，像个破烂王，像个司令。

局长多么希望这一群能拐个弯，拐到人民路上去，那边有不少建筑工地，那才是他们该去的地方。可是，今天这一群是铁了心要不务正业，直直奔公安局大院而来！

局长只觉一阵头皮发麻，内心深处甚至产生了一种拔脚逃离现场的冲动。但多年的领导经历让他克服了那一丝不足为外人道的怯懦，领导嘛，很多时候不就得硬着头皮上嘛。

政委反应快，早跑到大厅里用对讲机安排部署上了。治安大队、刑警大队都到大厅集合。附近派出所也抽人到最近路口集结待命。“把人都给我藏严实！别给我抛头露面的激化矛盾！”

局长政委们虚惊了一场，这伙人虽然人多势众，但上访过程却表现得有理、有力、有节。除了一个女人撕心裂肺的哭诉让场面有些难看，引起部分市民围观外，并无什么过激行为。尤其是那个一口河南话的红脸汉子，似乎是这一群的发言人。他能说会道，整个事情一是一、二是二地讲得井井有条、句句在理。其间甚至还夹杂着公安术语。按照红脸汉子描述的那种细致程度，局长感到，这伙人一定是有备而来，甚至从内部打探到了什么情况，此案绝不可掉以轻心。很快，他就忘记了自己的身份似的，对着红脸汉子频频点头，并做出保证：只要所讲属实，公安机关一定全力以赴，尽快破案，在第一时间给受害人家属一个满意的答复。

当天下午就召集紧急会议，调阅当年案卷资料。最后，局长发了脾气：“条件这么好的案子，为什么要拖四年之久！?”

有人小心翼翼地提出了挖掘尸体的二十多万工程费的问题。局长稍愣一下，马上道：“来了三个多月，对前几年的财务状况也有了个初步了解。楼该起的起了，车该买的买了，轮到老百姓的案子，就没钱了吗?！今年办案经费还剩多少?”主管财务的副局长赶紧报了数。局长皱眉道：“先组织力量给我抓人！钱的事我想办法解决，不行了找政法委，找党委政府拨专款！”

很快，龙德先带领一个小组负责张禄三，郭起胜带领一个小组负责刘兵，踏上了漫漫抓捕路。两个小组先后辗转河南、山东、山西、青海、新疆五省十几县市，期间艰难曲折自不待言。最后张、刘二人先后归案，与当年李军的口供相互印证。

10月上旬，市政府办召集公安局、建设局、财政局等相关部门开了专题会议，经过一番争论和公安局长拍着腔板子信誓旦旦的保证，“1110”案件的专项经费终于得以落实。

10 月 15 日，十几辆大型挖掘机、高吨位自卸车开进了三棵树的荒漠戈壁，挖掘工程正式启动。有个小工不知所以，还按照干工程的惯例抱来了一大捆彩旗，在施工现场周围插了一大圈儿，想制造出那种彩旗招展、热火朝天的施工场面。结果被公安局派来的监工发现后，骂骂咧咧地拔去了。不过虽然没有彩旗招展的场面，但工地上热火朝天的景象却是掩盖不住的。快入冬了，本来都到了工程队的淡季，居然还揽下了这样一个大活儿，工人们的积极性空前高涨。几台大型挖掘机日夜轰鸣着，从不同方位卖力地挖掘着，巨大的铁爪此起彼伏，发狠似的抠进戈壁滩深处，抓起一斗砂土，转身就扔到旁边的自卸车里。那铁爪动作之灵便，就仿佛里面蕴藏着一种活的意志似的。远远看去，真如伟人诗中所吟颂的：天连五岭银锄落，地动三河铁臂摇！

工程队只顾着卖力挣钱，他们哪知道公安局方面的焦虑紧张。尤其是局长，板是他拍的，几十万是他扔的，万一挖不着尸体，上任第一炮没打响，不知有多少人要看他笑话了。他经常亲自来挖掘现场监督工作。不但自己来，还指派下面的人轮流来现场监工。下面的人才不管那么多，来了就是躺在帐篷里睡觉！反正板是你领导拍的，责任是你领导担的，谁让你当领导呢？但是且慢，这里面有一个例外，此人就是刑警大队副大队长郭起胜。

郭起胜似乎对这件事特别操心，甚至有那么一种不可告人的操心揣在肚里似的。开始，是大家轮班来。最后，大家看他积极性高，慢慢地就都推给他一个人了，戈壁滩上难熬啊。

郭起胜也真上心。不断地巡视挖掘现场，经常按照设计要求监督施工方，生怕他们的野蛮施工致使证据灭失。

这种挖掘跟一般的建筑施工毕竟是不一样的，它不但是一种挖掘，更是一种细致的寻找，有时看郭起胜那小心谨慎的模样、那股子研究的劲头，简直可以跟考古挖掘相媲美了！

日子一天天过去了，局长的催问电话越来越频繁、语气越来越焦虑了！那个巨大的、仿佛深渊似的大坑，还有那出土的长长的坡道，也越来越深邃怕人了。然而，工地上迟迟不出好消息。

这天下午，郭起胜正在帐篷里小眯一会儿。连日睡不好觉的疲惫，还有戈壁滩上没遮没拦的风沙，早就把他弄得脸色苍黄、嘴唇卷皮。忽然，睡梦中他听见一个遥远的、紧张激动的嘶喊声：有啦——有啦——死人有啦——

他睁开眼，透过掀开的帐篷门帘子，看见一个开挖掘机的工人两脚踢出一朵一朵的尘土，朝帐篷一路狂奔过来。他一骨碌爬了起来。

二人顺着五六百米长的坡道，一路连滚带爬地朝坑底跑去。一直跑到那个挖掘机的跟前，他看见地上摊着一件腐烂不堪的军大衣，小工递给他一根铁锹把，他小心地挑开军大衣，里面裹着的是一把发黑发褐的骨头棒。他慢慢地坐在地上，抬头朝上望去。眼前是暗沉沉的、几十米高的崖壁，再往上是蓝天和白云，秋日已略显金黄色的太阳，正好在崖壁的边缘飘摇闪烁，似乎随时会坠落下来似的……

后　记

李军，“1110”案件重大嫌疑人。当年因证据不足进入不了司法程序，仅以抓获的克拉玛依“407”抢劫案判刑 7 年。2006 年，离刑满释放还有 3 年时，××市公安局刑警大队民警又到监狱提审了他。令刑警们大吃一惊的是，仅仅 4 年，李军已从一个年轻人变成一个几乎是白发苍苍的半老头。想想也可以理解，别人服的都是确定的刑，只有他服的是不确定的刑。这 4 年来，他随时都在等待着杀人罪的降临。据管教介绍，这个李军是发了狠的要立功，要争取提前出狱。经常为一点鸡毛蒜皮的小事跑到他这里来打小报告，经常被同监犯人打得半死。但监狱方面早都被打了招呼，此人身背余罪，不得减刑。“没办法，看着也怪可怜的。”

另外，梁新初和赵宝菊于 2007 年 10 月 1 日在××市操办了婚礼。××市公安局刑警大队副大队长郭起胜受邀参加了婚礼。郭起胜也是这场婚礼上唯一一个受邀参加的公务员。

格格不入

1

"南方有美人，遗世而独立。一笑倾人城，再笑倾人国……

女人，美，不仅要有沉鱼落雁之貌、闭月羞花之容，更要有一副好身材：四肢匀称，线条分明。用古人的话说，就是颇具阴柔之美，用今天的话描述，就是富有性感……

女人，因为美，才一笑百媚生，醉倒帝王；女人，因为美，才令英雄折腰，演绎'霸王别姬'的千古绝唱；女人袅袅婷婷，映照四方，曾点亮了一方水土，滋润了一段历史……然而，做女人难，做女人真难，做女人实在难！做有钱女人难上加难！"

"放你妈狗屁！"蒋孝萱边把报纸揉成团边骂道，骂声虽然不大，但带着股咬牙切齿的狠劲，惊得周围的人纷纷侧目。蒋孝萱原以为自己是骂在肚里的，却不料控制不住地骂出了声，只好摘下眼镜，以擦眼镜的动作来遮掩一二。

近来，蒋孝萱只要在报刊杂志上看见这类女人味十足、脂粉气浓郁的文字，就忍不住在心里切齿痛骂。今天呢，则更是因为文章的署名赫然是他老婆吴点点，蒋孝萱的骂就不知不觉地升了格，不知不觉骂得出了声，骂得失了态。

蒋孝萱煞有介事地擦了一会儿眼镜，余光注意到周围的人已各自恢复了平静，这才把眼镜戴上，低下头喝了一口碗里的残汤，抬腿离开了小饭馆。一出门，蒋孝萱就顶了一头的寒风，后脖梗子上忍不住一个激灵。蒋孝萱头顶寒风边走边想，什么时候才能有一个了断呢？怎么了断呢？想得头痛。

说起来，吴点点混到眼下这么红火——用她自己的话说是“无限风光在险峰”，那么她在攀登她的“险峰”的时候，踩踏的第一级坚实牢靠的台阶便是他蒋孝萱。那时候，吴点点刚刚从一钱不值的职大中文系毕业，拿着她一钱不值的职大文凭，却硬要使出浑身解数在省城立足。在那种恶劣的条件下，她所能抓住的救命稻草也只有像他蒋孝萱这样热情善良、好管闲事的省刊小编辑了。而且，在当时的那种境遇下，只要能揪住像蒋孝萱这样的河边草，不至于被大浪淘沙的城市洪流所冲走，她真的已经心满意足了。他们大致上就是这样走到一起的，如今，她恐怕已经后悔不迭了。

让她后悔去吧！我要让她后悔半辈子！蒋孝萱不无怨毒地想道。

2

有一次，快下班了，省刊的几个男编辑凑在一起说闲话。有人提了一个问题：“女人什么时候最可爱？”大家纷纷献言献策，有的说：“刚洗完澡的时候最可爱。”有的说：“刚办完事的时候最可爱。”有的说：“胡说！分明是正办着事的时候最可爱！”这时，一直在旁边吊着脸不参与闲话的蒋孝萱忽然开口了，阴阴地说了句：“女人么，求你的时候最可爱！”有人了解蒋孝萱家中的情况，立刻竖起大拇指赞叹：“深刻！”于是大家纷纷点头附和：“深刻！深刻！”当时蒋孝萱的确是被那个问题勾起了绵绵的伤痛，不知不觉回想起当初吴点点经朋友介绍，把她的几篇散文稿拿来向他请教的情形。那时候，吴点点对他是多么地尊重，在他面前是多么地可爱：那一颦一笑，那一刹不刹盯在他脸上的眼睛，那一口一个“蒋先生”，弄得他都不自然了。如今的蒋孝萱回想起那时候的蒋孝萱，就觉得可悲复可耻！可悲的是被别人当了踏脚石一跃而过，可耻的是踏脚石却是自己甘愿被别人踩在脚下的，为的就是男人那点长不大的出息。

后来，吴点点的散文开始陆陆续续在省刊上发表了。又后来，时尚杂志《白领生活》创刊的时候，经蒋孝萱推荐，外加上省刊发表的那几篇散文，吴点点顺利加盟《白领生活》成了女编辑。再后来，两人顺理成章结为"贤伉俪"。

3

一开始，这场婚姻带给蒋孝萱的是无比的舒适和惬意，因为蒋孝萱时时能从这场婚姻中，品尝到一种潜藏于心理深层的、牢靠的优越感。要知道，是他把吴点点这样一个几乎毫无含金量可言的职大毕业生领进了省城的文学圈儿，又是在他的安排下，吴点点才在《白领生活》杂志社谋到了稳定的职位，从而真正在这座城市站稳脚跟。因此，在这场婚姻中，蒋孝萱多少拥有一些恩主的身份（当然，这种想法只是在他的潜意识中一闪即逝过那么几回，并且弄得他都不好意思了），更重要的是，与吴点点的身份相较（职大毕业生，又在那样一个文化层次不高的杂志社工作），蒋孝萱的才气和水平决定了他将永远是吴点点事业上的指导者和领路人。在文化贬值的今天，多少穷酸文人潦倒的潦倒、没落的没落，纷纷作鸟兽散，他蒋孝萱能坐拥这一切，还有什么不满足呢？

然而，蒋孝萱不久就发觉，他的优越感正在一点一点地土崩瓦解。这首先是由于两个人所供职的杂志社在圈内地位的急遽变化而引起的。当然，近些年来，纯文学刊物日渐萎缩已经是不争的事实，然而过去，只要蒋孝萱闭住眼睛塞住耳朵，对喧嚣聒噪、充满诱惑的外部世界不闻不问，不屑一顾，认真编好稿件，埋头搞好创作，那么精神上总还能维持一份自尊，私下里俨然以文学圈的领头羊自居。然而，眼下不行了，你能对满大街卖得到处都是、少男少女争相捧读的

《白领生活》之流的时尚杂志拧过脑袋装作看不见，你还能对成天生活在自己身边的老婆也不闻不问、闭目塞听吗？

吴点点说：我们《白领生活》的发行已经突破12万份啦！

吴点点说：我们《白领生活》已经搞定了周边四五个省的书刊市场，很快就要面向全国发行啦！

吴点点说：我们老总又买新车啦，我们又要涨工资啦！

吴点点说：我们老总说啦，争取三年之内所有职工解决住房！

够了！过去种种避之唯恐不及的杂音，如今整天在蒋孝萱的耳边聒噪，弄得他心神不宁、烦躁不安，既不能读书，也无法写作。终于有一天，蒋孝萱忍不住偷偷地从吴点点那里拿来一本《白领生活》，怀着一种既鄙夷不屑、又如临大敌的紧张复杂的心态，翻看了一番。是的，纸张质地优良，张张泛着油样光泽，摄影印刷十分精美。翻阅这种杂志，活像走进了一个时尚大卖场：高档时装，品牌香水，钻戒首饰，娱乐场馆。大到汽车别墅，小到文胸内裤，无所不包，而且样样品质不凡，件件是"城市白领"的最爱。更要命的是，日常生活中可遇不可求的俊男靓女，在这种杂志里可谓摩肩接踵、熙熙攘攘，简直要挤破了头。蒋孝萱一边翻阅一边在心头滚过一阵又一阵的冷笑，待他读了几篇文字稿，尤其是仔细阅读了几篇由吴点点采写的文字稿之后，心头的冷笑就渐渐地爬上了嘴角，形成了一丝轻蔑的笑纹。

大约就是从这之后，冷嘲热讽就成了蒋孝萱维持自己固有的优越感、维持这个家庭固有秩序的一种武器。

"哟！可以呀，吴老师！《巧穿丝袜饰玉腿》时尚气味好浓！连我都动心了！有没有男式长筒袜，我也想买一条试试耶！"

要么就是："嘆！《'露'得有一套》！不行，这奇文得共欣赏……低胸服装固然性感，但能露的时间与场合都很有限，露肚脐也是这几年时兴的风潮……腰细而没有赘肉，宜穿着一种腰间两侧挖空的款式，展现傲人小蛮腰……夏天能露的部位当然少不了腿，若限若现的开衩裙有时比迷你裙还诱人……后衩适合小腿形状姣好的人，前衩最不能掩饰双腿形状的缺点。最近流行的前侧衩开在大腿的正前方的，比正规的侧衩更具有挑逗性……啧！写得真够感性的，看得见摸得着！”

一开始，吴点点还没有感觉出蒋孝萱话里面冷嘲热讽的意思，以为只是开玩笑。可是很快，吴点点就品出了话里面的尖酸味。吴点点眼下已今非昔比了，用不着为了巴结蒋孝萱而努力保持一副可爱的模样，她反唇相讥的话不多，可是句句击中蒋孝萱的软肋。吴点点说：“某某杂志是够高雅的，可惜生不逢时，遇上这么个认钱不认人的市场经济。你再高雅，也得有人买账呀，不要雅到最后连工资都发不起，雅得喝西北风，雅得靠女人和女人那些俗不可耐的文章养活，那可就难受了！”

吴点点一点都不生气的样子，轻松地看了一眼蒋孝萱，说：“我去做美容了，你安心读书吧。”说罢，扔下噎得喘不过气来的蒋孝萱，噔噔噔地下楼了。

往往是吴点点离去很久了，蒋孝萱才缓过一口气来。吴点点已经舒舒服服地躺在美容院里，什么都不想地沉浸到美容师的轻柔服务所带来的享受中去了，蒋孝萱还脸色异常难看地陷在椅子里，一边承受着吴点点的轻松一爪所带来的尖锐刺激，一边梳理着这尖锐刺激在脑海深处引起的思维混乱和疼痛。的确，吴点点很轻易地就能击中他的要害：省刊的确因为经费紧张而缓发过一个月的工资，而且即使在正常情况下，他的收入也不及吴点点的一半。尽管他不愿承认，甚至不敢面对，但事实就是，在这个家中，他和吴点点的地位已经彻底倒置过来了。如果他不识时务，还要跟吴点点作对，那他只能处在一个被动挨打的极为不利的位置上。

他不由得反思吴点点这类女人：她们精明，行动敏捷，在现实生活中极富手腕。有时蒋孝萱忍不住想，如果突然剥夺他和她现有的一切，把他俩重新扔到社会上去，她可以很快就重新活得滋润起来，而他呢，恐怕只会越来越干瘪，就像扔在沙漠里的一条干鱼。对于她们，蒋孝萱最难以理解和接受的地方在于，她们好像从来也不反思生活，只是一味地行动。现实生活中必然要面对的压力、竞争、挫折和伤害似乎根本就影响不到她们的精神状态，在这方面，她们就像机器人一样，根本不可能体验到什么精神上的痛苦。她们只是冷静、精明、敏捷地处理着这一切，然后利用攫取到的一切去进行那种纯粹的物质享受。就像她们的《白领生活》中的一句宣言：赚钱，消费，再赚钱，再消费，循环往复，以至无穷……生活，无论过程还是目的，在她们看来就是这么简单。

我怎么会和这样一个女人走到一起呢？蒋孝萱有时会非常迷惘地回忆起他最初和吴点点交往的日子，理不出一点头绪。

4

单位里流传着小道消息，说是新社长就要上任了。新社长的新思路有两条：一是改版，走纪实文学的路子；二是全员聘用。新社长真狠，还没到任，就让大伙人人都产生一种泥菩萨过河、自身难保的感觉，到处弥漫着一种惶惶不可终日的气氛。蒋孝萱想，纪实文学什么路子？无非两条：一是急功近利，疲于奔命地抓些所谓的社会热点，跟在人家报纸屁股后面捡吃些残渣剩饭；再就是涎着脸到人家企业主或者党政领导那里拉些有偿吹捧的报告文学罢了。总之，像他这种想认真搞点创作的人，日子只怕是越来越难过了。果然，没过几天，小道消息就越描越细，说是以后人人都要摊上拉报告文学的任务，完成任务的有提成，完不成任务的扣工资。编辑部里的几个年轻漂亮的女编辑忽然趾高气扬起来了，聪明人立刻悟道：她们在这方面是有优势的。因为生理原因而毫无优势可言的男编辑们于是凑作一堆，愁眉苦脸地想对策。蒋孝萱的耳边成天充斥着的不是沉重的叹息就是尖刻的牢骚。

蒋孝萱越活越压抑，吴点点却越活越潇洒、越活越时尚，甚至开始有些另类的表现了。这也难怪，《白领生活》的宗旨就是娱乐生活、指导消费，吴点点们作为“始作俑者”，当然会对刊物的宗旨身体力行。吴点点和她的女同事们工作之余只有四件事，购物、美容、娱乐加健身。吴点点从头到脚如同蛇蜕一般发生着脱胎换骨的变化：

头发一时青绿、一时金黄、一时火红，如同四季急遽地更替；手指甲和脚指甲隔一段时间就要到美甲屋里去上一层彩釉；身上的前卫时装总好像捉襟见肘、顾此失彼似的，一会暴出这一块、一会露出那一片的。总之，吴点点的形象越来越远离有家少妇，越来越靠近新新人类女孩。蒋孝萱在一旁目光阴鸷地看着花样不断翻新的吴点点，内心深处感受到一种深刻的刺激。他不明白吴点点为什么活得这么肤浅，这么轻松愉快。他忽然意识到，吴点点对于他这种人来说其实是一种异己力量，实际上就是自己命中注定要遭遇的对立面。意识到这一层之后，渐渐地，在蒋孝萱不得不陪吴点点一起外出活动的时候，他都会故意落后一些，以跟吴点点保持一段距离。他心里也渐渐明白，那段距离实际上彰显了他对吴点点以及她的同类们的一种本能的敌意。这种敌意并不是蒋孝萱单方面的，吴点点的那些时尚朋友们看见吴点点的身后跟着个目光阴鸷的蒋孝萱，也有种说不出的敌意。这两种敌意渐渐地互相察觉到了对方，都觉得对方如眼中钉一般难受。最后是蒋孝萱做出了退让，由着吴点点去享受她的时尚生活，自己待在家里落一个眼不见为净。

吴点点自从开始放单飞之后，就觉得彻底放开了手脚，在她那个时尚圈子里赢得了活泼小辣妹的称号。许多新加入圈子里的朋友听吴点点说她是结了婚的，诧异得眼珠子差点落地，个个做出一副打死也不相信的模样，然后就狡黠地眨着眼说：何必呢？我们又不会把你怎么样……吴点点也觉得在这个圈子里，努力表白自己结过婚简直是大煞风景，甚至结婚这件事本身就有点大煞风景。她从此闭口再也不提自己是结过婚的了，时间长了，大家都忘记了吴点点是个结过婚的女人，极偶然地有个把知情者不小心提到了蒋孝萱这个名字，立刻就会出现一个哑然冷场的局面：吴点点和大伙一样半张着嘴巴现出一副茫然的神情，蒋孝萱是个什么人哪？

然而，蒋孝萱残存的那点主人翁意识却还一厢情愿地不肯退却。吴点点在外形上怎样另类怎样时尚他管不了，也懒得管。但是，当吴点点塑形塑到要对身体上的某些器官下手的份上，蒋孝萱就不得不出面干预了。那是吴点点要做隆胸手术的前夜，吴点点用那种通知而不是商量的口吻，告诉了他这件事。蒋孝萱大吃了一惊，坚决表示反对，因为想起了吴点点的一个女朋友做的那场可怕的增高手术，把两条腿都弄断，拉开一点距离长骨缝，待长好之后，却发现左腿比右腿长了一截，于是再把右腿弄断，再拉长，长好之后却发现右腿又长了一点，只好把左腿再弄断……女朋友在床上整整躺了两年。蒋孝萱连哄带吓，也动摇不了吴点点的决心，最后只好抛出杀手锏："我觉得你现在这胸部最好，我不喜欢那种奶牛式的女人。"不料吴点点诧异地反问道："我就为你一个人活着吗？"问得蒋孝萱张口结舌答不上话来，蒋孝萱这才意识到吴点点的内心世界现在对于他来说有多么陌生，多么荒疏！可是他既不屑也无能力去探究吴点点的内心世界，于是他只好再次采取放任自流的态度。在这种放任自流之下，吴点点先后做了隆胸手术、隆鼻手术，还把嘴里一排自己不满意的牙齿换成了洁白整齐的烤瓷牙。随着这一系列的变化，旧日吴点点的形象在蒋孝萱的脑海里日渐模糊，而眼前的这个全新的吴点点，蒋孝萱一时又难以适应。于是，日新月异的吴点点带给蒋孝萱的却是日盛一日的陌生感和疏离感。尤其是在夜间的某些时候，两个人难得来了兴致交叠在一起，蒋孝萱盯着身下那张似曾相识的面孔，那种陌生感和疏离感忽然会放大成千上万倍。蒋孝萱的舌尖在偶然触及到吴点点的那排烤瓷牙齿的时候，不知是神经过敏还是怎么的，立刻会感觉到与她自己天然的牙齿不一样，有一种瓷器的冰凉和光泽感。盯着她那经过了隆鼻手术之后挺直的鼻梁，蒋孝萱仿佛突然具有了某种透视功能似的，看到了镶在皮肤下面的那个合成树脂类的硬块。至于吴点点经过隆胸手术之后扣在胸前的那两个圆滚滚、看起来硬邦邦的半球状物，蒋孝萱更是碰都不敢碰，生怕发生报上所说的那种硅胶物质挤压后皮下渗出的现象，况且，那两只由硅胶物质填充塑形的所谓的乳房，看上去给人一种特别生硬的感觉，仿佛是皮肤下面裹着的两枚鹅卵石。那一刻，蒋孝萱会产生一种特别奇怪的感觉，他觉得身下这个女人仿佛是由各种各样的复合材料制成的，在她的身上，人的因素在一步一步地消减，非人的因素却在一步一步地增强，你瞧她的眼睛，好像发出的也是美国影片中仿真机器人才有的那种冷冰冰的、玻璃球儿一般的光泽。蒋孝萱突然产生了一个很不好的联想，想起了传说中性具商店中出售的假女人，他刚把这个令人作呕的联想强压下去，另一个令人作呕的联想又咕嘟一下冒了出来，那是他们杂志社一个品位粗俗的男编辑，他曾经开玩笑地把做隆胸手术的女人称作“注水猪”。

他的情绪顿时恶劣起来，草草完事之后，就缩回自己的被窝里，内心有种深度的厌倦感，怎么也睡不着，往往睁着眼到天明。

5

新社长上任了，改版、摊任务、全员签合同的新举措果然一一落实下来。蒋孝萱却在单位里口出狂言，他是决不会涎着脸去拉什么报告文学，他宁可扣工资。不久之后，就有关系好的同事私下里劝他，不要太张狂。新社长在某个非正式场合已经放出话来：全员必须努力配合改版的大方针，思想不能纳入新的办刊思路甚至有意对抗新制度的，恐怕不是扣工资这么简单，别忘了人人都是签有合同的，如今是双向选择的时代。“放屁！老子在这里多少年了，他算个什么玩意儿！他敢动一动老子，老子就敢把铺盖卷儿扛他家去!”蒋孝萱突然不顾体面，睁着眼睛破口大骂起来，吓得同事胡乱安慰了几句，匆匆离去了。又不久，新社长找蒋孝萱谈话，说是各人能力有大小，作为领导都可以理解，关键是态度要端正。考虑到他的特殊情况，已经替他想出一个折衷的办法，最近一些女编辑表现出较强的工作能力，拉来了很多报告文学，却顾不上写，他的文字功底较好，领导经研究决定，由他来执笔完成，完成一篇乘以 0.3 的系数计入任务量，提成也和拉来报告文学的同志三七开，他得 30%。

从新社长那里离开后，蒋孝萱意识到自己已经沦为几个女编辑可以轮番使用的枪手，而且是极廉价的一个枪手。一开始蒋孝萱误以为弄这种东西是很容易的，只要把面子卷巴卷巴掖进裤裆里，一味地肉麻吹捧就是了，却不料连这种营生也不是那么容易操持的。他弄的第一篇报告文学是写一个酒厂的企业主，弄完之后，把稿子拿去找社长审阅，社长不耐烦地说："我审什么审?！又不是我出钱，谁出的钱你找谁审去，懂了吗?！"蒋孝萱犹如挨了一闷棍，清醒过来之后，思之再三，无法可想，只好硬着头皮给酒厂老板打电话。老板在电话里哼哈了两句之后说是太忙，让过两天再联系。过了两天再一联系，老板说还是忙，说这事以后就找他秘书吧。秘书是个花枝招展、嗲声嗲气的小姑娘，拿到稿件后，煞有介事地说她看一遍再仔细讨论。过了两天，女秘书一个电话把他召去，提了一大堆意见，末了说："看来你对我们老板坎坷的经历还是缺乏了解，人物的精神气质没有把握准，形象也没有凸显出来。"蒋孝萱心说放你妈狗屁，脸上却不得不忍耐着听下去。女秘书于是讲起了老板的艰难坎坷的创业史，讲得目光崇敬，仿佛蒙古姑娘讲她伟大的祖先爷爷成吉思汗。蒋孝萱心不在焉地听完，回去后硬着头皮绞尽脑汁增删取舍了一番，不料，还是过不了女秘书的关，她又提了一堆新意见，其分量一点也不亚于上次的那一堆，最后还来了句什么语言太陈旧！还是老板看着蒋孝萱脸色越来越难看，才大度地挥了下手对女秘书说："咱们也别太难为蒋先生，要不你再帮他改改，润色润色。"蒋孝萱心说你给我润色？你什么玩意儿?！嘴上却如得了特赦令一般地说："那就有劳您小姐大驾了。"老板似乎看出了蒋孝萱阴阳怪气的腔调下掩藏的那一口恶气，临走时，意味深长地点了一句："我这女秘书可也是北师大中文系的高材生啊。"

6

蒋孝萱气急败坏地回到家中，那一口恶气堵在胸中不得排解，要多难受有多难受，一开房门，就见吴点点坐在镜前正专心致志地化着妆。蒋孝萱一屁股闷坐在沙发上一声不吭，吴点点也照样拿一声不吭来回应他，过了半天，才不冷不热地问了一句："今晚刘德华在××体育馆演出，我们社发了赠票，你去不去？"问话的时候，眼睛却并没有看着他，而是专心致志地盯着镜子里的那张脸，用各种各样的化妆笔在上面精心勾勒着。蒋孝萱恶声恶气地答道："不去!"两个人再度陷入了沉默。

蒋孝萱不知道进门之前吴点点在镜子前面究竟坐了多久，反正从他进门算起，吴点点已至少在镜子前流连了半个多小时，今天的妆化得甚为仔细，嘴唇、眉毛、眼影、睫毛，一样接一样地精心侍弄着，甚至还在眼睛周围涂了些星星点点亮亮闪闪的东西，蒋孝萱看着看着，就觉得胸中那口恶气又掺杂进一种令人格外不舒服的酸溜溜的滋味，他突然阴阳怪气地笑了一声说："算啦！别太费心啦！刘德华看不见你的!"吴点点猛一下转过脸来竖起眉毛叱道："你这人怎么这么阴暗哪!"

更难堪的事还在后面。

蒋孝萱第二天下午翻报纸的时候，无意中在娱乐版上发现一条八卦新闻，"刘德华×城亮相，女歌迷跪地求见"。他仔细看看那幅照片，脑袋轰地就大了：照片上有神色紧张、伸出胳膊做遮拦状的保安，有挤作一堆、身体努力前倾的一群靓妹歌迷，而画面正中那个跪趴在一扇紧闭的门前，脑袋努力凑向地板上那道门缝的所谓"跪地求见刘德华"的女歌迷，赫然正是吴点点，尽管头发垂下来遮住了脸，但凭着身材和衣装，蒋孝萱还是一眼认出了他的这个恬不知耻的所谓新新人类的老婆……

"真他妈的不要脸！别忘了你眼下还有个老公的，想出去丢人现眼，也别连累了别人!"

"你听我解释……"

"这还有什么好解释的?!"蒋孝萱拍着那张报纸，梗着脖子质问，"真他妈的恶心！下贱!"

吴点点本想解释当时她们好不容易挤到化妆间外，里面怎么也不开门，有人发现门和地板之间的那道缝很宽，于是趴下去把脑袋凑在门缝处往里看，她一时激动，也就跟着学了，不料别人没曝光，她却被那帮可恶的狗仔队拍了个正着。但蒋孝萱的话一下把她那我行我素的新新人类脾气给刺激起来了，她冲到蒋孝萱面前尖声嚷道："就下贱啦！就下贱给刘德华！比你值！我怎么就摊上你这么个活僵尸!"

没容她说完蒋孝萱就从沙发上弹起来，一把扯住她衣裳前襟，像老鹰捉小鸡似的把她提溜到门口："滚吧滚吧你！给我滚远远的！"一把将吴点点搡进黑洞洞的楼道里，砰地关上门。

蒋孝萱从烟盒里捏出一支烟，哆哆嗦嗦地塞进嘴里，哆哆嗦嗦地点上。当他喷出第一口烟雾的时候，忽然对刚才的举动感到极度的沮丧，吴点点使用的"僵尸"一词忽然让他联想起了一个场面，即契诃夫的《套中人》里所描写的那个场面："套中人"别里科夫被华连卡的弟弟一把推搡得从楼梯上滚下去的场面。但这个联想让人沮丧之处在于，今天却是别里科夫把华连卡推下了楼，他就是那个注定要被时代淘汰的"套中人"别里科夫。他一根接一根地吸烟，不断地叉开手指梳理头发，一夜无眠。

7

"跪地求见刘德华"引发了那场冲突之后，蒋孝萱一直未见到吴点点的人。有天晚上他下班回家，吃惊地发现他们的那个一间单身宿舍布置的小家忽然变得空空荡荡、家徒四壁了。他吓了一跳，开始以为遭了贼，后来在窗台上发现了一张纸条：

若还想过日子，请来金道苑小区×幢×号找我。

吴点点×月×日

蒋孝萱愣在那里好半天，才意识到吴点点去年一直唠叨的她们老总许诺的福利房大概已经分到了手，她就采用这种突然袭击的方式把家给搬空了。

蒋孝萱跑到金道苑小区物业管理部门一打听，果然在业主登记簿上查到×幢×号的房主正是吴点点。离开小区，蒋孝萱就进了一家小酒馆，边喝边想，怎么办？去吧，等于是给吴点点低头服软，并且新房子是人家的，从此要开始过一种寄人篱下的生活了。蒋孝萱忽然就想起那天晚上他吼着"滚吧滚吧"将吴点点搡进黑洞洞的楼道里的情形，他有点凄凉地想，以后恐怕就是人家吼着"滚吧滚吧"把自己撵出家门的时代了。但不去呢，文联给的那间单身宿舍已经被搬的家徒四壁、破败不堪了，他连走进去的勇气都没有。他忽然有种被吴点点胁迫到她的地盘上去的感觉，他不由得回想起吴点点来到这座城市后的经历，先是拥有了既赚钱又体面的工作，如今又有了自己名下的房产，而在这个过程中，他却有种被盘剥一空的感觉。眼下除了涎着脸去投靠人家吴点点，还能有什么出路？他猛地灌了一大口酒，一股酒气醺醺然升上头顶。他转念一想，吴点点既然把他的东西一起搬走，其实已经曲折地表达了并没有扔下他不管的意思，其实是给他留足了面子。想到这里他有一点感动，又有一点凄凉，堂堂一个大男人怎么不知不觉间就产生了弃妇心理？

对于蒋孝萱的到来，吴点点表现得很淡然，既没有耿耿于怀，也没有刻意修好，因为新房子给她提供了许多新乐趣，满足了她对时尚生活的新追求。首先，新房子是宽带入户，她购置了一台电脑，业余时间一半用来上网。其次，新房子位于一楼，她有条件养了一条美国纯种可卡母犬，那另一半时间她就和她的新宠泡在一起培养感情。

8

蒋孝萱刚来的头一天，就从贝贝那里感受到一种敌意。那天他刚踏进客厅，贝贝的耳朵就耸起来了，喉咙里发出一种表示威胁的低沉的狺狺声。吴点点赶紧把贝贝抱起来，用哄儿子一般的肉麻语调发出一连串亲昵的声音，一边望着蒋孝萱那身许多日子没洗过、发出一股酸味的衣裳，一边说，贝贝从来没对人这么凶过，大概是他的衣着打扮跟小区的人太不一样。蒋孝萱不由得想起了鲁迅先生的那句话，狗见了穷人总是要狂吠的。他深深地盯了吴点点怀里的贝贝一眼，那畜生立刻冲着他尖利地吠叫了一声，惹得吴点点又发出一连串心疼的安慰和抚摸。

不知怎么，蒋孝萱从一开始就有种和贝贝较上了劲的感觉。

在蒋孝萱眼中，吴点点和贝贝之间有种亲密得过了头，超越了人和畜的不正常关系。下班之后，只要不是在网上和那些乌七八糟的人聊天，她就一门心思和她的贝贝泡在一起。她用手指拈着切成片的火腿肠一口一口地给它喂食，用自己的高档浴液给它洗澡，用自己的梳子给它梳毛，叉开纤纤玉指给它抓痒，抓得那畜生发出一阵一阵惬意的呜咽声。吃过晚饭，不是牵着它出去散步，就是把它抱在怀里说话，而对于眼前的活男人蒋孝萱却不冷不热不闻不问。每当蒋孝萱看着贝贝在房间里兴奋得满地乱跑满床乱滚的时候，他浑身上下都觉得不自在，有种说不出的难受劲。他觉得在这座房子里，他活得还不如一条狗自在，还不如一条狗那么有主人翁意识，还不如一条狗那么自信、开朗。

每到贝贝发情的时候，吴点点就要牵着它到专门的宠物配种场去，花 150 元的高价为它配一次种，她大概很希望贝贝为她再生养一群高贵活泼的子孙吧。小区里另一个也养狗的女人，曾经当笑话讲给蒋孝萱听，说是在那里（配种场），吴点点对公狗挑剔得很，不仅要血统纯正，而且一定要看起来精干、利落、“长得帅”的，才肯配，说罢发出一串尖利刺耳的大笑。那一刻，蒋孝萱无端地就联想起自从搬到小区来之后，吴点点经常在临出门时一脸厌恶地指责他形象不够精干，不够利落，突然就觉得受到某种强烈的侮辱和刺激，血都涌到了头顶上，嘴里喃喃地说：“她恐怕是养狗养得有点神经了！”那女人察言观色地说：“是啊，不就一条狗嘛，哪有那么高贵的？”

当天傍晚，蒋孝萱正在客厅里看报，吴点点忽然惊惶失措地从外面一头撞了进来，脸色煞白地对他嚷道：“快！快！出来帮我！”他跟着吴点点三拐两拐跑到一片花圃后的林带里，原来，一条公狗正趴在贝贝的背上恣意享受着。

“快！快把那条土杂种给我赶开！”吴点点手指着那条公狗歇斯底里地嚷道。蒋孝萱扎煞着两手，不知怎么办才好，他试着伸手想把那条公狗从贝贝身上拨拉下来，受到打扰的公狗仰头恶狠狠地咬了他一口，立刻在他手上留下一排鲜红的齿印，他暴怒起来，一脚把那公狗踹到了树沟里，公狗在树沟里打了个滚，发出一串尖利的吠叫和呜咽。几乎与此同时，一个女人骂骂咧咧地从花圃那边蹿过来，蒋孝萱立刻认出正是白天传闲话的那个女人，只见她一手抱起她的公狗，一手指着蒋孝萱两口子痛骂起来，一时间，狗叫声，女人尖利的对骂声，响成了一片。蒋孝萱好不容易才把两个女人分开，回到家后，吴点点还骂骂咧咧了一个晚上，说那个骚货早就对她的贝贝没安好心，早就想让她那条土杂种强奸贝贝，她一直警惕提防着的，不料今天一不小心，就让骚货和那条公狗钻了空子。

当天晚上，为了安抚受到伤害的贝贝，吴点点特意把贝贝抱到床上，让它睡在她和蒋孝萱之间，睡在她温暖的怀抱里。蒋孝萱虽然硌硬，但想到吴点点的情绪，只得勉强将就一晚。不料，这一睡竟睡成了规矩，从那天晚上之后，吴点点夜夜都要搂着贝贝睡觉，说是“毛毛的，热热的”，搂着舒服。不几天之后，蒋孝萱就觉得胳膊上、大腿上、胸脯上，成片成片地生出一种刺痒的感觉，却又看不出有什么红点或异样。蒋孝萱去看了皮肤科医生，医生看了问了之后说可能是对什么过敏，蒋孝萱连忙将与狗同睡的事和盘托出，向医生求证。医生模棱两可地说：某些人对动物皮毛过敏，这也是有的。蒋孝萱忙求医生在诊断书上写下类似的话，回去后就以医生的话为根据，坚决要求贝贝以后不得再上床，不得睡在他和吴点点之间。吴点点察看了他的皮肤之后，不屑一顾地说他这是无事生非，他拿出医生的诊断指着说他有过敏，吴点点毫不客气，反唇相讥地说他只怕是神经过敏！两个人之间爆发了自从搬来之后第一场剧烈的争吵。蒋孝萱激动地质问吴点点，为什么对他、对自己的老公不闻不问，却对一条狗那么专注，那么投入感情?！吴点点针锋相对地回答说是跟男人没有共同语言，不如养条狗。蒋孝萱一怒之下就搬到小卧室里去，从此之后，形成了蒋孝萱与吴点点分居，吴点点夜夜与贝贝一起睡的局面。

开始，蒋孝萱还心存幻想，想着吴点点终究还是会暗示他回到大卧室去，哪怕将就贝贝，他也准备顺着这个台阶下了。但吴点点根本就没这个意思，有贝贝陪她睡，她似乎很满足了，精神上有了寄托似的。有时，在夜间，在小卧室的那张单人床上，蒋孝萱一想到自己的位置被一条狗占据着，烦恼得睡不着觉的时候，偏偏那边传来吴点点与贝贝亲昵的说话声，或是那条畜生在吴点点的抓痒和抚摸下发出一连串惬意的呜呜声，蒋孝萱就打心眼里觉得凄凉：人不如狗啊！他明白生活在吴点点购置的房子里，他的地位已经很低微了，已经处于十分被动的处境，再也不可能像过去那样来硬的。要想跟吴点点搞好关系，至少在表面上活得像个男人样，就必须首先跟贝贝搞好关系。

他开始试着讨好贝贝，蹲在地上摊开两手，嘴里学着吴点点发出一串肉麻的亲昵声，想把贝贝逗引到他的怀里来，但他那副强装出来的笑脸把贝贝吓着了，贝贝似乎一眼就认出了他笑里藏刀的本质，一边向后退缩着，一边发出警觉的狺狺。吴点点立刻一把将贝贝捞起来抱在怀里，冷冷地说："你少碰它！"那一刻他就体会到一种刻骨铭心的羞辱感，一个男人与一条狗共同向女人争宠，男人竟然还争不过一条狗！他有一种想歇斯底里大发作一番的冲动，胸中的岩浆在寻找一个恰当的突破口。

9

这个突破口是吴点点自己提供的。

那天中午，吴点点又盛装出门不知参加什么时尚活动去了，蒋孝萱和贝贝呆在家里。蒋孝萱把贝贝关在厨房里，任凭那畜生在里面急得发出尖利的吠叫，急得在门板上抓出嗞嗞啦啦的声响，蒋孝萱只管舒舒服服地坐在沙发上，边喝酒边恣意地按动遥控器更换着电视频道(平常遥控器永远捏在吴点点手里)，换着换着，蒋孝萱愣住了，舒服不下去了，电视上是市台王牌栏目"××之约"，就是主持人给一伙青年男女当场配对，乱点鸳鸯谱的那种，很搞笑、很时尚的节目。这个节目办得很轻松，很开放，模仿的是台湾著名的脱口秀节目主持人胡瓜的风格。蒋孝萱赫然在里面发现了吴点点，他模糊地记起吴点点曾说过，从来没有正式上过镜头，不知自己上不上镜之类的话。跟吴点点配对的是个油嘴滑舌、打扮时尚的男青年，屡屡被主持人赞作"活泼，有幽默感"，让他进行才艺表演的时候，他朗诵了一首经他变造过的古诗：

好女知我心，
关系乃发生。
随我潜入夜，
润我细无声。
…………

惹得吴点点、主持人和现场嘉宾哄堂大笑。当他和吴点点被要求回答关于疯牛病的一个常识测评题目时，他立即伸着手抢着要求回答“这个我知道！这个我知道！”，得到允许后，他装出一本正经的模样，带着别有用心的笑容对吴点点说：“我有个牧场主朋友对我说过，他的牛得疯牛病是因为一天挤四次奶而一年只能交配一次。”吴点点脸带天真微笑，歪着头问：“那又是为什么呢？”男青年笑道：“如果你每天被人摸四次乳房，而一年只准做爱一次，你会不会疯？”

这是个托儿！这是个专门雇来搞笑的托儿！这伙恬不知耻的东西！人皮畜生！

然而，包括吴点点在内，所有的人都笑得那么开心，笑得那么轻松，笑得那么愉快，什么都不想！什么责任，什么负担都没有！蒋孝萱咬牙切齿地、死死地盯着吴点点那张脸，那张脸笑得多甜啊！蒋孝萱在生活中从来也不曾见过……我要让你笑不出来！蒋孝萱在心里咬牙切齿地说，这时，他又听到来自厨房的一声吠叫，他放下酒瓶，一步一步地朝厨房走去。

参加完节目的吴点点很开心，体会到一种很久未体会过的轻松愉悦感。她没想到蒋孝萱已经做好饭在等着她了，饭桌上红红绿绿荤荤素素摆了个满，中间是一碗红烧肉。蒋孝萱难得热情地对她劝吃劝喝，时不时地深深地看她一眼，神情有点古怪……他好像喝了不少酒，眼睛微微有些发红。她多吃了几筷子红烧肉，觉得这红烧肉做得尤其到家，肉烂香浓，她忽然想起了贝贝，这么好的肉贝贝不应错过，她夹了一筷子肉喊：“贝贝！贝贝！”，贝贝却不答应，更没像往常那样撒着欢一溜小跑到她跟前来，她站了起来，夹着那一筷子肉：

“贝贝！贝贝！”

“别找啦……碗里不就是嘛！”一直在对面笑着望着她的蒋孝萱忽然开口了，“你夹着它的肉还想喂它呀……嘻嘻。”

筷子和肉叮当落地，吴点点脸色煞白，吃惊地看着蒋孝萱那张古怪的笑脸，她似乎明白不过来，但她很快就明白了，转身冲进卫生间，卫生间里传来剧烈的呕吐声。

10

蒋孝萱和吴点点离婚了，他被吴点点扫地出门，挟着他的铺盖卷和一些破烂货回到了他和吴点点过去住的那间单身宿舍。

不久之后，蒋孝萱的一些朋友熟人都知道离婚后的蒋孝萱有了一个养哈巴狗的新爱好。这年头养狗的人家也多，有些人家下的小狗太多，养起来麻烦，就托人送给了蒋孝萱。有一回，文联的一个女编辑家的母狗也下了一窝仔，养到三四个月大的时候，不胜其烦了，某日，女编辑的老公灵机一动，抱起两只小狗就往蒋孝萱家里送，走到半路却被闻讯赶来的、气喘吁吁心急如焚的女编辑给拦住了：“你没听说吗?！那人是个变态！别人送他的小狗，他表面上千恩万谢地接了，还抱在怀里逗弄着，蛮像个养家儿，实际上抱回去就剥了皮煮着吃了！”

老公于是住了脚，两个人抱着小狗讪讪地回家去了。

口 供

1

石韬坐在电视机前，盯着屏幕看里面正在播放着的一个节目。他老婆就坐在旁边的沙发上，一会儿看看他，一会儿看看电视节目，一副探究的神情。因为她不明白这个节目为什么会把石韬吸引住。作为黔首市公安局刑警大队长，石韬平时几乎不怎么看电视。电视机和沙发围成的这个圈，只在偶然情况下为石韬提供一个打盹的小环境。

这是一个纪实类节目，说的是一个小孩，在自家胡同与伙伴玩捉迷藏，钻进了两堵墙之间形成的一个夹缝里。小孩本想从另一头钻出去，不料越挤越紧，仿佛钻牛角尖一般，最后竟卡在里面，形成了那种进也进不得、退也退不得的难堪局面。电视机里传出孩子嘶哑的哭喊声，闻声而来的群众绞尽了脑汁，用棍子捅，用绳子吊，无所不用其极，但孩子就是抠不出来。最后，还是消防队出动，在孩子周围塞好保护性的填塞物，利用专门的破墙工具把墙破开一个大洞，才把孩子解救出来。主持人在电视机里纳闷地说，大家都想不通，按说怎么钻进去的就怎么退出来，怎么会弄到这种不堪收拾的地步？过了一会儿，主持人又解密说，原来两堵墙之间有一个不易察觉的夹角，形成一个几乎看不出来的楔形。孩子听见追的人过来了，光急着从另一头钻出去，不知不觉就把自己楔在夹缝里了……

石韬看得异常专注，老婆从旁边看过去，只见他的眼珠像水晶玻璃球似的，从眼眶里微微鼓出来，如同猫科动物发现猎物时一样，一眨不眨地、长时间地聚集于一个固定的点……

石韬忽然“咝——”地叫了一声，夹烟的右手剧烈地甩动起来，烟头不知甩到哪儿去了。原来是烟燃到了头，把指甲盖都烫黄了。老婆不知道这个节目到底触到了石韬的哪根神经，但石韬不说，她也不问，因为问也是白问……

2

石韬之所以陷到那件案子里面，他把账记在治安大队长刘发昌头上。那天，是刘发昌亲自带着受害人姜祥来报案的，打招呼的意味十分浓厚。姜祥是黔首市最大的废旧金属回收公司的老板，市里有几十家废旧金属回收站都是他的。由于黔首市工业布局的特点，废旧金属回收业的地位比较特殊。又因为属于物种行业，归治安大队管理。年深日久，姜祥与刘发昌的关系是不言而喻的。

刘发昌说着说着，不知怎么就把话题扯到人际关系上去了。有意无意地点了那么一句，说姜祥和咱市政法书记是老乡，关系还不错，有空一块坐坐。听得石韬当时心里就一阵发堵。自从提拔为刑警大队长以来，石韬最烦的就是这种托各种各样的关系来打招呼的情况。刑警大队作为基层专业队，本来案子就堆积如山，身为大队长，如果不拿捏好轻重缓急，不依据轻重缓急、案件特点来排兵布阵，刑警队早乱成一锅粥了。可这种打招呼的案子一插进来，立刻就打乱了你的计划。你就分心了，而且你就被动了。

刘发昌带着姜祥来报案的时候，石韬正在听小孙汇报红枫叶欢唱城小姐被杀的那个案子。打发走刘发昌和姜祥之后，石韬继续琢磨欢唱城的案子：据小孙汇报，今天上午把永红巷翻腾个遍，压根儿没有叫代辉的。最后好不容易在36号附2号找着个老太婆，说是那儿以前住过个姓代的，3 年前就搬走了。既然代辉的新手机是用自己的身份证办的，那说明离开永红巷后，他一直以真实身份四处游荡。然而，没有一个派出所给他办过暂住证。谁也不知道此人在哪儿……姓代的这条线来得不易，得想个办法把这条线接起来。石韬点上一支烟抽起来。但不知怎么的，他的脑子管不住似的从欢唱城的案子不知不觉跑到姜祥的案子上来了。一醒过神，他赶紧掐断顺着岔路流出去的意识，强迫自己把思维转回到欢唱城的案子上：下一步该怎么把这个姓代的抠出来？通过与他有过手机联系的几个关系人？但是怕要走漏风声……要么就是信欢唱城老板的，姓代的就住在本地，借办二代证的机会各派出所在辖区出租屋摸排，但一联想起社区警那副事不关己、有一搭没一搭的所谓摸排，石韬就有种万念俱灰的沮丧感。就在犹豫烦恼之际，欢唱城的案子渐渐淡出脑海。忽然，刘发昌那张马脸不知从哪儿钻了出来……“人已经有了嘛，说好弄也好弄！对你还不是小菜一碟！”马脸上堆着可人的笑容，但石韬深知，如果得不到满足，转过去就不知是什么表情了。“姜祥和政法委叶书记是老乡，私交不错”之类的话，他不知在哪里也听说过。而且，过不了两天，刘发昌就会来旁敲侧击地打听案子的进展。办得顺还好，一旦办不顺，依刘的德行，说不定还会给姜祥乱出些什么馊点子，到时候指手画脚的、说三道四的都来了……石韬忽然发现他又走神了，意识又顺着岔路流到姜祥的这个案子上来了。他不由得一阵烦躁。近些年来，这种注意力难以集中，说得严重些，甚至就是思维失控的现象越来越频繁了。

3

石韬终于痛下决心，先把姜祥的案子办了。

不知怎么的，这个案子从一开始就特别缠人，老是让石韬分神，干什么也集中不起注意力。这就像夏天午睡的时候，一只苍蝇老是在你脸前嗡嗡过来嗡嗡过去，一会在鼻子上爬，一会在眼睛上爬。虽然你明知道它也不能把你怎么样，可不把它解决了，你就是睡不成觉！

这个案子说起来很简单，姜祥的老婆是当年在农村娶的。自从姜祥发达了之后，老婆的危机感就与日俱增。她又没什么文化，慢慢养成了暗中藏私房钱的毛病。床腿里藏过钱，家中多年不用的砂锅里也藏过钱。这回是在暖气罩里藏的4万块钱。前不久夫妻二人送女儿去北京上大学。家里只有一个儿子，恰好暖气漏水。儿子打电话叫了一个水暖工来修了暖气。夫妻二人回来后，老婆听说此事大惊失色，赶紧把暖气罩扒开，装钱的塑料袋哪还有踪影。那天报案时姜祥说，钱是次要的，关键此事一发，老婆恼羞成怒，积怨爆发，并且迁怒于他，把几十年的老账都翻出来了。总之一句话，家庭不和谐了。再者说老婆这些年本来就神经兮兮的，不把钱找回来，怕老婆的神经别真的出什么问题。

姜祥带来了水暖工揽活的名片。刘发昌所谓的“人已经有了”就是指这个情况。刘发昌反复强调“人已经有了”还有一层意思，就是案子难度不大，希望能尽快办。

石韬一听这个情况，心知这事99%是水暖工干的。也就是说，犯罪嫌疑人非常明确。一般外行总认为，一个案子，知道是谁干的，大概也就破了一多半了吧。其实不然，很多情况下，知道是谁干的，距离真正破案，还有十万八千里呢。首先，抓人是个大问题。咱们的祖国，幅员辽阔，地大物博，人口众多。当前市场经济条件下，交通发达，人口流动量极大。嫌疑人随便往哪里一钻，你上哪儿找去？为了追逃，大量“人、财、物、精力”的消耗，你能否耗得起？十年二十年抓不到嫌疑人，最后不了了之的案子，有的是。其次，这个案子的特殊性在于，嫌疑人是应受害人邀约进入其家中，在其工作范围内发现财物，而后临时起意实施盗窃的。这就造成了现场的一切有关嫌疑人的痕迹统统无法当作证据使用。其三，所盗窃的财物全部是现金。现金的所有权很难识别，用通俗话讲，“装在谁兜里就是谁的”。这就造成通过获取赃物来证实犯罪的难度也比较大。这样一分析，就算嫌疑人能顺利到案，留给石韬的破案渠道还剩下什么？只剩一条，就是，口供。一想到这一层，石韬心里就一紧。

口供……口供……又是他妈的口供！石韬的嘴里无声地念叨着，他的手不由自主地伸进口袋里掏出了烟盒，掐出一支烟叼在嘴上，打着火深吸一口，两股淡蓝色的烟雾从鼻孔里徐徐喷出，洇染了一张眉头紧蹙的脸。

4

从黔首市的南郊蜿蜒而过的铁路，仿佛一座看不见的城墙，把城市分作了道里和道外两部分。道里是富贵繁华的城市，道外则是融入不到城市的流动人口聚居的地盘。

过了铁路平交道口，石韬他们的车很快就沿着曲折盘绕的山道爬上了向阳坡。透过车窗向山下望去，层层叠叠的房屋院落依山而建，杂乱无章，慢慢地铺展到远方山脚的铁道线那一带。每家的屋顶上都铺着防雨的油毛毡，油毛毡上密密麻麻压着一层断砖碎瓦，从远处看去，活像扔在垃圾堆里的面包点心上爬了一层苍蝇。院落里要么是成堆成堆从城里拾来的旧纸箱板、啤酒瓶、缺胳膊断腿的破烂家具，要么就是搭建着棚子式的作坊，生产些价廉质劣的副食品。

这里就是外来人口和黑户们聚居的向阳坡。

由于这里的房屋都是私自修建的，没有什么规划，所以这里的巷道曲里拐弯，错综复杂。道路本身更是坑坑洼洼，颠簸不平。石韬他们的车边走边在屁股后面扬起大团大团的尘土，他从倒车镜里看见漫漫黄尘之中，有人端着饭碗指着他们的车辆在破口大骂。于是他让赵京九把速度放慢。当他们终于在团结巷口停下车时，赵京九一下车，就挠着头皮说，“咋又到这个地方了！鬼打墙咋的！”

石韬细一问才知道，上午他们摸排的那个永红巷，就在斜对面，与团结巷隔着主干道相望。因为永红巷里摸不出代辉，就扩大范围，把团结巷也顺便摸了。

石韬一听，心里一沉。弄不好把李富泉惊着了。他侧过脸望向来路，望不出去多远，来路就顺着山势掉下去看不见了。更远处，是渐渐沉落的夕阳。

石韬等人敲开团结巷36号的院门，来开门的是房东。听说是公安局找李富泉的，房东把院子西侧靠墙的一顺三间房指给他们。

石韬他们进屋一看，屋里没有大人。只有两个女孩子在中间屋里坐着看电视。一见进来了陌生人，两个孩子的眼睛就离开了电视屏幕，盯在打头的石韬脸上。由于房子坐西朝东，而此时正是夕阳西下时分，屋子里的光线十分黯淡。在电视屏幕荧光的映照下，石韬看见两个女孩子的眼睛亮晶晶的，专注地盯着他的脸，目光清澈，懵然无知。石韬赶紧把目光躲开了。不知怎么的，他脑海里忽然浮现出当年的一幕，那是他第一次在抓人中遇到有嫌疑人的孩子在场，在接触到孩子眼睛的那一瞬间，他脑子一下乱了，行动上就畏缩了一步。老刑侦的眼是很毒的，一眼就看出了他在抓人一瞬间的窝囊。事后不客气地敲打了他一番，但他们不明白那一瞬间他畏缩的真正原因。从那以后，石韬在办案中有意识地克服心中的犹豫和软弱，凡是会干扰他的决心、影响他的果断的，干脆不看、不听。慢慢地，潜藏在内心深处的软弱和犹豫被克服得一干二净，剩下的唯有冷静、强悍和果断。石韬体会到，唯有在这种心理状态下，大脑才能保持高度清醒，神经才能保持高度敏捷，才能始终做到思维比嫌疑人快一拍。但这次不知为什么，石韬觉得多年未曾体会过的软弱和犹豫似乎又从内心深处的什么地方开始向上翻腾，需要分神去压住它。

石韬的目光开始打量李富泉租住的这几间屋子，屋子里的家具简陋陈旧，漆色杂乱，样式、材质各异，是不同时代的产物，天知道是怎么拼凑到一起的。屋顶上是那种假金箔纸纵横编织起来的吊顶，这路装修法，让石韬恍然回到了二十世纪九十年代初。

中间屋子生着炉子，靠右角的桌子上放着案板、菜刀、筷子筒等厨具。但靠左边又摆着沙发，沙发对面靠墙安放着电视机。左右两边屋子分别是两个卧室，左边的摆两张单人床，右边的摆一张双人床。在这陈旧简陋的三间屋子里，却也有豪华优雅的一角，这就是张贴在卧室墙上的贴画，贴画上都是些高档别墅的图片。这些别墅或在绿野仙踪般的山间，或在小桥流水的园林，或在视野开阔、洁白蔚蓝的海滩边，其间点坠着游玩嬉戏、尽享天伦之乐的一家人……

5

石韬的原计划是当天晚上就把李富泉两口子一起带走，然后背靠背讯问。在这种突然袭击之下，两人之间来不及串供，容易露破绽。再加上政策攻心，两人之间不能完全信任，运气好的话，薄弱环节就会被突破。

然而，突然出现的两个孩子打乱了石韬的计划。

当天晚上，李富泉的老婆刘志艳是11点多才回家的。李富泉一直到凌晨2点多才回家。石韬只能带走李富泉，把刘志艳留在家里照顾孩子。

虽说分头突审两人的计划流产了，但新情况又在石韬的脑子里促生了一个新点子。于是石韬在等李富泉回家的时候，打电话从警队调来一辆挂地方牌照的旧桑塔纳，让停在团结巷斜对面永红巷的巷口略进去一点的地方。等兜住了李富泉、一行人撤离的时候，暗中吩咐赵京九摸进永红巷的那辆车里，注意团结巷口的动静。万一刘志艳转移赃款，破案的机会就来了。这与当年毛主席惯用的围点打援的手法有异曲同工之妙。

夜深了，远方的城市灯火渐稀，头顶黑色的夜空繁星点点。赵京九缩在桑塔纳的驾驶座里，睁着眼努力地维持着对巷口外面的注意力。有个人从巷口外主干道上拐进来，看见有辆桑塔纳停在巷子里，慢慢踅过来，心怀叵测地把手搭在车窗玻璃上向车内打量。赵京九猛地打着火，“轰”地踩了一脚油门，来人吓得一溜烟钻进了巷子深处。

由于桑塔纳不便停得太靠近巷口，赵京九视角受限，不太放心。他不时地钻出车外，慢慢踱出永红巷口朝团结巷口张望。永红巷口把头的恰是一间叫作“好妹妹”的洗头房。洗头房的门脸整体做成了铝合金玻璃门，玻璃擦得干干净净，恍若无物，透明度很高，让过往路人一眼就能看见店内粉红色的灯光下摆着的那只长沙发，以及长沙发上半躺半坐的两个洗头妹。两个洗头妹衣着暴露、姿态妖娆，懒洋洋地半躺在长沙发上，一双大眼睛百无聊赖地打量着橱窗外面。

夜色中，这个透出粉红色灯光的玻璃洗头房，有点像是那种专养观赏鱼的鱼缸。

赵京九因为心里有事，开始并未注意到“鱼缸”里养着的两个洗头妹。当他某一次踱出永红巷口、打算观察团结巷的动静时，他才注意到橱窗后面的两个洗头妹在打量着他。其中的一个和他对视片刻，漫不经心地把摊在大腿上的短裙一下一下地撩起来给自己扇凉。于是，紧绷着黑色丝袜的大腿就在幽深处若隐若现了。

赵京九没工夫理这一对宝，仍强压着那份不耐烦干他的正事。不料“螳螂捕蝉，黄雀在后”，他还没有不耐烦，两个洗头小姐竟对他不耐烦了。其中一个在他又一次从洗头房前踱过去的时候，忽然伸出头来朝他喊道：“哎！想了就进来嘛，左一趟右一趟的你累不累?!”赵京九一愣，等他明白过来，只觉一股邪火上头。

与此同时，石韬正在办公室里对付李富泉。

一开始，石韬打算先来软的，说服李富泉把钱给人家还了。他再给姜祥那边做工作，大事化小，小事化了也就算了。毕竟这件事可大可小，往重里办，盗窃当然靠得上。可要往轻里办，“非法侵占”也能挂上边。石韬早过了那种成天憋着想办大案的年龄，比这大的案子他都瞧不上眼。在他心里，这个案子只是办理欢唱城的案子中间遇上的一个干扰。他想尽快了结，消除干扰。而且，不知怎么的，李富泉的两个孩子，那两双清澈透明、懵然无知的眼睛，还有他那个穷困简陋的家，老是浮现在石韬的脑海里。说老实话，给这样一个穷家当爹，又是猛可里遇到这样巨大的诱惑，一时把持不住干下错事，是可以理解和原谅的。

为此，在讯问过程中，石韬尽量轻描淡写，把那个关键性的细节说成“拾”。问的是，“拾到什么东西没有?”“如果拾了，现在给人家还了，不算晚。”“给你算成主动交代，没什么大不了的。小孙和小刘都在这儿，我说话是算数的。”

可是不管用。李富泉一口咬定他只是“修了个暖气，啥也没看见。”

问着问着，石韬语气中的力道就越加越重，他的眼睛盯着李富泉的那张脸，捕捉着每句问话在那张脸、那双眼睛里所造成的细微变化。力道不仅藏在石韬一句跟一句、环环相扣的问话中，藏在问话的语气中，而且藏在他的眼睛里。李富泉虽然始终对答如流，但他的眼睛已经开始躲避石韬的目光了。一个无辜者面对这种讯问也会受不了，但无辜者的反应是另外一种状态。因为极度委屈，他可能会气噎喉头、说话哽咽打结，胸膛剧烈起伏，有的泣不成声，有的暴跳如雷。但李富泉的反应不一样。首先，他对那天的行踪回答得过于流利了。那已经是七八天前的事了，但他对那天从早晨睁眼直说到晚上闭眼，不怎么打磕巴，甚至也很少停下来回忆回忆。事先不经过精心准备，是不会说得这么流利的。其次就是，李富泉没有那种无辜者突然遭受怀疑时的激动而又紊乱的反应。相反，他呈现出那种经过精心准备后沉着应对、从容不迫的精神状态。而且，不知怎么的，石韬老是觉得，李富泉故意散发出一种敢于跟警方打持久战、长期耗下去的气息，从不说一句“我啥时候能走?”“家里还有孩子”“还要干活挣钱”之类常听见的话。前一轮盘问因为李富泉的对答如流，很快就把石韬的问话给耗完了，石韬一时竟有种张口结舌、气不能出的感觉。李富泉似乎也察觉出这一点，他的精神慢慢放松，竟然由刚才的眼神躲躲闪闪变得开始满不在乎地与石韬对视起来。这一点把石韬惹恼了，这是他妈的在跟你叫板，意思他根本就不怕你，看谁能耗过谁。

“这是一块滚刀肉！要查查这狗日的底细!”石韬在心里咬牙切齿地说。

6

小孙把网上核对的结果报告给石韬的时候，已是天色微明。原来，李富泉 6 年前就因盗窃被打击处理过，判了两年刑。

这么说，这狗日的接受过咱公检法的一条龙服务，程序了解得很！

石韬眉头紧蹙，一时有点发蒙。显然，昨天对这个案件的难度明显估计不足。一想到刘发昌带着姜祥报案时那轻描淡写的口气，石韬就觉得自己是一个不小心，让刘发昌这狗日的给下了套了。刘肯定是事先就查了李富泉的底细，否则，他怎会低三下四地带着人亲自求到自己头上，平时他们的关系并不怎么样的。一想到这个案子不知会把自己拖到什么时候，再想到已经费了那么大的劲搞到关键阶段的欢唱城的案子，石韬就感到一阵烦躁。

石韬到卫生间打来一盆凉水洗了个头，坐在办公桌前点上一支烟吸，他的头脑渐渐冷静下来，思路重新开始灵活地在脑海里开拓起来。他想，看来，不动刘志艳是不行了。在最后一个瞬间，那两个孩子的眼睛又在石韬的脑海里闪烁了一下，但多年惯性的强悍和果断一下就把那两双眼睛抹掉了。

批刘志艳的刑拘手续的时候，王副局专门给石韬打了个电话。石韬先详细汇报了前期的调查结果，案发时，刘志艳确实到过现场。不但有受害人的儿子做证，李富泉夫妇自己也承认。接着石韬就实打实地汇报了这个案子的难度——典型的口供先于证据的案子。而且李富泉曾经受过打击处理，口供很不好拿。王副局沉吟半晌，问："他家那两个孩子？你们怎么安置的？"石韬答道："已经安置到孩子他舅舅家里去了。"王副局说："对刘志艳你们动作要快，不行就放人。成都把嫌疑人的孩子饿死在家里的事你们都知道吧？现在媒体上炒得特别厉害，宁可案子不办，也不能给我找麻烦，懂我的意思吧？"石韬唯唯。

一晚上连抓人带审人，上午又杀回马枪把刘志艳抓了，连哄带吓唬地把两个孩子安顿给刘志艳的哥。此时的石韬觉得脑子里又钝又重，而且似乎有很多嘈嘈切切的声音在里面响。浑身发酸，尤其腰部酸痛。这是近年来伴随失眠产生的现象。中午的时候，石韬躺在铁皮文件柜后面安置的那张简易床上，想碰碰运气，看能不能眯一会儿觉。刚有点迷糊劲，就听赵京九和小孙从外面进来。赵京九正在跟小孙发牢骚："我看石大队这两年脑子也开始打铁了。昨天上午摸代辉，我们刚把团结巷动了，晚上刘志艳11点多才回，李富泉2点多才回。该转移的早都转移完了！白白让我在永红巷猫了一夜，还让个婊子糟蹋了一番！"又说，"咱一下把人家两口子都拘了，万一办不下来，我看麻烦事在后面。那个钱咱就敢肯定是李富泉拿的？姜祥儿子也在场，这种可能性石大队考虑过没有？"小孙说："昨天石大队安排我去学校把姜祥的儿子了解了。不太上网，也没啥不良嗜好。胆子小，是个老实娃娃。"赵京九听来气还没顺过来，又操起电话给向阳坡派出所打电话，让找个机会把永红巷的"好妹妹"洗头房给"好好收拾收拾"。

赵京九的一番话，尤其是"脑子打铁"这句话，在石韬心中引起了一阵尖锐的刺痛。赵京九不知道他就躺在铁皮文件柜后面，这种情况下说的话最能代表其真实想法。正是这一点深深刺激了石韬，因为这句话触到了石韬埋藏很深的一块心病。

石韬是从两年前开始失眠的。一开始只是偶有发生，后来就变得越来越频繁。夜里，眼前一陷入黑暗之中，大脑就开始变得清醒，疑难案件、信访案件、督办案件、人际关系，总之，凡能给人带来压力和烦恼的种种事情，就开始在脑海里翻腾起来。大脑变得越来越兴奋，甚至可以明显感觉出是不正常的亢奋。身体燥热，手心脚心出一层虚汗。在看书、数绵羊等方法都不管用之后，他开始努力控制自己的思维，想把那些烦心的事统统赶走，只留下安静和睡意。然而，他发现，那些烦心的事不是说赶走就能赶走的，入睡也不是靠努力就能达到的一件事。往往适得其反，往往在几个小时的努力均告失败之后，只会让自己陷入更深的烦躁。他发现，思维和意识不像肢体那样容易控制。他意识到，有时候他是无法控制自己的思维的。别人都是这样，还是只有他一个人是这样？他是否已经陷入到一种病态之中了？这让他在烦躁之外，又体会到一种恐慌。

由于夜间睡不好，白天头脑里总是昏昏沉沉的，石韬开始体会到书上说的一些长期失眠易导致的症状。首先是记忆力衰退，这一点他在日常生活中已经感觉到了。他查阅了一些书籍，记忆力是人的整个智力结构的基础。记忆力一旦衰退，大脑快速检索的能力、联想的能力都会跟着衰退。这样一来，遇事迅速进行分析和判断的能力也会跟着衰退。用通常的话说，这个人就变迟钝了。这不仅仅影响一个人的智力因素，而且会发生连锁反应，影响到一个人的品格。比如，原本果断干练的人，会变得犹豫不决、优柔寡断。长期如此，就会导致一个人失去自信。像石韬这样担任刑警大队长的人物，尽管内心清楚自己出了一些问题，但外表还必须强撑着自己固有的领导的强势、能力和威信。长期如此，又会导致——按照书上的说法——人格的分裂。

石韬深知，案件长期堆积如山、精神压力过大，是导致这一切的根本原因所在。什么时候才能从这种状态中摆脱出来呢？有一次，石韬去省厅参加会议。厅长在报告中说，根据市场经济国家的发展规律，当人均 GDP 在 1000 到 3000 美元时，一方面国家经济开始腾飞，一方面各种社会矛盾激化，刑事案件高位运行。我国目前正处在这个阶段，这种严峻形势在一定的历史时期内不会改变。石韬一听，有种绝望的感觉。人一辈子能兑换几个“历史时期”？人能熬得过历史吗？大约就从那时候起，石韬开始暗暗考虑抽身的事。对他来说，只有提拔上去，才能从堆积如山的案件中摆脱出来。怎么才能提拔上去呢？对他这样没什么背景的人来说，只有拼命地干、苦干加巧干、谨小慎微地干、争取不出任何差错地干……然而，照这种干法，精神压力只会更大，失眠抑郁只会更严重，领导能力只会更衰退。石韬有时觉得自己仿佛陷入了一个恶性循环的怪圈难以自拔，唯一能做的就是苦撑待变。

此时，因为赵京九那句话的刺激，石韬把自己接手案件后的安排又从头到尾捋了一遍。安排赵京九蹲守，并无什么不妥。尽管转移赃款的可能性较小，但再小的可能性也要认真对待。多年来的办案经验告诉石韬，侦查破案，从某种角度说，就是不厌其烦地验证和排除各种可能性，当所有“不是真相的可能性”都被排除殆尽之后，剩下的不就是真相了吗？赵京九警官大学毕业，在队里算是素质比较高，脑子比较活的，看问题的角度以及某些言论，经常让石韬这一茬的人感到匪夷所思，细想却又不无道理。所以，对赵京九的一些惊世骇俗的言论，虽然其他老侦察员往往是一骂了之，石韬却会不动声色地在暗中琢磨一番，有时还颇有心得。当然，赵京九也有着年轻人常有的毛病，心浮气躁，干事情凭一时冲动，一有挫折即垂头丧气，牢骚满腹。今天他这番话就典型地反映了这种毛病，虽然石韬异常反感，但他还是像往常一样，闭上眼慢慢地把反感化解开。赵京九依然是他心目中的重点培养对象，如果不培养出可靠的接班人，他是休想从刑警队抽身的。

7

传来了一个好消息，那个代辉居然被建设路派出所摸出来了。

石韬精神为之一振。一起案件能否侦破，受很多复杂因素影响，往往不是侦察员所能左右的。而且刑侦工作压力又很大，在这个行当干的时间长了，就会在潜意识里产生一些迷信思想。比如现在，石韬就觉得，派出所居然能摸出代辉，是个好兆头。事情一旦朝顺的方向发展，往往一顺百顺。这就好像劈竹子，只要你劈开一条小缝，竹子就仿佛心甘情愿似的，哗一下给你裂到底。

石韬的注意力立刻转移到欢唱城的案子上来了。他暗暗地想，等把欢唱城的案子搞得有眉目了，回过头来再搞李富泉的案子，一顺百顺，说不定一把就拿下了。

然而，他高兴得太早了。经过讯问，代辉坦然交代，案发前他确实联系了那个小姐，但小姐有事没来，他只好去棋牌室消磨了一夜。又找棋牌室老板及雀友们查证，证实代辉当晚确实在该棋牌室，直到凌晨 2 点多才走，根本没有作案时间。石韬和苏鹏这一组人顿时集体陷入一片失望的沼泽。望着苏鹏一伙个个垂头丧气、呆若木鸡的脸，石韬深知，此时若不帮他们提起一口气，这个案子就算完了。尽管石韬此时也觉得浑身的精气神都流泄殆尽，身体内部有种无比空虚、支撑不住的感觉。但他还是强撑精神给苏鹏一伙打气："前期走访反映，死者确系接了一个电话后出去的。这个情况是比较可靠的。现在排除了去代辉那里的可能性，说明还有其他可能性未被咱们掌握，下一步的工作就是进一步调查走访，多考虑几个方向，再把工作做细。以前比这更山穷水尽的情况都遇见过，最后不是照样破案嘛！”

鼓了一番劲，石韬从苏鹏等几个人的脸上看出了一丝强打起的精神，有几个人已经在低声地商量着什么。他略松了一口气，不管怎么说，这台栽到沟里的汽车总算吃力地发动起来了，车轱辘又开始卖力地转动起来了。至于能不能从沟里爬出去，只有走着瞧了。

尽管给别人鼓起了劲，石韬自己却有种不祥的预感。当他找到小孙询问李富泉的案子的进展时，不祥的预感就应验了。小孙已经带赵京九他们把李富泉家仔细搜过了，一无所获。他家的银行存折也已经调查了，近些日子都只有些千元以内的小额进出。这些倒也罢了，都还在石韬的估计范围中，关键是刘志艳嘴里什么也没问出来。石韬仔细查看了一下讯问笔录，心中有几分了然。小孙还是那个老毛病，程咬金的三板斧，就凭那一股子凶狠劲。对方如果被打击处理过，或者心理素质好、事先精心准备过反审讯策略，扛住了他的三板斧，他就没一点办法了。石韬又把赵京九叫来问了审讯的情况，果然如他所料，小孙就那几句话，就那几招，那几招不管用了，审讯就陷入了僵局。石韬原来有两种设想：其一，刘志艳是个女人，再加上惦记孩子，利用这个弱点，说不定很快就突破口供；其二，就算一时突破不了口供，至少也能扒开个缺口，以便进一步开展工作。但现在看起来，刘志艳就像是个焊死的铁桶，简直密不透风。

这个晚上本来应该好好睡一觉的，因为这是近些天唯一一个囫囵觉。但过了 12 点后，石韬还是抱起被子悄悄往小卧室转移。因为身边老婆那均匀、酣畅的来自梦乡的呼吸声弄得石韬越来越着急。一个人睡不着倒也罢了，但有旁边的人的酣睡作对比，睡不着的人只会陷入更深度的焦虑，睡觉仿佛也成了一种竞赛。

石韬一个人躺在小卧室里，心里稍稍平静了一些。但脑海深处依然静不下来，白天的种种挫折、烦恼和来不及想清楚对策的事情在里面永不停息地翻涌着，就像热泉从地层深处永不停息地翻涌上来。石韬觉得自己被冥冥中的一股什么力量给调动了一下，使他放下李富泉、刘志艳去搞欢唱城的案子，他在那里扑了个空，而等他调回头，这边的破案机会也悄然溜走了，他就像是被谁耍了。一种恼怒的感觉涌上心头。他冷静下来仔细思考，觉得近一个时期的挫折，根本原因在于用心不专，他的注意力在两个案件之间飘忽不定。如果他紧咬住这边的案子不放，对刘志艳的第一次讯问就由他亲自完成，说不定口供早就突破了。刘志艳的口供一突破，剩下的事情就可以放心地交给赵京九、小孙他们去做。他就可以专心致志地对付欢唱城的案子了。一想到赵京九，他又想起一件事，当初为什么不把讯问刘志艳的事交给赵京九办？其实，像这种没有一点证据基础的讯问，难度很大。在这方面，赵京九的办法比小孙要多。至少他懂得迂回，一个角度攻不下来，他可以把话题引开，可以在核心问题的外围不停地兜圈子，让对方逐渐放松下来，逐渐转移注意力。他还会在兜圈子的过程中暗暗下几个套，等他突然绕回到核心问题的时候，对方才猛然发现自己已经被逼入了死角。他见过赵京九的这一手。这也就是他办案子喜欢带上他，并且逐渐把他当作重点培养对象的原因之一。但这一回，如此烦心的一个案子，他怎么在关键时刻没有交给赵京九去办呢？似乎是借着浓浓黑暗的遮掩，他心底深处的一些东西浮出了水面。这些东西多少有些见不得人，如果是在白天，在办公室里，他也许不敢把这些东西从心底深处挖掘出来。其实就是为了赵京九那天的那句话，那句话不仅仅是让他不舒服，不仅仅是伤自尊心的问题，实际上，在他当下的处境中，那句话带给他一种深刻的危机感。但此时，在黑暗中，石韬反而感到比白天更清醒。他意识到，在那个瞬间，其实他是不清醒的，他被一种狭隘给挟持了，失去了一个领导者必备的大度。在那个瞬间，他其实也失去了自信。

把这一切都想清楚了之后，他忽然感到清醒又回来了，自信也回来了。他又把这个案子梳理了一遍，竟发现，眼下的不利中，其实也包含着很多有利因素。假如真在李富泉家中搜出那4万元现金，而李富泉狗急跳墙，咬死那是自己多年积蓄，指纹鉴定也拿不出个像样的结果，那这个案子就真的办不下去了，他们也就真的骑虎难下了。现在看起来，那天夜里李富泉极有可能是出去转移赃物的。如今只要能突破口供，由他本人指认赃款埋藏地，录像固定证据，这个案子就能办成铁案。这样一分析，李富泉转移赃款的行为，实际上是聪明反被聪明误，是自己把自己逼入了死角。至于拿口供的办法，还有很多没使出来呢……当自信重新随着血液流贯全身的时候，石韬顿时有种醍醐灌顶、进而通体舒泰的感觉，一种久违了的、舒适的疲倦感渐渐浸润了他的大脑及周身的每一根神经。

当他渐渐沉入梦乡的时候，窗外已呈现出天之将明时的墨蓝色。

8

李富泉被固定在刑事科学技术中心心理测试室的那把椅子上。

实际上，那把椅子与看守所提审室把人的手和脚都固定住的铁凳子不一样，并没安装那种把手腕箍死在扶手上的 U 型铁箍，也没有那种像蟹钳一样能够张开、合拢，从而把脚腕锁住的铁环。李富泉的手腕、手指和其他一些部位只是连接着一些他看不明白的传感器，传感器的导线连接在对面桌子的仪器上。桌子后面坐着一个穿白大褂的人。那个人的脸上毫无表情，不像提审他的刑警，有时候会大发雷霆，会显得很凶恶。但那个人并不让他感到轻松。那个人在测试开始前先给他讲解了一番这种测试的原理，他讲得很玄。他说，任何犯罪行为都会在行为人的心理上留下一些痕迹。他搞的这个测试，就是要测试出他的心理上是否留有这种痕迹。他说这种测试是靠一整套严密精确、被过去无数实验和办案实践证实了的科学方法，还有当今最先进的仪器设备做保障的。相关行为他是否实施过，一经测试，就会明白无误地显示出来。

提审室的铁凳子以及刑警的厉声讯问虽然让人很难受，但李富泉毕竟经历过多次，已经有所适应了。但这种心理测试的滋味他还从来没有品尝过。连在他身上的那些传感器和导线，让他一动也不敢动。他觉得比固定在铁凳子上还难受，还紧张。那个穿白大褂的人开始发问了，尽管他不像提审民警那样声色俱厉。但他有一个特点，每问一个问题，他就会盯着你的眼睛看。渐渐地，李富泉感到那个人的目光开始具有一种穿透力，仿佛一副钩子，伸进你的眼睛里，从你的脑子里面往外钩东西。

主持测试的民警一直仔细观察着测试椅上的李富泉，李富泉的身上开始出现一些预期的反应了。刚才给李富泉连接那些传感器时，通过身体的接触，测试民警能够感觉到，李富泉的肌肉很紧张。虽然看起来他端坐在测试椅上纹丝不动，似乎很平静。但通过身体的接触，对肌肉的触摸，就可以感觉出，他的这种纹丝不动，与没事人的那种很放松的平静截然不同，是靠绷紧的肌肉实现的，是一种刻意维持的姿态。因此，他的身体很僵硬，身体的各个部位与椅子的接触面贴合得严丝合缝，不像是一个人坐在一把椅子上，简直就是两把椅子摞在一起。

但随着测试的开始，他的全部注意力都集中在应付问题上来了。再也顾不上维持某种身体姿态，于是他的两条腿开始紧张地抖动起来，额头上渗出了一层细密的汗珠。他大概对心理测试也略知些皮毛，回答问题时努力想维持心情的平静。但无奈那些精心设置的问题紧紧围绕着当时的种种细节，个个达到刺激强度。一个人在这种情形下，想要控制自己的心理和神经，尤其是植物神经系统的应激反应是很难的。你可以欺骗别人，但你能骗过你自己的神经系统吗？

李富泉的种种应激反应都显示在相关的仪器上了。

还有一个人并不比李富泉轻松多少，此人就是石韬。虽然心理测试不是最后一招，但石韬心知肚明，剩下的招数也不多了。李富泉之所以顽抗这么久，就是因为他自恃公安机关并没掌握什么过硬证据。石韬他们最头疼的也正是这一点，手里没有一点证据，怎么才能打垮李富泉的精神防线？最后，石韬提出，没有证据，咱们先制造出一些“虚拟证据”，然后利用“虚拟证据”做武器，打垮李富泉的精神防线，拿到口供，从而取得真实的证据。

所谓“虚拟证据”，指的就是心理测试。心理测试虽然可以帮助公安机关掌握犯罪嫌疑人的心理痕迹，判断嫌疑人的嫌疑程度，以便确定下一步的工作方向。但在法庭上，心理测试的结果是不能作为证据来使用的。至于“虚拟证据”能不能打垮嫌疑人的心理防线，那就与嫌疑人对司法程序的了解程度、自身的心理素质等都有一定的关系。正因为如此，尽管李富泉通不过心理测试，但石韬的心还是悬着的。李富泉曾受过打击处理，接受过公检法一条龙服务，对司法程序十分了解。万一他清楚“心理测试”的证据效力，那么这一招的作用将十分有限。

心理测试的结果出来后，石韬迅速提审了李富泉。

“李富泉，心理测试的结果也出来了，事情就是你干的，你还有啥说的?”

“你们弄的那个我也不懂。反正我就修个了个暖气，别的啥也没干。”

“李富泉，你懂也好，不懂也好。心理测试那是一门科学，全世界公认的，测试民警也给你讲清楚了。现在结果就摆在这儿，事情就是你干的。你再赖下去，对你只有坏处，没有一点好处！你想清楚!”

“反正我只知道关人判人要讲证据，你们要有证据你们判我好了，判我枪毙我也没意见!”

石韬一下噎住了，一种精心预谋后的失算、失败一下把他击中了。一种恼羞成怒的感觉顿时把他攫住了。年轻时的那种热血直冲脑门，上去就想来几下的冲动直往脑子里涌。但一个多年养成的声音立刻在脑子里响起来，冷静，冷静，千万不能暴露出自己的情绪。对方可能也是在试探你，对方也许并没有表现出来的那么有把握。

石韬的脸上什么表情也没有，他点上一支烟，深吸了一口。忽然换了个话题，问起了李富泉的两个孩子。包括孩子的年龄，在哪儿出生的，在哪儿上学的，平常由谁照顾的，学习成绩等。李富泉一开始脑子里的弦还紧绷着，渐渐地就放松了。可以看出他牵挂的就是那两个孩子了。在前一段时间的调查中，石韬就曾特意跟房东了解李富泉家里的情况，知道李富泉两口子对孩子的学习抓得很紧，两个姑娘的学习成绩也不错。可以听出，李富泉觉得自己这辈子没啥指望了，把希望都寄托在了孩子身上。石韬给李富泉也递了枝烟，慢慢把话题引向深入，与他聊起了对孩子将来的打算。因为话题始终与案子无关，李富泉渐渐放松警惕、动了真情，他一边唉声叹气地诉说着打工的辛苦，生活的艰难，命运的不公。一边告诉石韬，他们两口子现在唯一的希望就寄托在孩子身上了，好在孩子都很争气，学习刻苦，成绩名列前茅。石韬忽然插问："你上次判进去的时候，孩子多大？"李富泉一愣，脸上重新现出紧张的神色，半天没有吭声。石韬已经替他算出来了："是不是大的 5 岁，小的 3 岁？"李富泉神色恍惚地点了点头。石韬又说："你第一次判进去的事，我猜你孩子到现在也不知道吧，你们家就是那时候搬到这里来的吧。"李富泉恍惚地点了点头。石韬又说："现在你大姑娘 11 岁，小姑娘 9 岁，如果这回再判进去话，你觉得还能瞒得住她们不？你让她们咋办？头上顶着个当贼的爹去上学？要么就是再搬家？搬得远远的？学习咋办？还能好得了吗？知道我对你为啥这么有耐心吗？我是在替你两个孩子考虑！你以为我没证据？我可以告诉你，你老婆的态度比你强得多，要不是看在你老婆孩子的分上，我早把你办了！而且我要重重地办你，就按入室盗窃办你！"

"咋能算入室盗窃?！是他们叫我修暖气的！"李富泉在石韬的一连串发问中，脸色越来越灰白，精神越来越恍惚不安，听到最后一句，控制不住地大叫起来。

"不算入室盗窃算啥?！算捡的吗?！"石韬几乎不留一刹那的间隙，连珠炮一般地发问。

李富泉猛醒过来，他说漏嘴了，但他的反应够快的，结结巴巴地改了口："我啥也没捡，就修了个暖气。"

"放屁！你刚才咋说的?！"

"我那只是跟你探讨个法律问题，我的意思是说，那种情况就算捡个啥也靠不上入室盗窃？对吧？何况我啥也没捡着！"

"好！有种的你就拿你这句话扛到底！给脸不要脸的东西，你看我怎么办你！你就等着上法院吧！"

石韬扔下这句话就让人把李富泉押进去了。他仰靠在椅子背上，闭上眼睛长吁了一口气。今天虽然没拿到口供，但可以感觉出来，李富泉的精神防线已经开始松动了。

9

星期一早上，石韬一走进局办公大楼，就觉得气氛有点不对头。一些关系不错的同事，平常见了面总要没正经地开几句玩笑，拍拍打打一番的，今天却都是点个头就匆匆而去，仿佛有什么事在躲着他似的。

石韬坐在办公室里点了一支烟，正纳闷这事，赵京九就推门进来。他把门轻轻合上，对石韬说："石大队，咱们有点小麻烦。今天早上刘志艳她哥把她那两个闺女带到局里来，搡到刑警大队就走了。"

石韬脑子里"嗡——"的一下，一时有点空白。办案这么多年，他还真没遇到过这种情况。他深吸了一口烟，让赵京九说说具体情况。赵京九说，刘志艳他哥把两个闺女带到刑警大队，说是他这个妹夫他一向看不上，两家关系早弄僵了，多少年没来往了，两个娃娃他管不了。既然公安局把她们爸妈一块抓了，公安局就把娃娃管上。

"你们干啥吃的?！不会做一下工作把娃娃领回去嘛?！"

"那狗日的是个无赖嘛，刚把他拉了一把，人家就撒泼胡闹开了，两个闺女也吓得哭起来了。星期一一大早人来人往办事的又多，不好硬弄。"

石韬气得一句话也说不出来，只是一口接一口地吸烟。他想起当初批刘志艳的刑拘手续的时候王副局说过的那句话：对刘志艳你们动作要快，不行就放人。宁可案子不办，也不能给我找麻烦。由此又联想起媒体上热炒的成都警方将犯罪嫌疑人带走后，因工作疏忽导致一哺乳期婴儿被锁在家中饿死的事……最近说不定上边正在抓这方面的事，石韬觉得心在往下沉，一阵一阵发凉，脑子里一时有点乱。

"娃娃现在在哪儿?"半天石韬才想起来问了一句。

"在内勤那里。"

石韬在内勤办公室门前犹豫了片刻，才轻轻地把门推开。他尽量不弄出声响，潜意识里是害怕惊动那两个小姑娘，害怕与她们的眼睛对视。在那一刻，他又想起了抓人的那一天，那两双清澈透明、懵然无知的女孩子的眼睛。

门开了，室内的人没有被惊动。石韬看见办公桌的两边分坐着两个小姑娘，都耷拉着脑袋一声不吭，眼眶里蓄着的泪珠欲落未落，晶莹透亮。她们的面前各有一杯牛奶、一个面包。面包都还裹在塑料袋里，显然动都没动。从远处看过去，她们那姿态、那神情，和所有在这里待过的犯罪嫌疑人简直没什么区别。石韬心里一阵难受，他干咽了一口唾沫，感到呼吸似乎都有点困难。那一刻，他感到已经被克服多年的犹豫和软弱忽然又在心中翻涌，需要分神去压住它。

他把目光移向别处，看见内勤赵宝菊坐在对面的沙发上，正看着他，脸上是那种一无所措的傻笑。

石韬打个手势把她叫出来，从兜里掏出200块钱递给她，然后低声交代:"这两天把别的事情先停下，专心看好这两个孩子。上学送过去，放学接回来，吃饭带到外面饭馆。晚上放在值班室，夜里睡觉由值班民警负责。不能出任何问题，明白了吧。"

赵宝菊眨巴着眼睛，为难地说:"这两天正赶上大忙，局里要的报表、材料都该出了。"

"你先看着，完了再说!"石韬烦躁地挥了挥手，就转身回办公室了。

下午，王副局长打电话叫石韬过去问情况。石韬把情况汇报了，案子已经到了节骨眼上。他分析，最近成都事件炒得沸沸扬扬。刘志艳的哥哥很可能是受到这个事件的启发，想拿两个孩子要挟公安机关，以达到逃避打击的目的。上午他打电话到派出所了解刘志刚，这个人本身就很难缠，两年前，曾经因为其母亲在市三医院住院发生医疗纠纷的事，大闹过三医院。当时因为护士的一句什么话，他还脱光衣服裸奔过。后来，三医院赔了一大笔钱才把事情了结。石韬觉得，刘志刚属于那种从“闹”里尝过甜头的人，所以一有什么事第一个想到闹，没理闹三分。

王副局沉吟片刻，说：“这样，案子我支持你搞。听你刚才汇报，李富泉有松动的迹象。咱们把重点放在李富泉身上，毕竟事情是他干的，刘志艳充其量是个知情不报。刘志艳我再给你三天时间，再没情况就取保。毕竟孩子放在公安局也不是个长久之计。你那里忙，我把孩子先安排到巡警队那里。”

石韬临出门的时候，王副局又拍了拍他肩膀说：“我知道你有股子犟劲儿，不过，有时候也别钻牛角尖。十个指头弹钢琴，要统筹兼顾嘛。”

石韬出了门就琢磨，王副局最后一句话是什么意思？难道是暗示他，不行就放弃？在局里，他是王副局的铁杆，王副局是不是担心他在这个案子上栽跟头。但此案受害人是姜祥，姜祥跟政法委叶书记的关系王副局也清楚。所以王副局也不好把话挑明，就这样旁敲侧击了一番？

不管怎么样，当务之急是提审刘志艳。

石韬跟刘志艳一接触，发现刘志艳的表现与李富泉不太一样。李富泉虽然至今拒不交代问题，但从他的种种细微表现，语气、眼神、动作、精神状态都可以感觉出，事情就是他干的。他在绞尽脑汁地抵赖，背负着沉重的精神压力。虽然这让石韬很恼火，但有一件事石韬是有底的，以他这种精神状态，他支撑不了多久。但刘志艳就不一样了。刘志艳的反应，用行话说，就是抵触情绪很大，对抗性很强。抵触与抵赖虽只一字之差，但所代表的，却完全是两种精神状态。能够表现出抵触情绪，说明刘志艳心里底气很足。这种底气很足的人又分为两种情况，一种是压根没有犯罪行为，觉得公安机关把他冤枉了。另一种是对自己的行为不认为是犯罪，或者说，没有负罪感。这种人的内心有一套自己的法则，是从他们的生存环境和生活经历中发展起来的。他们并不是不懂法律，也不是不知道自己的行为触犯了法律。但在他们看来，那只是你们的法律。有时我们说某个犯罪分子具有反社会的倾向时，那往往指的就是这种人。这种人是很难对付的，因为他自己的那套法则已经形成了一种顽固的信念。在这种信念的支撑下，他底气很足，毫不心虚，可以很冷静、很有耐力地与你周旋下去。

石韬无法判断刘志艳属于其中哪种情况。也许李富泉干的事她毫不知情。也许她知道此事，但在她看来，那笔钱是这个不公平的社会(或不公平的命运）欠下她的。总之，她的底气很足。她的眼睛总是直直地盯着石韬，说起话来带有一种呛人的味道，有时还敢使用反问句。怪不得小孙第一次提审时会被弄得暴跳如雷。实际上，石韬的心情恐怕比小孙还要急躁，因为对刘志艳的审讯实际上已处于倒计时的状态。在提审室里，是石韬在逼刘志艳。但只要一出提审室，一种形势、一种看不见的气氛在逼石韬。

那天早晨，石韬刚走进局办公楼，就看见巡警大队的内勤正从值班室里领出那两个女孩。女孩一看见石韬，立刻就把目光躲开了。其实那一瞬间，石韬也把目光躲开了。石韬的目光虽然躲开了，可他管不住自己的余光，他的余光还在注视着那边的两个孩子。不知为什么，他清晰地感觉到，那两个孩子的余光也在注视着他。孩子的眼神留给他的只是一个瞬间印象：就是一种慌乱，一种不愿与他面对的心理。他知道在那之下还埋藏着很多东西，是仇恨？还是别的什么……他不愿意再想下去了。内勤平常见了面都是热情招呼的，但那天却一声不吭。似乎也在用眼睛的余光注视着他，似乎也不愿打破那种沉默。那种沉默虽然只是一瞬间，却令石韬十分难捱。他都走过去了，还有一种芒刺在背的感觉。

石韬第二天上班时，就有意识地在车里多待了一会儿。一直远远地看着内勤把那两个孩子领出公安局大院，才拉开车门。有时候，他从值班室门前经过时，会下意识地迅速向那里张望一眼。

与此同时，一些传言也不断刺激着他的耳膜。说是巡警大队长李宝林到处嚷嚷：巡警大队难道是给刑警大队擦屁股的吗？这个传言石韬深信不疑。当初提拔干部的时候，李宝林和他同在刑警大队，他是后起之秀，李宝林能力上弱一些，但资格比他老。后来局里的安排是，李宝林任新成立的巡警大队大队长，石韬任刑警大队大队长。谁都知道，巡警大队是为了应付上面的文件精神勉强成立的一个部门。因此，在李宝林看来，自己是被当作石韬前进道路上的一块绊脚石而被搬开的。那天中午在食堂吃饭，大家谈论着最近上省城把两个上访老户接回来的事，说到政府信访部门处理越级上访有个原则，叫作“谁的娃娃谁抱走”。这时，李宝林忽然用那种半开玩笑的口吻对石韬说：“石大队，你的娃娃你啥时候抱走呀？”周围的人里有几个跟着李宝林响亮地笑起来……石韬心知这几年他冒尖太快，局里有一拨人是时刻准备着看他笑话的。过去有人提醒过他，但此刻身临其境，那种滋味与过去在脑子里预演时的自信和不屑相比，又大有一番不同。

尽管心情急躁，但石韬审讯时却越发要克制住自己的情绪。一旦情绪失控干出什么出格的事让对方抓住把柄，而口供又拿不下来，最后不得不放人，那么将来会有没完没了的麻烦。克制，克制，又是他妈的克制！石韬忽然发现，自从接手这个案子，他几乎从头到尾都不得不处在这种克制其实就是被抑制的状态中。就好像有条无形的绳索一圈接一圈地捆在他身上，让他无法施展手脚，让他有种窒息的感觉。如今简直到了山穷水尽、无从下手的地步。这种窒息，这种恼怒，根源在于你明明知道就是他干的，可你就是没有一点证据！这个看似荒谬的悖论，就像一个怪圈，让石韬深陷其中难以自拔。那时石韬会忍不住地想，这个案子如果搁在十几年前，一上手就把李富泉狠狠收拾一顿，早他妈的破了！可一旦从烦躁中平静下来，石韬就不得不提醒自己，真到办案的时候，千万不能被这种情绪所左右。一个刑事侦察员一旦被这种情绪控制，出事是早晚的。

10

三天时间很快过去了，刘志艳这里毫无进展，而石韬却已经疲惫不堪。

第三天的深夜，石韬又是在老婆沉入梦乡之后，悄悄抱起被子一个人来到小卧室里躺下。他预感到今天晚上恐怕又得在黑暗中当一夜睁眼瞎了，他决定索性放任自己那亢奋的神经去活动好了。他躺在床上，在各种不同姿势的不断变换中，做着一个个艰难的决定。

首先，他决定明天就给刘志艳办取保候审，王副局长给的三天期限已经到了。尽管凭他和王副局的关系，再把刘志艳多关几天碰碰运气，王副局也不会说什么。但那两个众目睽睽之下天天住在公安局的孩子，还有办公大楼里种种传言议论，不论是善意关心的，还是居心叵测的，都已经让石韬的心理承受力达到了极限，让他无法专心地去做一件事。但这个决定给石韬带来了另一种隐忧，凭他对刘志艳的观察，他吃不准，一旦把她放出去，她会有什么反应。尤其是她的那个大哥，会不会给她表功，甚至再教唆她一些什么……

其次就是，李富泉怎么办？正是这一点让石韬陷入深度的犹豫。如果他继续死扛着不交代，下一步又该怎么办？

下午的时候，赵京九来给他汇报苏鹏他们那一组的进展。赵京九说："苏鹏他们经过进一步调查走访，从受害人的好友那里了解到，受害人其实还有一部手机。但那部手机仅限于与个别关系非常密切的人联系。出事那天晚上，受害人究竟是接了哪部手机后离开的，现场目击者也不能确定。苏鹏他们随即到电信部门调取了通话记录，发现受害人生前接的最后一个电话并不是代辉打到那部招嫖拉客的电话上的，而恰恰是打到那部私密电话上的，两个电话前后只差 5 分钟。"说到这里，赵京九停了下来，两眼灼灼地盯着石韬的脸，就像一个报喜的人，总是期待着对方的脸上能呈现出喜气洋洋、至少也是精神一振的模样来。石韬体察出赵京九的心理，心头滚过一阵暖意。他努力从沙发里直起身子，露出一个疲惫的笑容，让赵京九接着说。赵京九于是接着说道："但那只是一个公用电话。苏鹏他们一看是公用电话，就又丧了气了。不过，前面几天，都有公用电话与受害人的这部手机联系过，其中有两次还是重号。我感觉虽然是公用电话，好好查一查说不定也能出情况。关键是，弟兄们现在都打不起精神来。都说事情过去这么多天了，查公用电话能有什么结果……"

说到这儿，赵京九又用那种目光灼灼的眼神看着石韬。石韬让他继续往下说，渐渐才明白这小子今天来的深意。原来他的真实目的是想劝石韬放下李富泉的案子，干脆一门心思办欢唱城的案子算了。他虽然没有明说，但他话里的意思就是劝石韬放弃。对这个问题，石韬自己实际上也已经开始摇摆不定了，他也想听听别人的意见，为自己的决断寻找些心理支持。于是他放任赵京九说下去。赵京九本来就是个给点颜色就开染坊的性格，好不容易在大队长面前得着个畅所欲言的机会，很快就陷入到那种滔滔不绝、忘乎所以的状态中去了。赵京九说："一头是命案，一头是个盗窃，孰轻孰重，大队长您比我们有把握。况且这个案子先天条件本来就不好，嫌疑人是受邀约进入现场的，痕迹物证都统统报废了。又是现金案子，以物找人也没办法进行，只有靠口供。可现如今和谐社会，人权保障这么讲究，疑罪从无，宁可错放，不能错抓，干事的人都懂这一套。人家硬是不供，你有啥办法？硬碰硬你又不敢……等耗够时间，人家出了号子，得了便宜还卖乖，人家还找你索赔呢！这个案子虽说有刘大队的人情在这儿，但咱们也算是把该做的都做到家了。你想两口子都弄进来了，又是蹲坑守候，又是背靠背审讯，又是政策攻心，又是心理测试，咱们现在也就是机关算尽，黔驴技穷了，给刘大队说明一下情况，他能理解的。再说姜祥家吧，也是他妈的没事生事，你说你把钱藏到哪儿不好，偏偏藏到那么个球地方?！按人家国外的观念，你这叫引诱他人犯罪。这个案子你说是盗窃，人家还说是捡拾，到时候咱辛辛苦苦把人审下来，人家法院判不判还成问题呢！姜祥钱多得包了几房二奶都花不完，还往暖气罩里面塞，那你就干脆让人家李富泉捡回家算了嘛，人家培养个下一代不比你包二奶用在正路上？也算是间接地缩短贫富差距嘛……"

石韬一听，赵京九又开始惊世骇俗了，连忙喝住："放屁！都像你这么缩短贫富差距，天下还不大乱了！"

然而，此时在夜的黑暗中，躺在自家的软床垫上，四肢百骸都处于懒散的放松状态，人的精神从工作状态遁出之时，石韬的想法不自觉地就倒向了赵京九这边。赵京九这个狗小子，别看说话油腔滑调，没边没沿的，可仔细想想，里面的意思可真是贴心贴肺、入情入理。

自己这么死钻牛角尖，何必呢？何苦呢？回想一下过去也曾经死钻过几次牛角尖，最后结果大多不了了之，两头不落好。不行就把李富泉再晾几天，他要是还顶得住，就给他办个取保，不了了之算了？一旦真到了下决心的时候，一种根深蒂固的情绪又开始在石韬心中发作起来。他不由得想起了近些日子以来跟李富泉的较量，李富泉的那张狡猾的脸，那张一刻不停地撒谎抵赖的嘴，还有那双一有机会就窥视他的眼睛。难道自己就败在这样一副嘴脸之下，让这样一副嘴脸随意要弄，得意地笑到最后？石韬不由得想起了自从抓了李富泉之后精心采取的一系列措施，还有审讯中自己说过的很多硬话，一旦言败，它们都会成为自己记忆深处挥之不去的羞辱。李富泉一旦从号子里放出去，他会如何跟他老婆甚至跟他过去那些同案吹嘘他是如何把刑警大队的石大队长耍了的……一想到这一层，刚刚平静下来的神经又亢奋起来了，石韬明显感觉到身体在发热，侧贴在枕头上的耳朵里，可以听见太阳穴处的血管"嘣嘣"的跳动声。再放任下去，今夜就真的要睁眼到天明了，为了控制住兴奋的神经，他不得不试着转移注意力，他开始想赵京九说的那些情况，就是欢唱城案子的进展。他忽然想到，赵京九说过有过两次通话用的是同一部公用电话，其中一次通话时间长达 15 分钟，只要这是一部有人值守的电话，极可能提供出有价值的线索……况且，某些公用电话处在闹市区，也可能会有监控探头……这些积极的因素进入石韬的头脑中，渐渐抚平了他焦虑的神经。他的情绪开始向乐观的一方面转移，虽然李富泉的脸也曾经打断他的思绪闯进来过一两次，但现在令他想到的却是对自己有利的因素，他想到，李富泉此刻比他更难熬，快二十天了，一般犯罪嫌疑人的承受极限也快到了，李富泉得到的都是对他不利的信息，再怎么也应该是他先动摇，况且，上次他已经在李富泉的脸上看到动摇的迹象了……睡意在慢慢地降临着，就像风中的一片羽毛，随着风力的减弱，慢慢地降临到地面上，可是并不稳定，在风的微微扰动下，又会轻扬起来，即使最终完全停留在地面上，还是会在不可名状的气流的作用下，簌簌地颤动着。

11

事情是在刘志艳被放出看守所之后出现急剧转折的。

那天，石韬正在给苏鹏他们这个组布置任务。石韬要求他们围绕案发前几日与受害人的私密手机有过联系的那几部公用电话展开详细的调查走访，尤其是案发前三天，曾经两次给受害人手机通过话的那部电话恰巧是报刊亭里有人值守的电话，一定要重点调查。要注意所有公用电话周围是否有监控探头，有探头的要把关键时段的录像做提取、做辨认，要鼓足劲头，充满信心，坚持到最后一刻，不到山穷水尽，决不能撒手……侦察员们感觉到石韬今天讲话与往日有些不同，许多超常规的话都从石韬嘴里冒出来了，什么“不到黄河心不死，不见棺材不掉泪”……听着听着，赵京九就跟苏鹏咬着着耳朵说：“动感情了，你们这回可都小心着点”。他们不知道，石韬有很多话是在讲给自己听，因此，他讲得异常投入。

就在这时，石韬接到一个电话，听完电话，他的脸色陡然变得难看：“妈个×的！跟我较上劲了！”然后厉声叫上小孙，让跟他一块去信访办。”

原来，刘志艳从看守所放出来后，不但不把孩子接回家，反而闹到公安局来了。

石韬原先想，给她办个取保候审，应该能镇住她的。毕竟还有“候审”两个字在后面等着，谅她也不敢咋的。不料，刘志艳是个半文盲，什么都不懂，正应了那句话“无知者无畏”。她才不管你什么候审不候审的，她一见你放了她，她就觉得你拿她没办法啦，怕了她了，她已经开始占上风了。回去后再听她大哥一表功，一教唆，一下悟出来了，原来是两个孩子把公安局镇住了。因此，她死活也不接孩子。那天，巡警大队派车把两个孩子送到她家里，最后是闹得一塌糊涂，她就躺在车轱辘下面不让车走。内勤电话请示的时候，李宝林不知出于什么心理，竟又让内勤把孩子原样带回了公安局。

据信访办讲，刘志艳的条件有两条，听起来还都振振有词。一要让公安局出证明，证明她刘志艳不是贼，是公安局抓错了人。否则，不但她以后“在向阳坡活不了”，而且“地下的老先人都要羞得再死上一回”。第二条，审讯的时候，小孙对她进行了辱骂，要让小孙和小孙的那个头头（意指石韬）给她赔礼道歉。

在信访办，石韬曾与刘志艳深深地对视了片刻。在号子里的时候，虽然也能看出这个女人的厉害，但那时候迫于形势，她的那股子厉害劲还是有所收敛的。此时，她就把她骨子里的泼野劲酣畅淋漓地放出来了。她扬着脖子、转着脑袋、嘶哑着嗓门，一遍又一遍地把那些不堪入耳的难听话（就是小孙骂她的话）重复给在场的每个人听。不仅没有丝毫受到伤害的难过，反而像是在享受胜利的果实。她的眉峰耸立对峙在一起，眼睛因此挤成了那种凶恶的三角形。目光在小孙和石韬的脸上来回扫射，里面凝聚着令人胆寒的怨毒。

小孙的喉头一耸一耸的，想说又说不出一句话的模样。

石韬就知道，有些话小孙确实是骂了，但他现在没工夫教训小孙了。他对刘志艳说，同时也是在信访办的人跟前表了个态：“有些骂人的话，我没有调查，不知道我们民警骂了没有。但现在就当是骂了，我这个大队长给你赔礼道歉。证明，现在给你开不了，因为事情还没搞清楚，你还在取保候审阶段。孩子，接不接在你，几顿饭公安局还是管得起的。案子，我石韬要办到底！你听明白了吧?!”

说完最后一句话，石韬的眼睛里放射出两道锋利的光芒。石韬平时很少用这样锋利的眼光去盯一个人。就像食肉动物的爪钩，平常都是藏在肉垫里，只有有用的时候才会伸出来，以保持其锋利。那一瞬间，石韬捕捉到了女人眼睛里一闪即逝的虚怯。

此后，纪委也找石韬谈了话，王副局也找石韬谈了话。归根结底，都是一个担心：案子到底能不能办下来？这个案子如果办不下来，看这个女人的劲头，将来恐怕有麻烦。

可以说，石韬是到这一刻才真正铁了心要把李富泉办了。因为这时候他已经被逼到了没有退路的分上。看那个女人的劲头，他就明白，她是那种敢于豁出去的人。李富泉还在号子里，她都能闹成这样。一旦李富泉办不下来，她还不使出吃奶的劲反咬你一口，而且会一口咬住就不撒嘴，非要生生咬下你一口肉来。

这一点是可以肯定的。因为石韬从她的眼中，可以看出一种仇恨。赔礼道歉，国家赔偿，甚至处分……这些让人揪心的字眼从石韬的脑海里飘忽而过。

12

把最坏的结果都预想到，都在心里预演一遍，默默地承担下来，石韬心中反而变得坦然而镇定了。也许这就叫置之死地而后生。

在一片坦然镇定、神清气明中，石韬感到多年刑侦生涯历练出的良好直觉感慢慢都回来了。他觉得，对李富泉晾得还不够火候。他现在的全部希望就寄托在耗时间上，那就让他耗吧。不能急于提审，一旦表现出急于提审，会给对方传达出我们快要耗不住的信息。

石韬在心里默默地算了一下，离刑拘的最后期限还有10天。晾着，一直晾到最后的时刻，看看耗不住的究竟是谁？这时候，比的就是定力了。石韬对自己的定力又恢复了自信，他决定先去盯欢唱城的案子。与此同时，一个模糊的想法从脑海中一掠而过，那是一步险招。

从石韬给大家开过会，大家又振作起精神调查公用电话那天开始，欢唱城的案子就进展得顺利起来。先是那部曾经两次打到受害人手机上的公用电话，据报刊亭的姑娘回忆，那人操一口浓重的甘肃口音。第二次打电话的时候，打了十多分钟，和电话那头发生了激烈的争执。因此印象很深。

受害人恰恰是甘肃人。这一情况顿时给石韬他们提供了一个以前未曾考虑过的侦查方向。石韬迅速安排民警向受害人家人重新了解情况，搜集线索。对方交待出几个数年前受害人尚未离开家乡时关系较为密切的人员。经一一查证，其中与受害人曾经保持恋爱关系的马某，最近外出打工，不知去向。

民警们迅速调取马某的图像资料，请报刊亭的姑娘辨认，得到了肯定的答复。马某的作案嫌疑顿时上升。

到了这时，石韬过去办案时的良好感觉完全恢复过来，周身洋溢着适度的兴奋，到了晚上也能够安然入睡，状态似乎完全调整过来了。他指挥手下民警迅速外调，了解马某可能的落脚点，并安排抓捕。一切都进行得有条不紊，快速而高效。马某很快在邻近一座城市同乡打工的工地上落网，随身搜出了受害人的手机……

当石韬和李富泉再次见面的时候，二人之间内在的形势已经大变。因为连睡了几个好觉，石韬显得精神饱满，神态安闲自得，似乎已经完全掌握了主动权。李富泉大概连着几天没睡着觉，神态委顿，精神恍惚，眼睛里布满血丝，连头发都显得干枯无光了。一见到石韬，他就调动起最后残存的一点精气神，摆出一副鱼死网破的紧张架势，准备应付他。

一看李富泉的这副模样，石韬明白，这一段时间的晾、已经晾出效果了。李富泉猜不透石韬怎么能连着十来天理都不理他。这些天，他一定在绞尽脑汁地琢磨石韬干什么去了，石韬是不是抓到什么把柄了，老婆会不会已经彻底交代了，他琢磨得夜里睡不着觉，白天精神恍惚。他对自己一直抱定的“耗到最后就能出去的”的信念已经发生了严重的动摇，这种生不如死的日子，他觉得他再也捱不了几天了……

石韬要的就是这种效果，他还要加强这种效果。

这次提审很简短。石韬根本没有使劲，只是简单地说了一句话：“李富泉你想好了没有？现在交代，我说过的话统统算数。这是我给你的最后一次机会，你想清楚。”

李富泉半天都没吭声，他紧张地偷看石韬的表情。可石韬一看他，他就赶紧低下头。他不停地舔嘴唇，他的两条腿又开始紧张地夹动起来了。

石韬知道，他正在做一生中恐怕最难做的一个决定。

最后，李富泉畏畏缩缩地嘟囔出这么几个字：“我没啥可说的。”说完，他就紧张地盯着石韬，想看他的反应。

他还想做最后的试探，他还抱有残存的最后一点侥幸心理。石韬二话没说，挥挥手就让人把他押回监号。

他只差最后一记重击了，石韬对此有十足的把握。

13

他只差最后一记重击了。这就是石韬拿来说服王副局长的核心理由。

这么多年来，王副局一直都是信任石韬的。尽管这次这个案子很悬，但眼下石韬的处境，让王副局无法做出第二种选择。他只能跟石韬站在一起。

“检察院那边谁做工作？”

“我让姜祥给叶书记打招呼。姜祥老婆为这个事受刺激很大，他不会不重视的。”

王副局略显无奈地在报捕意见书上签了名，边签边挂下脸来说：“你好好弄，别让我给你擦屁股。”

但这句话在石韬听来，意思刚好相反，意味着真出了事，王副局还会给他擦屁股的。

检察院的老齐看过石韬递上的报捕意见书，惊诧地看着他，低声道：“石大队你也是老侦察员了，这能批得了吗？这啥证据都没有嘛！”

石韬俯耳低语道：“证据我会有的，这件事请示过叶书记，特事特办，你只管批。保证不给你找麻烦。”

老齐摇头咋舌地说：“你这个我批不了。你这不是把兄弟往坑里搡嘛！我干了这么多年了，像这种情况从来没批过，批不了批不了……”

石韬无奈地拿起桌上的电话，拨了一串号码，电话接通后，石韬低声道：“叶书记，我石韬，就那事，我在检察院。”随后把电话递给了老齐。老齐接过电话，听了半天，只说了半句：“叶书记，倒不是不可以……只是我担心……”就再也没有下文了。随后，老齐放下电话，在报捕意见书上无奈地签了同意。又用警告的口气对石韬说：“你抓紧时间弄，出不了情况就赶紧放人，别把兄弟都搡到坑里去了……”

李富泉在看到对他的批准逮捕决定书的一刹那，其反应的激烈程度可想而知。如果不是被固定在铁凳子上，他也许会像一根没压好的弹簧那样蹦起来的。

批准逮捕，意味着他又得在这里耗上最少两个月。而且，经历过打击处理的他深知，批准逮捕的决定是由检察院做出来的。如果公安局不掌握扎实的证据，这个决定是不可能做出来。这个决定一旦做出，他离法院也就只差一步之遥了，他的信心被彻底打垮了。可他百思不得其解，自己不吐口，他们是怎么掌握证据的？难道老婆已经交代了？难道钱已经被他们挖出来了？难道心理测试的结果法院也可以认定吗？那一瞬间，他的脑海里被一连串的“难道”塞得满满的，法院、刑期、老婆孩子的面孔，一连串的念头就像一连串的拳头捣进他的头脑里，使他的脑海发出一连串的轰响，几乎失去了正常的思维能力……

石韬看到的景象只是李富泉瘫在铁凳子里，嘴里喃喃自语道：“你们凭啥捕我？你们有啥证据？”

石韬临走时给李富泉扔下了一句话：“你不是说没证据我咋的不了你吗？没证据我就把你捕了，没证据我还就把你判了，你等着瞧，我石大队说话就是这么管用！回去好好想想，现在配合我们还来得及……”

李富泉是在第二天晚上交代问题的。

其实，从这天一大早起，李富泉就在看守所里拼命叫着要见石大队了。一旦缴械投降，唯一的出路就是拼命讨好石韬，争取个好的认罪态度，以便从轻量刑。石韬上午就接到看守所电话了，但他故意晾了李富泉一白天，他让看守所民警转告李富泉“石大队是想见就见，想不见就不见的吗？”

他要巩固这种来之不易的效果，以防李富泉上路之后又临时变卦。

石韬等人一直等到傍晚才来到看守所。待问完口供，一行人开着面包车带着李富泉去指认埋赃地点的时候，已是夜色深浓。

天公不作美，竟然下起雨来。茫茫雨夜中，面包车驶向人烟越来越稀少的向阳坡一带。车灯的光柱刺破无边夜色中编织起的重重雨幕，射向苍茫的远方。

面包车最终停在向阳坡半山坡的一处移动基站的铁塔前，几个黑影从车上下来，在其中一人的指点下，来到铁塔正南三四米处，搬去三块垒在一起的石头，开始向地下挖掘起来。摄像机的灯光将这几个挖掘者笼罩在一团昏黄的光晕下。在空旷寂寥的荒郊野外，在苍茫广大、萧瑟凄清的雨夜中，这小小的一团昏黄的光晕看起来有着说不出的孤独，甚至诡异。光晕笼罩下的几个挖掘者，就像是中世纪传说中在黑森林里挖掘宝藏的魔鬼。他们的脸上个个流露出激动和渴望，甚至顾不上擦一把顺着脸颊流淌的雨水。

突然，其中一人兴奋地叫了一声“有了！”几个人扔下铁锹，蹲下身子小心翼翼地用手刨去沙土泥水，从他们精心挖掘出的这个小坑里慢慢刨出了一个黑色塑料袋。袋口打开时，粉红色的钞票兀然呈现在摄像机的灯光下，艳若桃花。

14

李富泉的案子侦破之后，石韬再也没有谈论过一句这个案子，不管是在何种情况下。有时，哪怕参与侦办这个案子的民警们，或队里的其他民警谈起这个案子，石韬都会突然厉声查问起其中某个人的工作，从而将他们的谈话中断。看来，这个案件的侦破不但没有像其他案件一样给他带来成就感，反而成为他的一块心病，甚至禁忌。

时间长了，这个案件渐渐被大家埋葬在了记忆的深处。只在极偶然的情况下，比如在石韬看到某个电视节目的时候，会忽然触发他的某根神经，引起一阵愣怔。

劝君莫撒野

1

“生活就是这样构成的：60%的无聊，30%的烦恼，外加上10%的幸福。你所谓幸福的人，就是为了得到10%能够熬过90%的那种人！”

以上这番牢骚话，近来已成了张野的口头禅，发牢骚的对象则是张野的女朋友李玫。发完上面这通牢骚，张野埋下头喝了一大口啤酒，然后打了一个响亮的酒嗝，又补充道：“而且这10%必须集中在一起降临，如果把这10%捏碎了，搅匀到那90%里面去，那简直就等于什么都没有！”

李玫看着张野的脸，张野一脸酒意，目光带着酒后的朦胧，朦胧之中又透出那么一股子破罐子破摔的劲头。但仔细瞧一瞧，就会发现隐藏在破罐子破摔之下的，是那种对生活的百般无奈和烦恼。

张野这个名字是父母给他取的，张野常常想不明白，父母给他取个“野”字做名字，究竟有什么意义？在生活中，倒是有许许多多的遭遇，经常弄得张野想痛痛快快地撒一把野。可从小到大，张野就愣是没得到过一次撒野的机会。学龄前的张野如果敢撒野，有父母收拾他；上学后的张野如果敢撒野，有老师收拾他；参加了工作的张野如果敢撒野，更是有领导会收拾他。在人生的各个阶段，各式各样、五花八门的“收拾”使得张野从来也没敢撒过一回野。有时候张野忍不住想，像他这样在长期的严厉的教育训练之下，已经变得小心翼翼、胆战心惊的一个人，除非哪一天精神病发作了，恐怕才能痛痛快快地撒一把野。可是，有一回厂里的一个工人精神病发作了，工会派他们几个人把那人送到精神病院去，张野在那里沮丧地发现，人们即使变成了精神病都不敢撒野，只要他们稍微露出一点撒野的苗头，立刻会被那伙五大三粗的所谓的护士给结结实实地捆到床上去，上一个可怕的电疗。院子里散步的那些精神病患者，个个都显得既憨又傻，一有人走近，立刻缩起脖子，现出一副战战兢兢、诚惶诚恐的模样。从精神病院回来后，张野常常想，既然他们压根就不能容忍他撒野（哪怕只撒一次?），为什么偏偏又要给他取个“张野”的名字呢?

张野背着他的名字，仿佛背着一个与生俱来的耻辱。

当然，撒野的心理前提是烦恼，无穷无尽的烦恼。人只有在烦恼得受不了的时候，才会产生撒野的冲动。张野之所以有着那么强烈的撒野的冲动，当然与他的烦恼有关。撇开张野从小到大成长经历中的无数烦恼不提，单说最近，他就陷入了一轮新的烦恼之中。

首先就是他与李玫的关系出现了危机，确切地说，应该是他与站在李玫身后的那一家子人之间出现了危机，并且进而发展到站在他身后的那一家子人与站在李玫身后的那一家子人之间，集体出现了危机。

2

说起来，张野的相貌倒与他的名字十分般配，生着一张棱角分明，如刀劈斧凿一般的脸。两只眼睛凝视着什么地方的时候，目光就像美国西部片中犷悍的牛仔一般，透着那么一股子滞钝而冷漠的力量。李玫在初次遇上张野的目光的时候，就感觉到其中凝聚着那么一股穿透力，弄得她心里动了一下。李玫对张野的初步印象就是，张野身上似乎有那么一股粗犷、硬朗的男人气。尽管在日后的恋爱过程中，李玫很快就发现张野不过是徒有一副粗犷、硬朗的外表，在这一副看起来很“酷”的表皮之下，其实包裹着的是一颗装满了柴米油盐、喜怒哀乐的平常心。但李玫仍旧很坦然地接受了这一切，因为她属于那种在初次恋爱之后，很快就抛弃了恋爱之前的种种不切实际的幻想的女人。李玫常常暗自回味：张野如果真是那种粗犷冷漠、不拘小节的所谓“酷哥”，还真不知道怎么和他过日子呢！

李玫对眼下的张野十分满意：对外，有一副粗犷硬朗，甚至很酷的男子汉表皮足可炫耀；对内，却又有着一颗柴米油盐、知冷知热的平常心，可以依傍着过日子。

自从张野第一次上李家的门，张野就发现他踏入了一个市侩之家。李玫的父母自打改革开放以来就开始做生意，不过一直做的是那种在街头摆摊设点，只要看见工商局的制服就望风而逃的小本生意。到了他们的下一代，言传身教、耳濡目染，总之，在种种潜移默化的作用下，李玫的哥哥和姐姐不约而同地做起了生意，而且不久就把生意做大发了。不知怎么，他们的生意做大发了之后，好像约齐了似的，一人离了一次婚。生意人一旦离婚，仿佛不可避免似的，就要连带上一场纠缠不清的分割财产的官司。兄妹二人给这个家庭带来的两次离婚，以及两场分割财产的官司，使这个家庭除李玫之外的所有成员深深地认识到了男人和女人的本质，深深地认识到这两类人是如何的虚伪、如何的不可信赖，从而深深地认识到一条颠扑不破的真理：这世上唯一值得信赖的，只有财产。李玫在李家父母的眼中是最没出息的一个，至今还在给别人打工，因此李玫唯一的希望就在出嫁，嫁一个有财产的男人。当张野一出现在李玫的生活中，立刻就引起了李家上上下下全体成员的警觉和敌意。李玫的姐姐三番五次地以自己的惨痛教训告诫妹妹（她在生意做大发了之后，为了图体面，嫁了个大学教师、知识分子。不料到了离婚之际分割财产时，这位知识分子立刻就暴露出他毫无廉耻的真面目）：“玫子！有钱的男人固然不可靠，但他充其量只是欺骗你的感情。可是穷光蛋男人呢？他不但欺骗你的感情，还要欺骗你的财产！”李玫的姐姐在生意场上饱经风霜，历练得十分老辣，类似这样的话，她都是毫不留情地当着张野的面说的。她这番话一出口，立刻就引起了张野对她、进而对这一家人的极度反感。不久之后，张野就敏感地意识到：这一家人除李玫外，个个都对他抱有强烈的敌意和排斥，而原因呢？就在于他是个穷光蛋男人！从此之后，张野就再也不愿意登李家的门，每次李玫提起这个话题，都会招来难忍的烦躁。但是，为了他和李玫的爱情，他又不得不偶尔到李家去应付那么一下子。每到这种时候，张野就在心中暗自寻找自己比李家人优越的地方，为自己寻求一点心理支持。找来找去，唯一一点比李家人优越的地方，就在于自己具有大学本科文凭，是受过高等教育的人，而李家人是什么的样人？充其量就是一伙资产阶级暴发户，一伙市侩而已！于是张野就暗自怀着一种韬光养晦、屈尊俯就甚至是忍辱负重的心态去登李家的门。不料李家连这样一点可怜的心理平衡都不让他维持下去。有一回，在李家吃饭，电视上恰巧在播放一个谈话类节目，话题恰好是人口素质与教育的问题。张野忍不住就议论了几句，言语之间微微流露出一个大学本科生、一个受过高等教育的人理应享有的一点矜持和自得。不料，李玫的母亲斜瞟了他一眼，一把就将话题夺了过去，说："屁！上大学顶屁用！隔壁小三子没上过大学，不是照样大把大把赚钞票！小三子他哥上了大学的，怎么样呢？工厂关门，还不是闲在家里白吃爹娘！"李玫的姐姐立刻把话题接了过去："就是，我们那个区好几家大工厂，大学生多得用簸箕撮，如今工厂一倒闭，那些个大学生呀，就跟掐了头的苍蝇似的，满世界乱窜！跑到我那里去找工作的就好几个，我一个都没要，尽是些眼高手低、又酸又臭的货色。"李玫的哥哥在一旁用那种市井蛮子的大大咧咧的口气嚷嚷道："大学生算什么？研究生我都不要！"

张野在一旁听着，抓着汤勺的手就抖起来了，连带着汤勺柄在碗沿上也抖起来了，发出那种类似于牙齿打哆嗦的声音。张野有一种想要撒一把野的冲动，然而，当着李家一家人的场合，他却怎么也不敢把那野撒出来，他只有强忍着。可是，忍到李玫小心翼翼送他出门之后，他却再也忍不住了，竟对着李玫撒起野来，骂出了"你们一家子市侩！"的话。李玫不知是因为自知理亏，还是从内心深处不想失去张野，竟把这通撒野隐忍下来，没吭一声。那是张野有生以来第一次撒野，他打心眼里感觉到，人在起了撒野的冲动之后能够如愿以偿地撒一把野，该是多么畅快的一件事！然而，他紧接着就想到了李玫，他回忆起当他冲着李玫撒野的时候，李玫的眼睛眨巴眨巴地、好像要掉下泪来的样子，心中就觉得十分的不忍。他于是痛苦地想，生活为什么是这样的呢？

为了减少这样的痛苦，他的痛苦、李玫的痛苦、他和李玫加起来的痛苦，张野决定豁出去了。李家看重的不就是钱财吗？张野和李玫商量了一下，拿出了他近半年的存款，买了条足金足赤够分量的金项链，挑了一个好日子登了李家的门。张野亮出了他的金项链之后，就和李玫一起紧张地等待着李家人的反应。在紧张不安之中，张野又暗地里为自己打气，像这样的市侩之家，既然带来了金项链，那是一定会看到一些变化的。张野内心甚至已经准备好了要去嘲笑这种变化的。不料，他把李家人想得太简单了，李玫的姐姐对张野那条足金足赤够分量豁出去的金项链连看都没看一眼，像平常一样凉凉地敷衍了两句就进里屋去了，把张野和李玫撂在客厅里枯坐着看电视。过了片刻，李玫的母亲从里屋出来了，像平常那样不冷不热地与张野打个招呼，敷衍了几句之后，才装作偶然看见了金项链，漫不经心地拿起来，不当一回事地笑问道："噢，给我们三丫头送礼物来啦？"张野涨红了脸"嗯"了一声。老太婆把金项链提溜起来对着光亮看了看，嘴里说："你们年轻人买金货要当心，别把个包金的当真金的买回来了。"这时，李玫的姐姐又从里屋出来了，张野只看了她一眼，立刻感觉到她的脸上挂着一丝轻蔑的微笑，还不知道刚才在里屋给老太婆说了些什么呢！她接上老太婆的话茬道："包金嘛，倒也不至于，如今金价一路下跌，本来也不是什么值钱东西。"她把老太婆扔在茶几上的金项链提溜起来对着光亮看了看，又扔回到了茶几上。接着就跟她母亲说起这些年金价是怎么慢慢跌下来的，老太婆就又感叹起小时候家里多么多么穷，姑娘家如何如何贪馋金货，哪怕是镶颗金牙的愿望都不能实现。接着，又当掌故一般讲起金子的成色跟颜色软硬的关系……张野的耳朵里此时什么也听不见了，只听见太阳穴处的血管

“嘣！嘣！”的跳动声。

李玫看他脸色又不对了，主动提出来出去走走。

连张野自己都没料到，一来到大街上他就又对李玫撒起野来了，李玫刚问了一句：“今天你看我妈……”话还没说完，他就发出了一声怨毒的冷笑，刻薄地说：“我看你妈简直就像个……开当铺的！”李玫的脸刷地一下就白了，盯了他片刻，转身撒腿就跑回家去了。

张野站在寒风料峭的街头，又一次体会到那种深刻的失败感、沮丧感、懊悔感。在气急败坏之中，张野也有些奇怪，为什么最近越来越克制不住那种撒野的冲动呢？难道是因为李玫对自己太迁就了吗？人是要讲良心的，人是要讲理智的，人是要讲一码归一码的。克制住！一定要克制住！张野暗暗地告诫自己。

3

“喂，李玫吗？我是张野，那天的事情都怪我……

……我不好，我检讨，我不对，我有罪……

……能原谅吗？……能原谅吗？……能……

……我就知道你对我最好了，你对我总是网开一面……慈悲为怀……

有件重要事情要跟你商量，能出来一下吗？好，老地方见！”

张野要跟李玫商量的事就是，他们厂里总算又要集资盖新楼房了。分房的排行榜出来了，他榜上有名，眼下就缺那个红本本了。

李家的人没想到张野会如此神速，会这么快就突然把结婚和房子的事摆在他们面前，简直打了他们一个措手不及。他们原本计划跟张野打上一场持久战，等把这小子的热情和耐性都耗干了，他自然就会夹着尾巴乖乖溜走。“放心吧！”李玫的姐姐对李玫的母亲说，“男人是没什么长性子的！这一点我再清楚不过了！”为此，她们甚至把那条项链收起来不让李玫戴，预备着早晚有一天那小子会托人来索还。

但他们就是没想到张野会这么神速，而且还有一个他们没有预料到的情况：在他们全家人同仇敌忾对付张野的过程中，李玫竟会显得如此的碍手碍脚。他们如今才发现，这三丫头没出息也就罢了，竟然还如此没有主见！家里养了她几十年，到头来随随便便就让一个外人摆布，反过来跟家里人作对！这些日子跟全家人闹别扭，竟然不回家，住到单位里去了。

毕竟李玫的姐姐老于世故，拿出了一个以退为进、以守为攻的新主张。她找到李玫的单位，代表全家人跟李玫谈话。谈话的大意说：张野的经济条件太薄弱，国有企业的职工，早晚是泥菩萨过河、自身难保！家里人之所以反对，是考虑到她长远的幸福。但既然她和张野感情这么深，家里人也不好强行干涉，只提出了一个最起码的条件，“这也是眼下社会上通行的规矩，男方把买房子的事承担了，将来装修、置办家具电器的事，两家共同负担。”

一开始李玫听说家里人意见松动了，还长出了一口气，面露了喜色，不料最后听到的是这样一个条件，顿时脸就吊了下来。李玫的姐姐早就料到李玫会吊脸，因为她们都很清楚张野的经济实力，让他一个人买房子，简直是赶鸭子上架出难题。但李玫的姐姐不急不慌，耐心地开导妹妹：“玫子，姐姐是过来人了，有些生活经验，你没经历过的时候，你根本就想象不到……男人都是些贱东西，你让他为你付出得越多，他将来对你反而越珍惜。你要是想着，我爱他，我不难为他，随随便便就让他得了手，那他早晚就会随随便便扔了你的！”李玫的姐姐边说边摩挲着李玫正穿着的那套高档裙装，“就拿这套衣服来说吧，你看你伺候得多精心哪！从来没见你在家里洗过，都是送干洗店，还得送有资质的干洗店，从来没见你叠过，永远都是平展地挂在衣架上，还要塞上樟脑球，别人连碰都不能碰！你干吗这么精心呢？不就因为花了你 2000 块钱吗？它要是只花了你 200 块钱，你能这么精心伺候着吗？”

李玫果然是个没主见的人。她姐姐的一番话，尤其是拿衣裳打的那个比喻，一下就让她动摇了。她想：是啊，还没见他为我付出过什么呢！谁知道他将来会不会珍惜我呢？她又倒向了家里人这边。

张野听了李玫带过来的李家父母的条件，只得咬牙答应了。他虽然厌恶李家开列条件的做法，但他从内心里讲不想失去李玫。他知道自己放到社会的公平秤上去称，到底值几斤几两。他其实从内心深处也只得承认李玫母亲对男人的衡量标准，如今这年头，不这么衡量还能怎么衡量呢？只是这些条件无疑给他增加了新的烦恼，以前他虽也曾带李玫去过自己家几次，父母对李玫虽也挺认可，可是他尽量避免在父母面前提及李家那一家子人。他心里清楚，他在父母面前对李家的人描述得越详细，对于他和李玫的事只能越不利。但这一回看样子是混不过去了，他只得艰难地把李家开列的条件转达给他父母，太艰难了，弄得他不停地舔嘴唇。他最后还含蓄地暗示了一番，李家的人是很难缠的。

“到时候交房钱，我……我恐怕得朝你们暂借上 4 万块钱……”

他父亲听罢，愣了片刻，翻了一下白眼，说：“你要拿你就拿吧，我上辈子欠了你的嘛！不过，李家再有什么难缠的事，我们可伺候不起！”

4

“他答应啦？”李玫的姐姐问李玫，带着种不信任的神色，“他拿什么答应你呢？你见到存折了吗？”

李玫烦躁地摇摇头：“没见到！”

李玫的姐姐立刻摇头啧啧惊叹：“都到了谈婚论嫁的份上了，你连他存折还没见过？！你连他最基本的经济实力都不了解？！”

“他说了，他父母会给他出房钱！”

“他可真有本事！靠父母！他父母就那么靠得住？万一你们把结婚证扯了，他父母那儿又出点什么特殊情况，钱又拿不出来，怎么办？我可告诉你，老年人容易出特殊情况，咱们街坊可就出过这种事：人成了人家的，钱又拿不出来，怎么办？玫子，你可别把事情想那么简单！”

“那依你说该怎么办？！”李玫的忍耐看样子也快到了极限，冲她姐姐喊起来了。

“也好办，你叫他们家把存折拿来，我们李家人保管，他们张家人设一个密码，这样两头都放心。”

5

张野一听李家的附加条件，肺都要气炸了，脑子里顿时就轰鸣起来了，耳朵里又开始听见那种血液在血管里迸射的“嘣！嘣！嘣！”的声音。张野的脑袋里现在什么也无法思考，什么也不能计划，只是像沸水一样翻腾着那种想要撒野的冲动。他一边为那种奔涌着的撒野的冲动寻找突破口，一边眼珠在无意识的乱转中偶然瞧见了李玫，他看见李玫又是那样面色苍白、眼睛眨巴眨巴地，紧张不安地望着他，仿佛很害怕的样子。于是一个顽强的声音开始在脑子里提醒他：不能撒野，不能对着李玫撒野，我发过誓再也不对她撒野了，这事跟她没关系，没一点关系！

张野一边跟撒野的冲动做着激烈的斗争，一边拔脚就朝前走。他也不知道他要到哪里去，只是必须这么迈开步，朝前走，不能停。李玫紧张不安地、亦步亦趋地跟在他身旁，生怕他出什么事，他却故意加紧脚步，将她远远甩在后面。

人行横道线对面的绿灯亮了，两边的人川流不息地往马路对岸挤，他们的肩膀跟张野磕磕碰碰；一个卖糖葫芦的老汉神情冷漠地靠在灯柱子上，发出一声干涩的吆喝；一位神色厌倦的妇女牵着一个哭咧咧的孩子生拉硬拽着朝前走，尖利的训斥声刺人耳膜；一群闹哄哄的中学生从张野身旁呼啸而过，其中一个猛地将张野带了一下，使他打了个趔趄，他在心中恶毒地咒骂了一声，迈步登上人行道旁的台阶。那是金穗大厦门前的台阶，台阶上方，商厦侧墙外凸出了一个外表为金属的小房间，房间上印有几个很醒目的字母“ATM”。房间敞着门，门口站着一个男人，长满络腮胡子的毛茸茸的脸活像黑猩猩一样丑陋凶恶。这只站立着的黑猩猩把他那双炯炯有神的眼睛，牢牢地盯在正拾阶而上、越来越逼近他的张野身上。当张野离他还有一臂之遥时，他突然对张野厉声喝道："走远点！走开！"张野抬起头，于是看见一张毛茸茸的、丑陋凶恶的猩猩脸。

"叫你走远点！"那张丑脸对着他凶恶地喊叫，同时伸手在他胸前搡了一把。就在这一瞬间，张野本来已经快要冷却下来的大脑"嘭！"地一下燃起了一片火海，"你他妈的什么玩意儿！"他狠狠地给了那张丑脸一记耳光，他的脸上也遭了一记重拳，一种麻木的钝痛立刻在腮帮上弥散开来。他与"猩猩"扭打起来，他看见"猩猩"的手伸向腰间，摸出一个精致的小玩意儿，那是一把手枪，但在他懵懵懂懂、一片混乱的头脑中，那玩意儿除了具有一种特定的形状之外，不再有任何其他的意义了。他本能地伸手攥住了"猩猩"拿枪的右手腕，这时他听见空中传来一声清脆的尖啸声：那支枪打响了！他感觉到周围轰地一下起了一阵混乱，人群在四散逃避。他抬起右肘，朝正哈着腰抱住他，企图将他放倒的"猩猩"的右脸颊上猛击一肘，"猩猩"滚到了台阶下面，用一双充满了仇恨和惊恐的眼睛盯着他，他忽然发现那只精致的手枪已经在自己手中了，那一刻，世界忽然变得死一般寂静，似乎只剩下他和那张淌着鼻血的丑脸在对峙着。他忽然感觉到了害怕，不知该拿手中的枪怎么办。他不敢把枪还给"猩猩"，他不敢设想，一旦得到了枪"猩猩"会把他怎么样，可他更不敢就这么手拿着枪站在大街上，那东西不属于他，永远也不应该属于他！他灵机一动，扬手把枪扔到商厦的二楼平台上，然后拔腿就跑。他与一个人撞了个满怀，他抬脸一看，是面色苍白的李玫，于是他拉起李玫的手，撒腿就跑，拐过那个商厦，钻进了一条小巷。

在小巷另一端的出口处，他牵着李玫扑向从巷口刚刚冒出头来的一辆出租车，使那辆出租车发出一声刺耳的刹车声，司机不满地瞪了他一眼。车子启动起来了，这时他才感觉到他握住李玫的几根手指在轻微地颤动着，他的上下牙一直在打哆嗦。他努力想止住这种颤动和哆嗦，可是根本就办不到。

"上哪儿？"司机问道。

"什么？！"他惊悸似的反问了一句。

"问您上哪儿?"司机略带不满地又问了一声。

他一时犹豫了，他忽然想起去年报道的一起银行抢劫案，罪犯就是因为在慌乱中指挥着出租车直接开到他的临时租住点，才被警方揪住了尾巴。家里不能去，单位也不能去，任何与他有关的地方都不能去！天哪！他为什么会想起那个银行抢劫案?！他干了什么?！他这是怎么啦?！

"大十字……去大十字！"他声音颤抖地命令到。

下车后他牵着李玫的手钻进了东方商厦的冷饮座。他不住地回头望过去，一直望着那辆出租车彻底地开出了他的视野，这才顾得上回过头来，紧张不安地看了李玫一眼。李玫面色苍白，也紧张不安地看着他，一声不吭。奇怪的是，他也一声不吭地看着李玫，他不知道说什么好，他俩就这么紧张不安，一声不吭地互相看着对方。

五分钟后，他牵着李玫的手离开了冷饮座，他们搭了另一辆出租车到他单位的宿舍。路上，他看见有警车鸣着警笛朝金穗大厦的方向开过去。

6

宿舍里的另一个人回家去了，张野央求李玫留下来陪他一夜，他那种乞求的眼神让李玫心软了。但是，当天夜里他们爆发了一场激烈的争吵。

"你撒什么野呢?！你跟人家银行保安撒什么野呢?！你没看见那是人家银行的自动提款机吗?！"

"我没看见！我就没看见！我他妈气蒙了！我受不了啦！我再也受不了啦！"

"你怎么受不了啦?！这么多年不都好好的吗?！你受不了什么了你?！"

他突然歇斯底里地发作起来，一把揪住李玫的脖领子把她提了起来："我受不了你那个开当铺的妈！我受不了你那个放高利贷的姐！"

他的眼睛白多黑少地瞪着李玫的脸，李玫被骇得嘴唇都颤抖起来，眼睛里无声地落下了两行泪珠。他放下李玫，颓然地倒在自己的床铺上。

第二天上午，当他们看到当日的晨报时，他们残存的那一点可怜的侥幸心理也被彻底粉碎了。

“本报讯　昨日我市繁华商业区金穗大厦发生了一起银行抢劫案。

昨日下午4时许，市工商银行新城区分理处设在金穗大厦的一座自动提款机正在进行抢修，机内存有大批现金。负责在门口执行警戒的保安突然发现一名歹徒正试图靠近该自动提款机门口，在发出口头警示无效后，保安与歹徒发生了搏斗。歹徒劫走一支短枪后仓皇逃匿，所幸提款机内现金未损失……据目击者称，和该歹徒共同逃匿的还有一名神秘女子……”

完了，全完了……怎么办？这事怎么办……张野把绝望的眼神投向了李玫。

“你拿了人家的枪？”问这句话的时候，李玫的声音都发颤了。

“我也不知道……我只是和他扭成一团而已……不知道怎么的……枪就在我手里了。”

“为什么不还给人家?!”

“你知道那狗娘养的有多凶残吗？手里没枪，他都能把我撕碎了，活吃了!”

“那枪呢?”

“我……扔到楼顶上去了……”

李玫痛苦地用双手捂住了脸。片刻之后抬起头，拉住张野的手，用不容置疑的口吻说：“走！到公安局去说清楚！越早越好!”

张野一下甩脱了李玫的手朝后缩着，“不！我不去!”经过一夜高度紧张的折磨，他的双眼布满了血丝，闪烁着一丝凶悍暴虐的光芒，看上去与真正的歹徒毫无二致。他把双手插进头发里去拢了几拢，似乎想使自己镇定下来。然后他抬起那张苍白的脸，看着李玫说：“你知道问题的关键在哪儿吗？在那支枪！他们找不见那支枪了！不然报上不会那样说。那个狗娘养的，他明明看见我把枪扔到楼顶上了……”

“你怎么知道他看见了？当时那么乱，连我都没看见！”

“他要是没看见……那就更完了……他们肯定没找见那支枪，社会上这么乱……也许早被别人拾走了……怎么办？这事怎么办?!”

他们商量来商量去，唯一可靠的办法就是用匿名电话的方式告知警方真实情况，说明那把短枪扔到楼顶上之后的大致位置。但是张野坚决不同意把电话直接打给警方，害怕那样会给警方留下蛛丝马迹。他认为电话应该打给那位在晨报上发那篇报道的记者，这样日后或许能得到更多的信息。但是，这个充满风险的电话该由谁来打呢？两个人再度陷入了沉默。李玫很快就注意到了张野那一眼接一眼、不断地瞟向自己的眼神，那是一种可怜巴巴的、乞求的眼神。李玫顿时明白了什么，她警觉地试探道：“你的意思是，让我去打这个电话？”张野可怜巴巴地点了点头。李玫激动地站起了身：“亏你说得出口！我问你，事是谁惹出来的?!”张野可怜巴巴地说：“是我……可是，正因为跟你没什么直接关系，你出面才比较合适……”

“和我没关系?!”李玫激动地抓起那张报纸摔到张野的脸上：“和我没关系人家提那个‘神秘女子’干什么?!和我没关系你把我一路拉到这儿来干什么?!你撒野的胆子上哪儿去了?!你也算是个男人?!自己闯了大祸，让女人替你顶缸！我算是看透你了！你还有脸骂我们家人自私，你他妈的比他们还自私！”

李玫歇斯底里地发作了一通之后，坐在桌子边上，手捂着脸哭起来了。张野默默地拿起几片面巾纸递到李玫手里，等李玫哭够了，他却依旧顽强地用他那种可怜巴巴的眼神望着李玫：“就一次……看在一夜夫妻百日恩的分上。”他的话一下让李玫想起了她和张野曾经度过的几个夜晚，就在这间宿舍里。那是些多么温馨，多么宁静，多么幸福的夜晚啊！即使是前些日子的种种烦恼，和眼下的处境比起来，也显得多么祥和幸福啊！李玫慢慢地站起身来，说：“在这件事上，这是我最后一次帮你！你听清楚，明天我就上班去。”她的声调冰冷得连她自己都禁不住打了个寒战。

7

李玫让出租车停在了城市西郊一条小街道的路口，因为她看见僻静街口处有一个带公用电话标志的小邮政报刊亭。当她走到报刊亭窗口时，她看见了报刊亭里坐着的那个老太婆。报刊亭里的光线十分阴暗，可是老太婆的一双眼睛却在黑暗之中灼灼发亮。李玫背过身去，抓起话筒，可是她依然能感觉到老太婆那双灼灼发亮的眼睛就在自己背后，那目光仿佛透过玻璃窗蜿蜒地爬出来了……她打了个寒噤，改变了主意。她向老太婆买了一张电话磁卡，向小街深处慢慢走去。走到小街中段的时候，她看见了一部磁卡电话。可是天知道在这么僻静的地方居然也还有打电话的人！当她刚抓起话筒的时候，就有个人急匆匆地来到磁卡电话跟前。她只得无奈地放下话筒让那个人先打，那个人向她献上一个感激的笑容，嘴里再三地表示着谢意……那个人打完电话走人后，李玫用颤抖的手指摁下了报社记者部的电话，听着那边的铃声一下接一下地响起，李玫觉得自己的心都悬起来了……

“喂，麻烦找一下肖立君先生？”

“我就是。”

沉默了片刻。

“我告诉你一件事，你那天报道的那个抢劫案，实际上并不是一起抢劫案。那个人不过是和保安怄气打架……”

对方突然激动起来，用急切的声调问道：“请问您现在在哪里？！怎么跟您联系？！”

李玫啪的一下扣上了电话，她用手捂住胸口，觉得心脏快要从胸腔里跳出来了。正在这时，眼前的磁卡电话突然铃声大作，她吓得哆嗦了一下，不知该不该接。电话铃声顽强地响着，她环顾了一下四周，四周阒寂无人，她犹豫地伸出手抓起了话筒。

“请问是刚才的女士吗？”

“我是。”李玫听出是刚才那个男人急煎煎的声音。

“我们做记者的不过是抓抢第一手消息罢了，绝对不会对您构成威胁！请放心，请给个联系方式好吗?!”

“如果你想听，就把嘴闭住！”

对方立刻一声不吭了。

“那个人不过是跟保安怄气打架，那个保安对他有多粗暴你知道吗?！枪是在扭打过程中无意中夺过来的，已经扔到金穗大厦二楼平台上了，叫警察赶快去找吧！如果没有，恐怕已经被别人捡走了，请转告警察，千万别弄错了方向，他不是在抢银行！手枪他也扔了！这事跟他没关系了！”

李玫啪的扣上了电话，长出了一口气，人好像要顺着磁卡电话的防雨罩瘫软下去似的。

那个饶舌的、急于邀功的记者果然很快就把打电话的事捅到报纸上去了。

“本报讯　本报记者昨日接到神秘女子的电话，该神秘女子估计就是在银行抢劫案中，与犯罪嫌疑人共同逃匿的神秘女子。该神秘女子在电话中称，事发当天犯罪嫌疑人并非在实施抢劫，而是与‘保安怄气打架’，所夺枪支已扔到金穗大厦二楼平台。经警方搜索，并未在金穗大厦二楼平台发现丢失的枪支。据警方分析，这显然是犯罪嫌疑人布下的一个迷魂阵，而且是一个掩耳盗铃、欲盖弥彰的、拙劣的迷魂阵……”

完了！扔在平台上的枪不见了！最后的一点希望也被掐灭了！张野眉头紧锁，抽完了大半包烟之后，毅然对李玫说：“走人！我得到外地躲一躲！”

“你这一躲，要躲到何年何月才算完?!”李玫绝望地看着张野的脸问。

“我也不知道……也许要等到他们把枪找到为止吧……”

“那我们的事怎么办?”李玫的声音又带上了哭腔。

张野惊悸了一下，好像突然想起这件事似的，犹豫地说：“暂时顾不上了……”

“那我怎么办?”李玫哭着说，“你就这么扔下我走了?我可是那个‘神秘女子’啊!”

张野揽住李玫的肩膀，深悔地低下了头，说：“怪我连累了你……”接着又表情刚毅地抬起脸望着窗外说：“要不，你跟我一起走吧，哪怕到天涯海角我也会保护你的!”

“凭什么啊?!”李玫一下挣脱开张野的搂抱，哭咧咧地说，“这事跟我有什么关系啊?!”

张野走到窗前，眉头紧锁地望着窗外说：“反正我没干……早晚会弄清楚的。”

8

自从张野逃亡之后，李玫就独自一人开始品尝那种担惊受怕的日子。说来也怪，讲好的尽快与她联系，可张野都出逃半个多月了，依然没有跟李玫联系。李玫为张野的下落担忧，心急如焚。渐渐地，她的内心就起了一种可怕的揣测：他会不会已经落网了？她沿着这种可怕的揣测推想下去：他被弄进去之后，警察让他吃足了苦头，狼狈不堪。他最后吃打不过，按照警察的推想写了供词，把她也牵扯了进去！这时，她的脑海里就浮现出革命电影里常见到的那种场面：叛徒（如甫志高之流）捱刑不过，可耻地叛变了。那一刻，他们浑身上下血迹斑斑，面色苍白，一脸虚汗，睁着一双绝望的大眼睛，几绺头发湿漉漉地搭在额前，看起来狼狈不堪，既可怜又可耻！那就是她的张野啊！她捂住脸，不敢再想下去了……可是又忍不住地往下想，警察的下一个目标就会锁定在她的身上，那些该死的目击者一口咬定的那个“神秘女子”，还有她打的那个该死的电话，所有这些汇集到警察那里，警察一定不会轻易饶过张野，他们一定会在他身上挤牙膏，说什么也要挤出那个“神秘女子”究竟是谁，短枪是不是就在她的身上……她早晚也会被弄进去的……她会像江姐那么坚强吗？她又一次不敢再想下去了。她都不敢去上班了，她甚至不敢离开这个家一步，尽管窗外阳光明媚。她母亲以为她病了，催她去医院，她怎么向她老人家解释呢？

这天夜里，她终于接到了张野的电话。电话是在深夜打到她的手机上来的，她还没顾上诉苦，张野就在那边急煎煎地问："你在那边打听到什么情况没有？"他对她的状况连问也不问，直接就问她是否为他打听到了什么新情况！她觉得一股愤怒撞上胸口，她对着电话几乎是喊起来："打听情况?！你叫我怎么打听情况?！你想叫我也暴露吗?!"他在那边立刻软弱地低了声，嗫嚅地说着些道歉的话，问了问她的情况，安慰她没事，鼓励她要挺住，关照她金穗大厦那一带千万不要去，遇上警察要躲着走，发现可疑的人要尽快回避……她问他现在在哪里，他说是在×市，在一家饭馆打工度日。她再要详细问他的具体地址，他却支支吾吾地不肯说了，接着就"嘘——"了一声，说是有人来了，就挂断了电话。她躺在黑暗中想，他为什么不肯把具体地址告诉她？她忽然明白了，他已经开始不信任她了，正如她不信任他一样，她想起某些大案纪实片里演的情节，警察利用犯罪嫌疑人的女朋友钓鱼，最后在约定的地点将犯罪嫌疑人抓获，他们俩现在就处在这种互相提防的状态中。那一刻，她觉得彻底寒了心。

第二天，她开始上班了。她在上下班的路上躲躲闪闪，形同做贼。有一次，一个大概是外地的警察向她问路，把她惊了一跳，几乎是撒腿就跑。在单位里，她的主管对她前一段的病假根本就不相信，何况她近来工作的时候总是恍恍惚惚，漏洞百出。一开始，主管还替她在上司面前遮挡一二，直到她弄错了一笔大账目，主管的耐性也到了尽头，把她像一只破包袱一样直接扔到了经理那里。经理把她叫到经理室去，劈头盖脸地痛骂了她一顿，要她小心从事，警告她注意公司的人事制度。

她受不了了。她觉得她快要垮了，马上就顶不住了。

这天夜里，她又接到了张野的电话。她把她的痛苦，她所承受的压力，顺着电话线劈头盖脸地发泄到了张野头上。张野呢，一直低声下气地忏悔着，责骂着自己，等她发泄够了，张野说，他在这边过得也很难，因为无法提供身份证明（不敢提供），他只好东躲西藏地给各种各样的黑店打工，像狗一样被人随意使唤，受尽了人间的欺凌和侮辱。倾诉到最后，张野长吁了一口气，说：“我知道你也很难……要不……你把我忘了吧！”这句话一出口，两个人都痛哭起来，他们什么也没再说，只是哭，哭够了就把电话挂断了。

9

李玫就是在那个夜晚之后开始动摇的，她开始试着忘掉张野，可是她办不到。她忽然发现，在这个男人带给她的那么多的痛苦、那么大的压力、那么严重的焦虑不安之下，竟然也隐藏着一丝相依为命的感觉。在她二十几年的生活中，唯有这个男人给她带来过种种惊心动魄的感受，这些感受，她恐怕永远也难以忘怀了。

李玫的母亲和姐姐也注意到那个叫张野的小子已经将近三个月没登门了，她们觉得那小子一定是让那四万块钱的房钱给吓退了，滚得远远的啦。她们开始张罗着给三丫头介绍对象，这进一步加剧了李玫的动摇，再加上，自从那天夜里的电话之后，张野再也没有给李玫来过电话。

也许他真是想叫我忘了他吧……也许他也正在努力地忘掉我吧……李玫伤感地想。

姐姐给李玫新介绍的对象是某个大单位的保卫处长，复员军人。虽然他是个曾经离异的男人，但因为街面上有他的生意，所以颇有财产。李玫的母亲和姐姐是这样想的，既然年轻未婚和富于财产这两头难以两全，那么能抓住机会优先顾住财产这一头也不错。

保卫处长很快发现，李玫这个姑娘脾性有点古怪。就拿他们俩的恋爱来说吧，她是既不投入热情，也不明确地表示散伙，就那么懒懒散散地吊着。而且姑娘有点喜怒无常，和他在一起的时候，经常处在那种心不在焉的状态中，一些在他看来很平常的小事，会突然弄得她惊悸不安，甚至歇斯底里。

保卫处长想，这也许都是自己在年龄和离异这两个问题上所处的劣势地位造成的，只有拿自己的优势——钱财和富有去弥补了。为了博得姑娘开心，保卫处长不得不慷慨解囊，经常带着李玫出入城里的高档娱乐场所吃喝玩乐，为她买高档时装，甚至买首饰。和她在一起的时候，为了逗她一笑，甚至仅仅为了勾起她开口说话的兴致，保卫处长绞尽了脑汁，摇唇鼓舌，插科打诨，扮鬼脸，讲笑话，使尽了当年兵油子的浑身解数。

保卫处长有种千金一笑为红颜的吃力感。

这天傍晚，保卫处长又领着姑娘在××酒楼用晚餐。菜还没上来的时候，有个人从姑娘旁边走过去了，保卫处长忽然指着那个人对姑娘说："刚才那个络腮胡子你看见了吗？"姑娘心不在焉地摇了摇头，保卫处长兴致盎然地说："他让我想起了一个人，是我过去在部队时的战友，也是一脸络腮胡子，人称崔胡子。这人在部队时养成个坏毛病，爱玩枪。复员后先是安排在市局刑警队，就因为这小子太爱动枪，好几次执行任务都不听指挥擅自开枪，市局头头怕出事，把他给弄下来了，后来就在银行当保安。年初吧，金穗大厦的自动柜员机坏了，工人抢修，因为机子里有大笔现金，银行派他去执行警戒，就在崔胡子执行警戒这个当口，来了个青年，愣往柜员机跟前闯，崔胡子喝他站住，他不听，两个人不知怎么就干起架来了。干架中间，崔胡子老毛病一犯，枪就打响了，周围这就乱了。那青年还真有几分胆气，居然下了崔胡子的枪，扔到二楼平台上，蹿了！"

"后来呢？"姑娘的眼睛此时焦灼不安地盯在了保卫处长的脸上，简直可以说是熠熠生辉，保卫处长心头滚过一阵得意。

"崔胡子这面子可栽大了！复员军人，银行保安，让马路上随便一个青年把枪给下了，以后还在这个行当里怎么混？！崔胡子对这青年可谓是恨之入骨了，一个人灰溜溜地从商厦的窗户翻到二楼平台上把枪拾了。这时候呢，因为群众报案，公安局的人也赶到了，这老小子一时恶向胆边生，一是想报复那个青年，让他吃不了兜着走，二来他也太爱枪了，一直想私藏一把，就狠了狠心，把枪给私藏了，跟公安局的人说那青年把枪抢跑了。这下不得了！银行抢劫案呀！又是登报纸，又是成立专案组，闹哄了一大阵子……"

"后来呢？"姑娘的眼睛一眨不眨地盯在保卫处长脸上，她的手指都开始轻微地颤动起来了。

“闹哄了两个多月也没抓住人，上个月市里要来个大人物，上头严令枪案限期破案。市局的人疯了，一遍一遍地把崔胡子传过去盘问，核对情况，崔胡子一遍比一遍毛，马脚越露越多，最后顶不住了，把什么都交代了，枪也上交了，落了个开除公职。这事因为太荒唐，暂时还没敢让公开，我们内保系统先传达了一下。”

“那个人呢？”

“哪个人？”

“就那个……青年。”

“噢，案子撤了，没人再对他感兴趣了。在市局那伙人眼里，他早就一钱不值了……哎！你哭什么呀？！这又是怎么啦？！”

保卫处长不明白他哪句话又把姑娘得罪了。

10

张野是在李玫请了假专程赶到×市费尽了周折才找到的，当时他正在一家小饭馆打工。他一看见李玫，愣了一下，撒腿就跑，以为她的背后藏着公安局的人，李玫好不容易才把他抓住，向他说明了情况，两人抱头痛哭了一场。他们如今已经回到了他们自己的城市，张野经李玫联系在一家公司打工，他们不顾家人反对领取了结婚证，在市郊租房过日子，二人都是守法好公民。

如今张野常说的一句口头禅就是：学会忍耐，也就学会了生活。

看守所

1

黔首市白石沟看守所前所长孙青亮是在火车站被执行强制措施的。据孙青亮后来交代，他本来对跑还是不跑非常犹豫。心理上总觉得这一跑就完了，自己就给自己定性了。但随着蛛丝马迹的异常情况不断地被他感觉到，各种各样的不祥之兆不断地钻到他的脑子里，折磨得他一分钟也不得放松，他终于待不住了。

据检察院的同志讲，孙青亮在公安队伍混了这么些年，还是有些反侦察意识的。他们的人一出现在火车站，就被他察觉了。好在事先部署周密，几条通道都被堵死了。逼得孙青亮没办法了，钻进了一楼候车大厅西侧的一条通道。但这条通道的尽头是堵死的，里面是厕所。男厕所里居然没人，他们有些奇怪，就在通道口守候。果不其然，不久孙青亮就从女厕所里钻了出来，被检察院的人逮个正着。

检察院的同志感慨地说，人到了这一步，真是什么脸面也顾不得了，竟能钻到女厕所里寻求庇护。真是既可耻又可笑，还有几分可怜。当时，检察院的人曾对他挖苦地说："你能在女厕所里藏一辈子吗?"

2

其实，当初孙青亮一听说曾宏权非法融资案的一个举报人坠楼死亡的消息后，就知道坏了。他没想到曾宏权会把事情做到这一步。他开始细细思量曾宏权的案子，越思量越觉得害怕。其实他根本就不知道这池浑水的深浅，就这么稀里糊涂地蹚进去了。

事情是省厅监所管理处吴处长让他办的，他开始给吴处长打电话。吴处长的电话这会儿不好打了，好不容易打通了，他听出吴处长也很烦躁，但又不得不安慰他，于是用一种极不耐烦的语气让他放心，说那个人有抑郁病史，跳楼是因为精神病发作了。又说×××（省里一位领导）和他都在想办法。最后又用少有的严厉口吻告诫他，如果有人问这事，千万别乱讲！

精神病！他妈的又是精神病！孙青亮突然发现，对于人生的某些处境来讲，精神病真是一种最好的解脱！现在他也恨不得发作它一场精神病，也许只有达到了精神病的那种无知无畏无牵挂的境界，才能重新体会到生活的安宁和乐趣。

成不了精神病，孙青亮只有靠一遍一遍地回忆吴处长的话来安慰自己，硬说服自己去相信吴处长的话。吴处长当初说，曾宏权的案子没什么大不了的，发展经济的过程中，哪能没点经济纠纷？无非欠债还钱就是了！不过曾宏权是有省里×××支持的。吴处长最后说："曾宏权养尊处优惯了，在里面有些受不了，听说精神快要垮了，你想办法让他出去休息两天，完了还按正常程序走。"

曾宏权虽然近些年来是"养尊处优惯了的"，但此人发迹前必有一段泼皮无赖的经历。自从进了看守所之后，天天撒泼耍赖，前些日子孙青亮还让监舍号长狠狠地收拾了他几回。近些日子他又开始装疯卖傻。此人一旦放出去，必然是四处活动，天知道会干出什么事来。因此孙青亮在电话里支支吾吾，不痛快。吴处长最后不耐烦了，不凉不热地说："你看着办吧，也别太为难。反正这事不是我个人的事，我不过替别人递个话罢了。”

这话让孙青亮很费琢磨。孙青亮发现，上级领导的话总是让人很费琢磨。省厅监管处长从条条上说就是他的上级领导，而且就他个人情况来讲，因为在市局受排挤，在块块上已经没希望了，现在唯一的希望就在条条上。所以对吴处长的话他历来都是起劲地琢磨。

当初在酒桌上，吴处长曾暗示他在看守所再熬两年，一有合适机会，就把他从看守所弄出来。他把这话谨记在心。后来，吴处长又暗示过他，帮忙给几个关在他那里的人办理留所服刑。他也都一一照办，积极落实了。再后来，他的看守所就屡屡被评为达标一级看守所，全省模范看守所等一系列荣誉称号，他觉得离最终功德圆满、羽化升仙地摆脱这座铁笼子的目标已经越来越近了，心中暗暗受到鼓舞。这一切都是善于琢磨吴处长的话才得来的。

那么，吴处长这回的话是什么意思呢？从表面上看，似乎可以理解为“反正这也不是我个人的事，实在为难就算了”。但仔细琢磨琢磨最后那句“我不过是替别人递个话罢了”，能让省厅吴处长替他递话的，又是什么人？会不会是省里的×××？再说，曾宏权在里面装疯卖傻，吴处长是怎么知道的？

这么一琢磨，就觉得曾宏权这人不简单，吴处长让办的这事也绝不能掉以轻心，随便敷衍。

3

白石沟看守所位于黔首市东北方向三十多公里的北山白石沟。再往北就是让黔首市民头痛的北山老风口。不过市民们意识不到，他们被防风林带和高楼大厦裹了一层又一层，风沙其实伤不着他们，顶多带着浮土从天空中掠过罢了。但在白石沟就不一样了，出门的时候偶然没裹严实，被风沙打在脸上，就像用铁砂枪对着你的脸猛轰了一家伙似的。由于大风肆虐，天空中留不住一丝云彩，阳光一年四季无遮无拦地直射下来。风吹日晒，年深月久，白石沟里的圆石头个个白得瘆人，如同古战场上残留下来的骷髅头，因此有人将白石沟戏称为“骷髅沟”。

白石沟一带人迹罕至。看守所修筑在沟南端，一条青黑色的柏油马路把看守所和远处的那座城市连接在一起。就像一条脐带，一头连着母体，一头连着胎儿。

如果把看守所比作胎儿，那它也只能算是城市孕育出的一个怪胎。怪胎所以能够生存，是因为脐带总是能够定期从城市的母体为它输送来各式各样的养料——也就是五花八门的犯罪嫌疑人。

柏油马路在快到看守所的地方又岔出去一条土路。土路继续向北，通到白石沟北端，那里就是黔首市的北山垃圾场。成车成车的垃圾每日从黔首市运出来，沿柏油马路向东北，再沿土路向北，最后被倾倒在北山垃圾场。柏油马路上经常跑着的就是这两种车，要么是押运犯罪嫌疑人的警车，要么是运垃圾的环卫车。司机们跑得多了，互相就熟悉了，一见面，就会露出会心的一笑，因为他们总是把相似的东西运到相似的地方。

垃圾场的垃圾本来是要做填埋处理的，但一来怕麻烦，二来填埋的垃圾总会被人孜孜不倦地翻腾出来，日子长了也就不填埋了，任它堆成了一座垃圾山。一到夏季，庞大的垃圾山上腾涌出恶臭的气浪，因为风向的原因，很快就飘到看守所上空。首当其冲的是碉楼和高墙上巡逻的武警战士，但武警战士吃苦耐劳，面对恶臭只是蹙眉凝神，不为所动。但紧接着恶臭袭入办公室，看守所的干警就要破口大骂了。干警们骂的通常有两类人：首先是拾荒人，正是由于他们孜孜不倦的翻腾，导致垃圾填埋措施的流产，并且还在不断地导致蕴藏在垃圾山深处的恶臭被发掘出来；其次是环卫部门，他们为什么偏偏把垃圾场选在白石沟？而且偏偏选在看守所上风口？他们为什么不坚决贯彻垃圾填埋措施？

有一年，看守所辗转通过各种渠道向市政府反映意见，能否将北山垃圾场搬迁？但市政府经调研答复：黔首市东、西、南三个方向均为城市扩张和经济发展方向，只有北山一带没什么发展前途，最适合做垃圾场。看守所又向本系统上级部门反映，能否将看守所搬迁？上级部门调研后发现，按照公安部关于看守所建设的规定，看守所不宜建在人口稠密和商业集中的繁华地带。换句话说，北山白石沟一带是看守所最适合的坐落地。

干警们把两个部门的意见综合起来一分析，就悟出了一个道理：北山垃圾场是物的垃圾场，而白石沟看守所是人的垃圾场，在城市的管理者看来，将两个垃圾场安排在一起，正合适！既然垃圾场和看守所都搬不动，只有想办法把自己搬走。看守所的干警们于是八仙过海、各显其能，找出各种由头把自己调离看守所。调离的人多了，形成的空缺谁来补？市局只好把那些犯了错误、遭了处分，但又不够脱警服的人员打发到看守所来。经过长时间的置换，看守所干警绝大部分被置换成了有问题、有错误、遭过处分的灰色干警。换句话说，看守所成了市局警察的流放地，成了警察队伍的垃圾场。

4

孙青亮就是在这种背景下到白石沟看守所任所长的。

孙青亮以前在市里东关派出所任所长的时候，并没有犯什么错误，更没有违纪违法行为。之所以被弄到看守所当所长，纯粹是在派系斗争中跟错了人、站错了队，结果稀里糊涂跟着吃了败仗。新派系立稳脚跟后，就觉得把个对立面放在身边有股说不出的别扭劲，就像肉里面扎了一根刺，一碰就难受。恰好白石沟看守所原来的所长退了休，人家自然就拿他来堵塞这个漏洞。

孙青亮第一天到白石沟报到时，恰逢上一个大风天。他刚从车门里钻出来，就觉得“忽！”地一下，有个什么东西迎面飞过来糊在脸上。他恼火地顺手一抓，抓下来一个挂汁淌水、散发着异味的白塑料袋。司机赶忙掏出卫生纸递过来让他擦脸，小心地解释道：“垃圾场就在前面，上风口。”他望着天空看了看，漫天飞扬的都是五颜六色的塑料袋。看守所周围的那一片所谓的防风林带，大概势单力薄又缺乏灌溉，根本就长不起来。枝条上挂满了各种各样的塑料袋，如同肮脏的旗帜在大风中猎猎舞动。看守所门前，一大片垃圾在风中打着旋：塑料袋、方便面盒、烟纸、树叶、带血的卫生巾，杂七杂八的肮脏玩意儿在风力的作用下，绕着一个看不见的轴心旋转着，形成了一个巨大的、令人作呕的垃圾漩涡。

那一刻，孙青亮郁闷地想，难道后半辈子就注定要和这些垃圾打交道了吗？

看守所的监号，从精神层面上讲，或许就是世界上最压抑、最痛苦、也最肮脏的场所。各种阴暗的心理，扭曲的人格，变态的行为，都汇聚在不足二十平方米的四堵墙中间。每个人都绞尽了脑汁，做着上法院之前的最后挣扎。每个人都背负着山一样沉重的精神压力。很多人的罪行一旦吐口，就会面临十几年、二十年大刑，甚至是死刑。精神防线一松动，可能就意味着死亡。求生的意志在这些人身上体现得格外顽强，演变成狡诈、无赖、反复无常、对痛苦的惊人耐受力等种种非常态的力量。每个犯罪嫌疑人都有几名刑警，甚至整个专案组在对付他。刑警们在此之前往往不能掌握全面的证据，为了获取更强有力的证据，形成更完整的证据链条，把案子办成铁案，必须要从口供上突破。刑讯逼供是被禁止的，所以提讯刑警们个个都是制造精神压力的老手。他们知道手头掌握的证据中哪一个最有杀伤力，什么时候抛出最能打垮对手。他们可以很快揣摩出对手精神上最脆弱的地方在哪里，怎样才能瞄准这最脆弱的地方狠狠打击。他们知道一个团伙中最薄弱的环节在谁身上。他们还会用“立功”“减刑”等各种政策诱惑对手，使其陷入最为焦虑的盘算和犹豫之中。

每个人时时刻刻都处在一种高度紧张的精神搏斗和内心冲突之中。

说还是不说？说多少？说了会怎样？不说会怎样？紧张的分析和盘算充斥着 24 小时的每分每秒。精疲力竭，心力交瘁，精神崩溃，生不如死，最后就是彻底放弃了，坦白了，交代了。

所有这些折磨人的情绪郁积在不足二十平方米的监号里，浓得仿佛划根火柴就会引发巨大的爆炸。再加上这里汇聚的是社会上各种各样沦丧了人性、寡廉鲜耻、崇尚暴力的家伙，所以监号里什么事情都会发生：自残、自杀、歇斯底里的号叫、殴打、鸡奸、策划越狱甚至暴狱，所有这些行为，或者为了发泄，或者为了解脱。某些行为一旦发生，就意味着重大事故。看守所上自领导下至干警就会受牵连，就会受处罚，甚至脱警服。

孙青亮本来就是带着压抑的情绪来看守所上任的，而看守所里的气氛更加重了他的压抑和烦躁。每次从巡视道上走过，看着脚下铁笼子里那十几头困兽，看着那一张张阴沉狡诈、残忍麻木或者绝望沮丧的丑脸；每次从提讯室经过，听着从里面传出的提讯刑警的厉声呵斥、犯罪嫌疑人语无伦次的狡辩，孙青亮的心里就抑制不住地升腾出一股厌倦和烦躁。

有时候，个别犯罪嫌疑人羁押期限已到，而证据不足，不得不将他们释放。看着这些人钻出铁笼子，连滚带爬地奔向远方，孙青亮就会感到一阵深深的失落。他会不由自主地陷入一种焦虑情绪之中，他何时才能摆脱这里重获自由呢？这种失落感越来越强烈，逐渐发展为一种病态，以至于不管看到什么人离开看守所，哪怕是已决犯被押往劳改局监狱服刑，甚至死刑犯提出监号上了路，都会莫名其妙地发作起来。

孙青亮逐渐地养成了一种不良的嗜好。他把工作扔给副手和干警们不管不问，经常带着他新买的望远镜，爬到高墙墙头的巡逻道上，端起望远镜向远方瞭望。他不能朝南边黔首市的方向瞭望，那会引起他的刺痛和失落，他喜欢瞭望远处的北山和周遭的旷野。

在望远镜的镜筒里，他发现北山垃圾场附近，出现了成片成片的房屋和院落。那些拾荒人不知从哪里捡来些断砖碎瓦、糟木头烂椽子，搭建起一座又一座简陋的房屋和院落。这些房屋院落逐渐蔓延开，其间有纵横交错的巷道，俨然形成一个村落。拾荒人里出现了一个饲养垃圾猪的新行当。每天清早，饲养人把垃圾猪赶到那座色彩斑斓、营养丰富的垃圾山上。垃圾猪在山上时而左右奔突，时而低头觅食，显得优哉快活。垃圾猪饲养人则远远地坐在村落里自己的房屋前，时而挥手朝远处垃圾山上的猪群吆喝一声，发号施令，时而仰头闭目，嘴形蠕蠕，喉结耸动，似乎在唱什么山歌，姿态甚为闲暇自得。

看着这样的情景，孙青亮压抑焦虑的心情会不知不觉地松弛下来。他给这个村落暗暗取了个名字叫“垃圾部落”。端着望远镜观察垃圾部落里的生活，成了孙青亮排遣郁闷的一种方式。

就在这种浑浑噩噩的日子里，看守所里出了件大事。有个已被宣判的死刑犯，夜间用磨尖的牙刷把自杀了。为了寻找颈动脉，他用那把磨尖的牙刷把颈部捅出了好几个血窟窿，血流了半条炕。这下出了大事故！看守所上下干警都挨了收拾，孙青亮本人被行政记过。这件事无疑给他烦躁的心情火上浇油，他知道，摆脱看守所的希望变得越来越渺茫了。事后，他对这起事故越想越窝火，那个死刑犯身边他让人安排了陪号的。陪号陪号，本来就是陪在已宣判的死刑犯身边，把他像爷爷一样伺候好，哄弄住，保证安安全全上刑场。怎么让他把牙刷把磨尖了都不知道?！人死在炕上都不知道?！他把那两个陪号的人犯狠狠收拾了一顿，这样还不解恨。他觉得那个死刑犯恐怕是故意制造麻烦，报复干警。

反正是个死，为什么不老老实实按程序死?！两个陪号的也串通一气，都要看他的笑话。他仿佛看到那个死刑犯在坟墓里对他龇牙一笑，嘴角饱含嘲讽。

他决心此后要认认真真对付死刑犯，再不能出事故。他让人特制了一张木床，木床四个角上固定有铁环，屁股位置挖的有马桶一般的圆洞。死刑犯宣判过后，凡有自杀倾向的，就把他上木床固定好，吃喝拉撒由陪号伺候。这样一来，自杀是不可能的了。

至于普通的未决犯，孙青亮实在没有耐心与他们周旋，什么加强巡视，什么主动谈心、教育感化。他一贯认为，所谓的教育感化，多半是形式主义，哄弄上级检查的。既省事又管用的，恐怕还是以毒攻毒。

他开始在每个监号里挑选或搭配些五大三粗、身强力壮的，要么就是些久押未决、有眼色、够机灵的做号长。利用他们立功讨好的心理，给他些甜头或支持，让他去实现自己的意图，维持监规秩序。还要鼓励号子里的人互相揭发，分而治之。一旦发现有哄监闹事苗头的，立刻关禁闭。只要把人弄到那个小黑屋子里（所谓禁闭室空间极为狭窄，活像个竖起来的棺材）固定到那把铁凳子上，再硬扎的汉子不出一天就会软蔫下来。

这几招似乎还管了些用，监号里一年没出大事。尽管也听到些反映，说是他起用的号长演变成了牢头狱霸，拉帮伙，动私刑，勒索财物。他们把帮伙之外的人撵到炕下睡，帮伙头目在炕上摊开手脚恣意强占别人的铺位享受，自诩为“上八仙”。为了树威，他们还发明了许多令人发指的私刑，以此整人取乐，诸如背大墙、开摩托、拉皮条之类。

但是孙青亮认为，只要监号里不出大事，证明这些办法管用。虽有牢头狱霸整人打人的事，也只得慢慢治理，不可因噎废食。

再者说，进到这里就是来受罪的。如果还像在外面一样舒服快活，专政机关的威慑力又该如何体现？

5

孙青亮对逃离看守所重新燃起希望，是在结识了吴处长之后。

那一回，吴处长带队下基层检查两所建设（看守所、拘留所）。市局把本市的检查重点定在了白石沟看守所。市局之所以把白石沟推荐给吴处长，本意是哭穷、诉苦，然后伸手要钱。为此，市局主管副局长还把孙青亮提前叫去教了一番话，吩咐如此这般。但孙青亮与市局方面结怨已深，教过话之后，逆反心理反而发作，故意要反其道而行之。孙青亮打好一篇腹稿，又顺道买些花花草草。回到看守所，立刻吩咐大扫除。将花花草草沿参观路线精心摆放，将看守所里里外外打扮得窗明几净、焕然一新。

陪吴处长视察、介绍情况时，孙青亮将重点放在看守所一班人如何发扬自力更生精神，克服重重困难，达到了如今的“自己动手，丰衣足食”的境界。当吴处长询问还有什么困难时，孙青亮不顾一边不停眨巴眼的主管副局长，两脚一磕，身子一挺：“没困难！我代表白石沟看守所全体干警表态，明年工作再上一个台阶，经费保障决不跟领导讨价还价！”

吴处长听了，意味深长地看了身边主管副局长一眼。

主管副局长吃了个哑巴亏，有苦说不出。他是按照市局的统一部署哭穷诉苦的，没料到孙青亮给他来了这么一手，把他给卖了。更可气的是，一向刮北风的白石沟，今天不知怎么的发神经刮起了南风，垃圾场那边的垃圾和臭味一星半点也没有刮过来。主管副局长铁青着脸，一边心不在焉地陪吴处长参观，一边考虑该怎么向局长汇报孙青亮。他妈的这个狗东西！当着自己的面就敢不听招呼，就敢撒野说胡话，他这是在挟私报复！是用号子里的人犯自残自虐的那一套向市局示威、叫板！

然而，副局长却没有料到，孙青亮此举对于他的个人前途来说，却是歪打正着。原来吴处长一路听来，都是哭穷诉苦、伸手要钱的。厅里哪有那么多钱供他挥霍？在上一个看守所他已经发了脾气，叫底下人少谈“人、财、物”。孙青亮的这一番表演恰好对了他的路子，可谓正搔着痒处。

晚上，孙青亮办招待。上了自由犯种的新鲜绿色、绝对环保的蔬菜，上了白石沟里打来的黄羊、呱啦鸡。吴处长的白石沟之行本来就长舒了一口气，心里很舒坦。再品尝品尝山里野味、环保果蔬，心情更加开朗。于是借着称赞鲜辣可口的“心里美”萝卜，把话题引申开去，将看守所好一顿夸奖，甚至拔高到“白石沟精神”的高度。

那天的宴席上，孙青亮面对吴处长的称赞，真的很感动。他有多少年没被市局领导夸过一句，自己都算不清了。他甚至多少年没见过市局领导一个好脸色了。如今呢，他被省厅领导赞不绝口了，他有种沉冤昭雪的感慨和激动。他喝得两颊红扑扑的，一双眼睛一眨不眨地盯着吴处长，眼睛里有亮晶晶的东西在闪烁。

从此，他与吴处长交上了朋友，暗暗地把希望寄托在了吴处长身上。每到周末回市里的时候，他都要带上些看守所里的新鲜环保蔬菜，或者北山里弄来的野味。他牢记着吴处长说过的一句话，“如今山珍海味容易搞，想吃点不上化肥的新鲜蔬菜难哪”。

随着与吴处长打交道多了，吴处长也带着孙青亮在市里上了几次台面。他渐渐发现，吴处长这人很善于交际。可以说，上自王侯公卿，下至鸡鸣狗盗，都有他的朋友。他暗中分析了吴处长为什么这么善于交际。起先他以为吴处长在省厅当着处长，巴结他的人多，看起来交际就广泛。后来了解了吴处长的生平后，又觉得吴处长正是因为天生交际广泛，左右逢源，这才渐渐爬到省厅处长的座位上去的。究竟哪是因？哪是果？一时还真让人琢磨不透。不过，吴处长的善交朋友与他的天性以及喜欢在这方面琢磨也不无关系。孙青亮发现，吴处长的精力只有不到 1/3 会用在工作上。剩下一大半精力，吴处长都用来琢磨人际关系。他去吴处长办公室几次，每次不到 1 小时的时间里，吴处长都要接打几十个电话。不是人托他办事，就是他托人办事，要么就是上家托他办的事，他再转托下家去办，要么就是安排饭局。过后掏出手绢边擦额头上的汗边叫苦："忙啊！实在是忙……"

吴处长最擅长的事就是饭局。只要吴处长一到场，所有的人都活跃起来了，场子上立刻就充满欢笑。有一回，吴处长喝多了告诉他，人际交往也要琢磨。他的手机里存了上百个荤段子，没事的时候就掏出手机温习几段。为嘛？就为到了场子上，随口讲几段就把大家逗得哄堂大笑。气氛一下就活跃了，距离一下就拉近了。至于一个人可不可以交朋友，主要看缘分。但孙青亮逐渐看出，吴处长所说的缘分，其实落实在能不能互相办事。你能为我办事，我也能为你办事，这就叫缘分。你的朋友越多，你能办的事也就越多；反过来你能办的事越多，愿意主动结交你的朋友也就更多。这样你的人生就走入了一个良性循环。到了一定时候，你会觉得你的那个朋友圈子有种自我膨胀的趋势，刹都刹不住。到了这个境界，你在社会面上就游刃有余了。

与吴处长相比，想想自己在看守所的生活，想想自己那一片狭小的天地，孙青亮就觉得自惭形秽，太闭塞了！怎么办？第一步是先挤进吴处长那个圈子。只有挤进吴处长那个圈子里，前途才能豁然开朗。说不定机缘一到，吴处长就能把自己从看守所弄出来。

但是，自己与吴处长到底有没有缘分呢？或者换个说法，自己能为吴处长办什么事呢？显然，光靠周末送几把绿色环保蔬菜是不行的，那也太可怜了。万一吴处长哪天交上个乡下的菜农朋友，马上就把自己挤掉了。那么在自己有限的能力范围内，能为吴处长办点什么事呢？有相当长一段时间，孙青亮急的就是这件事，有时候急得在酒桌上拍胸脯子。

吴处长真是善解人意，很快就给他创造了一个机会。说是朋友的一个关系人犯了事，就关在他的看守所，最近判下来了，判的也不长，四年。看能不能帮忙办一个留所服刑，将来好给予关照。这种事孙青亮是熟的。知道点内情的犯人一般都愿意办留所服刑：与劳改局的监狱相比，留所服刑一是劳动强度小，管理松；二是监狱里犯人太多，减刑名额有限，竞争激烈，考核打分制度又严。有的犯人表现到吐了血，也争取不到一个减刑机会。看守所留所服刑人员少，减刑基本没有比例限制。再加上考核打分就那么几个人说了算，好办。但按规定，只有余刑不足一年的才可转留所服刑。吴处长朋友的那个关系人余刑有四年。但这个规定有个活口，那就是除非因“特殊工作需要”。孙青亮于是想方设法为关系人制造了一个特殊需要，说是看守所缺个电工，而那个人恰有电工特长，以此为他办了个留所服刑。

自此以后，孙青亮算是与吴处长结了缘。以后又陆续为吴处长的若干关系人办了几次留所服刑。让他们在看守所当木工，或种菜工，或食堂打杂，个个予以照顾，甚至争取到了减刑机会。吴处长也就对白石沟看守所青眼有加，竭力推荐，使其连获几年达标“一级所”“优秀看守所”。孙青亮与吴处长进入了良性互动的阶段，在很多上了台面的场合，吴处长对孙青亮开始称兄道弟，称他为基层的小兄弟。省厅的吴处长都在公开场合与他称兄道弟，市局的一些人的狗脸也就跟着变了，开始对他绽开了讨好的笑容。孙青亮的沮丧感渐渐灰飞烟灭，觉得重树了人生的自信。

一直到这次曾宏权的案子，吴处长的表现与前几次就有所不同了，显得异常重视。在只有两个人的场合，甚至在电话里也是兄弟长、兄弟短的。有一次在酒桌上还把话点得很透，说是处里的看守所指导科科长退休了。空出来的岗，厅里要求调基层实战经验丰富的同志。他准备在关系最铁的一个副厅长、厅党委成员跟前提提他的事。

孙青亮明白，要想把自己从看守所弄出去，首先就得把那个姓曾的从看守所弄出去，哪怕只放他十天半个月，一定要对吴处长有个交代。因为他看得出这事对吴处长有多么要紧。但这回的事不好办，曾的头上顶着一个专案组。虽然吴处长得知了曾在号子里的表现，让以“精神出现异常”为由保外就医一段时间，但那是要做精神病司法鉴定的。他虽然与市安定医院几个司法厅指定的专家也算相熟（以前做过这方面的鉴定)，但关系毕竟不如与吴处长来得这么铁。他试着与几位专家沟通了一番，一沟通就可看出，吴处长在那边也使了劲。专家们听了他的介绍后，口气都比较宽松，似乎对这事心照不宣。

曾宏权的司法鉴定就这么做了，人就这么保外了。但孙青亮没料到，曾一出看守所，有如困龙入深海，立刻就搅起了滔天巨澜。不但四处活动、串供，甚至指使人暴力威胁举报人，弄出了自杀身亡的惨剧。

6

孙青亮被投入了自己经营多年的白石沟看守所，这真是一个残酷的玩笑。很多专政手段，很多外面人受不了的监规制度——其中一部分还是他自己亲自制定的——现在要由他自己来品尝了。一部分干警觉得很难堪。但也有一部分干警，就是那些平时工作中被他狠狠收拾过的人，心情就不一样，他们觉得很放松。于是就由他们来执行孙青亮的投监工作。在入所谈话的时候，他们把监规制度一条一条详细地讲给他听，其实这本是没必要的，他就是制度的制定人。事后有个干警多少有些兴奋地对人说：这他妈的就叫量身定做。

孙青亮怕极了。过去那些手段是用来对付别人的，他从来没有细想过，因为细想了就容易犯心慈手软的毛病，而这恰是专政机关干警的大忌。可是，如今这些手段就要加在他自己身上了。孙青亮怕得要命，怕得不敢去想，但又不能不想。

首先是搜身。因为担心把违禁品带入监号，造成自杀等恶性事故。搜身的时候要把衣服脱光，脱到只剩一条内裤。孙青亮当时曾用乞求的目光望向一位干警，他以前的同事。但这位同事只是把脸扭向一边，嘴里简短地说了一个字："快!"这是没办法的事，制度面前人人平等。孙青亮艰难地把衣服从上到下一件一件脱掉，直到脱得光溜溜的，像市场里拔了毛的白条鸡一般展览在顾客面前，供人挑剔。他已经不知道干警是否挑剔了他一番，因为他用双手捂住了脸。有人看见眼泪从他的指缝间渗了出来。他们通常管这叫什么？——悔恨的泪。

孙青亮在被送入监号前一刻，出现了不理智的抗拒表现。送他进监号的干警手扶在他的肩膀上，本来只是一种例行公事的姿态。但来到监号门前的一刹那，那只手突然感到了一种阻力，被扶着的肩膀开始往后扛，有些挣脱手的束缚的意思。干警发现孙青亮两脚抵住监号门槛，以此为支点，臀部后坐，肩膀则向后左右扛挤着，有几分撒泼耍赖的意思。这种现象在某些刁蛮的人犯身上时有所见，干警条件反射般地低叱道："老实点！别找难受！"声音里带出了对异类的凶狠。

这一抗拒表现不是孙青亮有意所为。这是人对所面临的处境极度恐惧时的本能反应，是一种理智所无法控制的生理反射。

对孙青亮来说，他实际上是被投进了兽笼，就像古罗马的角斗士被扔进了饥饿的猛兽徘徊踱步的斗兽场。

虐待当晚就开始了。由于孙青亮的特殊身份，笼子里的家伙虐待起他来格外兴奋。对他们来说，这是一种特别痛快的发泄。因为他曾是高高在上的异类，他们对他怀有刻骨的仇恨，在他身上发泄要比在同类身上发泄尽兴得多。事实上，他们对此曾幻想过无数次，只是从不敢相信居然能得以实现。孙青亮还没剃掉的长头发给他们提供了一个便利的下手处，因此第一个晚上，虐待多集中在头部。比如当他因为极度紧张，忍不住去蹲便池时，号长一个眼色，"上八仙"中便有人上前一把揪住他的头发，将他从便池上拖翻在地，一边踹一边教他规矩："上八仙"还没用过的便池，谁也不准用。他反抗，"上八仙"便一拥而上，揪住他的头发，把他的脑袋像磕一个熟鸡蛋那样，一下接一下地往墙上磕。旁边的人呢，哄闹着报数："一！二！三！四！……"

晚上吃饭把饭渣掉在了地上，被号长看见，喝道："哪儿来的畜生糟蹋粮食？！"顿时有几个膀大腰圆的人一拥而上，将他按在地上。有人用手揪住头发把他按了个嘴啃泥，强迫他用舌头把地上的饭渣舔干净。

他们把这叫"拾麦穗"。

哄笑、咒骂和凄惨的号叫召来了巡视道上的干警，干警几次喝住了监号里的狂欢。但监号很多，干警不可能盯住这一个监号不放。只要干警一走，狂欢又开始了。

孙青亮的精神状态几次到达了崩溃的边缘。但人的求生意志和适应能力是惊人的，在常态下，恐怕连自己都难以察觉。一旦到了非常状态下，这些能力就脱颖而出了。孙青亮几次把自己从精神崩溃的边缘硬拉了回来。他学会了在厉声呵斥下做出迅速而机灵的反应，学会了一口一个“是”地应答干警的问题和吩咐，学会了低三下四地巴结号长，给他洗衣服、洗脚，甚至用手接烟灰。

慢慢地，他的心态在麻木中逐渐冷静了下来，开始思考如何把自己救出监号。他回顾了这几年的经历，发现他一直在奋斗的一个目标就是如何摆脱看守所对他的纠缠。然而，看守所却像一个醒不来的梦魇缠住他不放。一开始他是想调离看守所，为此，他得先放出曾宏权。不料，曾宏权前脚出了看守所，他后脚就被填了进来。仿佛是他把曾宏权从号子里换了出来。

看守所就像是他一不小心陷进去的一块沼泽地，他越是挣扎，就陷得越深。这很荒唐，但他必须应对这个荒唐。

头几回提讯，他顶住没有交代吴处长的事。他知道他的救命稻草就是吴处长及背后的大人物。他指望着外面的派系斗争赶快见分晓，出现一个有利于他的结局。

眼下，他要把他的忠心连同求救的信号一起送出去。

他想了很多办法。毕竟在这里多年，干警里总有个把朋友同情他的处境。他小心翼翼地实施他的计划，把信号悄悄递出了看守所。

7

孙青亮被执行强制措施后，被搜走了手机，断绝了与外界的一切联系。其妻于美芳被告知丈夫涉嫌犯罪已被刑拘。于美芳得不到孙青亮的任何消息，又不让见面，感觉上像是人被谁绑架了一般，急得整夜整夜睡不着觉。几天下来就脸色蜡黄、眼圈乌青。这天好不容易得到里面送出来的口信，让找老吴。

于美芳知道孙青亮与老吴关系铁，老吴是省厅的人，救人的希望或许就在老吴身上。由于于美芳已被恐惧和绝望打垮了，此时突然出现一点残存的希望，于美芳就格外珍惜。她决定先找市局主管看守所的李副局长，李副局长不行了，还有老吴。如果先找了老吴，老吴一不行，她就彻底绝望了。

于美芳知道，丈夫与市局关系不怎么样，找李副局长可以说是硬着头皮上。她期期艾艾地说明来意之后，果然，李副局长冷着一张脸子，拿对付老百姓的“冷硬横推”那一套对付她。李局说：“孙青亮千不该，万不该，不该卷入曾宏权的案子。眼下这个案子由省委主管纪检工作的副书记亲自督办，除了公事公办，谁敢造次？”李局又带着一副恨铁不成钢的口气拿孙青亮感慨痛惜了一番：“小孙这个人呀，吃亏就吃在做人不踏实，说难听点就是上蹿下跳，老想着走上层路线，把周围的同志不放在眼里。路在你脚底下，你眼睛老望着天，能不栽跟头吗？听说这次的事情就是省厅的一个什么处长给他造下的，解铃还须系铃人。小孙在省厅有人，我看你还是找省厅吧……”

只剩下老吴这一根救命稻草了。但老吴却是活不见人，死不见尸，怎么也找不着！手机打不通，往办公室打电话，办公室回说人不在，还反过来问她是谁，找老吴什么事。又给老吴其他朋友打电话，好不容易有个朋友支吾地说，老吴也被纪委找去谈话了，目前也回不了家，老吴老婆也正急得四处打听呢……

于美芳有种大水没顶的感觉。

8

在号子里，孙青亮度日如年地等待着外面的消息。可是号子里就像个焊死了的铁桶，一丝光亮都进不来。他已经不指望得到吴处长他们正在搭救他之类的好消息了。眼下，只要与他的事有关，哪怕是一星半点的情况，都是他极度渴望的。比如曾宏权的情况，是不是又收进来了？还有做司法鉴定的几个专家，有没有被采取措施？甚至，吴处长，会不会也出事了?！他知道，这三个环节只要有一个环节出了问题，立刻会把他的事带出来，专案组马上会咬紧这里不撒嘴，直到撕开一个有多大算多大的缺口。

孙青亮已经被专案组这扇沉重的磨盘碾了好几圈了，如果他是一粒黄豆的话，早就被碾成豆浆了。然而，他不是一粒普通的黄豆。这么多年与人斗的生涯，早把他磨炼成了一粒“蒸不熟，煮不烂”的铜豌豆。至少到目前为止，他还熬得住。

多年的看守所工作使孙青亮积累了一些经验。在无聊的岁月里，有时候他会不自觉地观察提讯人员与犯罪嫌疑人之间的较量。那真是一场场惊心动魄的心理搏斗。观察着，观察着，他会不自觉地站在某一方的立场上，进入他的心理角色，去体会他每一时每一刻的心理状态：比如提讯人员绞尽脑汁揣摸对方时的吃力感；工作压力给他们造成的焦虑感；觉察到自己被骗时产生的那种被耍弄感，以及由此生出的恼羞成怒的情绪、想从肉体上惩罚对方的冲动等。然而，不知为什么，他更多地会选择犯罪嫌疑人这一方，默默地在内心里模拟着，如何与提讯人员斗智斗勇、斗耐力、斗定力、斗信心。他能体会到犯罪嫌疑人那种极度的焦虑，在种种提讯手段之下饱受的屈辱，对提讯人员的仇恨和畏惧，对刑罚的极度恐惧和对自由、对生命的极度渴望。在这沉重压抑的体验之下，他不自觉地在内心替犯罪嫌疑人出谋划策：揣摩对手究竟掌握自己多少情况，对手的每句问话都有什么圈套，估摸对手的审讯策略，研究如何避重就轻、避实就虚……每当听说一些犯罪嫌疑人由于失误落入提讯人员的圈套，或者定力、耐力不够最终败下阵来，他会在一瞬间感到一阵惋惜，暗骂犯罪嫌疑人蠢笨。在极个别情况下，有些嫌疑人真能挺到羁押期限而不让提讯人员抓住一点把柄，不得不办手续放人。看着嫌疑人挣脱了牢笼，飞回蓝天白云的自由世界，他会不由自主地体会到一种轻松畅快的感觉。

孙青亮万万没有想到，这种心理游戏，有朝一日竟会变成他真实的处境。过去的经验已经沉淀到了心理的深层，就好像动物的本能，一旦遇到相似的场合，立刻就会被唤醒，被调动起来发生作用。

孙青亮深知，提讯人员不怕你编得天衣无缝。只要你肯开口、肯编，他会让你尽情地编。因为只有你开口，才会给他提供大量的信息。无论真假，这些信息都会对他分析判断有所帮助，而且你编得越多，前面编后面忘，露破绽、出矛盾的机会就越多。只要让他抓住一个破绽撕开缺口，他就会势如破竹，而你就会土崩瓦解。因此，孙青亮一开始就采取一声不吭的战术。问急了，他就饱含冤屈地大声嚷嚷："你们凭什么抓我?！我到底有什么事?！"然后就是闹着见领导。提讯人员呢，深知谁先露底谁被动的原则。对孙青亮的闹腾厉声喝住之后，却不予理会。只让他好好想自己做的事，交代所有问题。

双方一开始就陷入了僵局。

数日之后，孙青亮明显感觉到审讯力度加大了。一审就是几个小时，有时候轮番审，不让人休息。几个小时的审讯扛下来，回到号子里，他的脑袋也停不下来。他开始紧张地分析和盘算，从这种审讯力度来看，这次的事情太大，别想轻易扛过去。他整夜整夜地睡不着觉，猜测外面的形势。有时候他觉得是曾宏权又被收进来了，但他办的那些事曾宏权并不知道细节，应该不足以对他采取强制措施。几个专家那里主要是吴处长做的工作，况且都预先布置好了退路，大不了往工作疏忽、鉴定失误上面推，不应该出什么问题。要么就是吴处长本人出了问题，这是孙青亮最害怕的一种情况。对他们上层的事情，吴处长嘴很紧，孙青亮几乎是一无所知。如果真是派系斗争中吴处长所在的这一支落败的话，那么他的所作所为无疑已经被对方全面掌握，他将成为这次斗争糊里糊涂的殉葬品。

几种可能性在他的脑海里此起彼伏地推演着，针对每种可能性，他都要想出一套应对的措施。在辗转反侧和焦灼盘算之中，天不知不觉亮了。他又被叫出号子去接受审讯。他的大脑渐渐处于一种麻痹和糊涂状态之中，注意力没法集中，有时听不懂提讯人员的提问，被认为是抗拒表现，遭到厉声呵斥之后才会有短暂的清醒。回到号子里，他想把当天的审讯情况梳理一遍，可是他甚至想不起人家问了些什么，他又回答了些什么。

有天晚上他终于睡了一觉，第二天早晨清醒之后，他忽然体会到一种久违了的乐观情绪。因为他忽然十分肯定，那三个环节其实哪个环节也没出问题。只不过是因为死了举报人，专案组顺藤摸瓜，第一个摸到的当然是他。他们集中精力对付自己，恰恰说明他们眼下只能从他一个人入手。只要他咬紧是工作疏忽，他们是没有办法的。况且，保外就医人员没有看好，派出所也有责任。

9

然而，现实很快就给了孙青亮致命一击。

专案组忽然丢下他不闻不问了。他在号子里放松了只两天，就坐不住了。他不知道他们在干什么？是不是在别处出了情况？是在哪个环节出了情况？他心急如焚，急于了解外面的形势。他最终决定拿以前办留所服刑的事当敲门砖。

专案组派来的是两个小年轻，显然对他“要交代问题”这件事并不重视，他的心情越发紧张。他装出一副痛哭流涕的模样，无比诚恳地、甚至是低三下四地交代了以前办留所服刑的事，眼巴巴地望着对面那个年轻人，指望他说点什么，多少能让他判断点外面的形势。

但他说完之后，那个年轻人面无表情地望着他，说：“就这些？”他紧张地点点头。年轻人一句话不说，合上本子对伙伴使个眼色，抬屁股就走。走到门口了，才转过身用本子指点着他说：“你还是不老实！本来我们今天不想来，这个案子我们已经有了重大进展，你配不配合对我们已经无所谓了。考虑到你以前的身份，我们想再给你一次机会，但是你今天辜负了我们的良苦用心。”

回到号子里，他慢慢地在炕上躺下，感到浑身冰凉，连人带炕似乎都在不停地下陷。他第一次动摇了。第一次真正考虑交代问题，并且盘算其后果。

第二天他设法让当初帮忙递信的干警给他找了几本法律书籍，他开始认真查阅关于职务犯罪的那些章节。他看着那些对职务犯罪定罪量刑的条款，不觉想起了自己的下半生。难道下半生就以这种方式度过？他的手指开始在纸面上簌簌发抖，他觉得想都不敢再往下想了。为了不让精神垮台，他又开始给自己打气。他在心底里搜寻以往积累的经验，想起有几个典型的审讯案例。提讯人员要的都是这种手腕，故意晾你一段时间。让你上不着天，下不着地，让你沉不住气，其实他们手里什么都没有。

他决定再撑一段时间。熬过这段黎明前最黑暗的时刻，曙光就在眼前了。

然而，在一次对监号内违禁物品搜查的时候，一名干警发现了他查阅的那些法律书籍。那个干警意味深长地看了他一眼，把那些法律书籍带走了。

专案组的两个年轻人很快提讯了他一次，问他想好了没有。当他表示没什么新问题交代时，年轻人从包里掏出他查阅过的那些书籍。弦外有音地说："听说你在学习法律，我们大家都很高兴。外面没学好，到里面来恶补，也还不算太晚。不过，一定要学以致用！"说完把那些法律书籍还给他，就结束了提讯。

他不明白他们是什么意思。回去后他打开书，发现他翻阅最多的、关于职务犯罪的那几页都被他们找出来，并且折了角。他顿悟过来，他们是用这种方式在窥测他的心理。他的内心已经越来越被他们窥破。现在，可以说他们对他已经越来越有把握，只差那些具体的细节了。他的心里涌过一阵极度的懊悔和灰败，痛骂自己怎么会犯下这么低级的错误！紧跟着懊悔和灰败而来的，又是一阵无边无际的恐慌：他不知道还有什么东西被他们窥破了。他想回忆这一段时间的所作所为所言，结果惊恐地发现大脑里一片空白，什么也回忆不起来。

他难受得胸口发闷，好像要窒息过去了似的。

但他不知道更大的打击还在后面。只过了两天，那两个年轻人又来了，向他宣布了检察院的批捕决定。听到这个消息，他一下惊跳起来。这才突然反应过来他本来已经快熬到日子了，这些天来全副心思都集中在与两个年轻人周旋上，在如此重要的环节上反失了一着。他歇斯底里地质问对方检察院凭什么批捕的？两个年轻人说，就凭他交代的违规办理留所服刑的事，就有必要对他进一步深入调查。他感到眼前一阵发黑，脚底下发软有些站不住。这意味着他的羁押期限又延长了两个月！交代办理留所服刑的事又是个低级的错误！他发现他的脑子已经彻底被对方搞乱了，在他们种种手段的摧残下，他的头脑已经丧失了基本的分析力、判断力和决策力。如果再在这里熬两个月，天知道他还会犯下些什么错误！

10

孙青亮又开始睡不着觉了。现在，折磨他的不再是如何对付专案组的讯问，而是让他最为焦虑的二难选择：说？还是不说？

他精神恍惚，情绪焦躁，有时候甚至出现自言自语的现象。号子里的“上八仙”看到他这副模样，不约而同地产生了拿他寻开心的念头。这天，一个叫老奎的借口半包香烟不见了，到他铺位上翻弄。见他不动，老奎恶狠狠地伸手拨弄他枕在枕头上的脑袋，又把枕头一把抽掉。他再也按捺不住，跳起来与老奎厮打，很快便被老奎一伙按在床上拳打脚踢。这时候，新入监号的那个小个子看不下去了，过来拉架。老奎一伙想不到新来的小个子竟敢无视“上八仙”的权威，是欠收拾了，转而围殴小个子，把小个子打得流了鼻血，嘴唇也肿起来才罢休。

在这冷酷狰狞的监号里，孙青亮第一次从小个子身上体会到了一丝人间的温情。入监一个月来，无穷无尽的恐惧、压力和精神折磨，使孙青亮感受到有生以来从未体验过的孤独。由于案子在侦查阶段，不允许亲人探视，孙青亮快被这种孤独感压垮了，那种想要找个人倾诉痛苦的欲望快把他憋疯了。可是，这里没有一个人对他有一丝怜悯，只要他一张嘴，招来的必定是嘲弄和凌辱。他内心的那种焦虑情绪有时快要发展到狂躁失控的边缘。

从那天以后，他把小个子当作了精神上的救命稻草。他渴望和小个子交流，经常偷眼看小个子的动静，寻找恰当的机会。他发现小个子虽然挨了打，但对这事根本不在意，也并未对“上八仙”流露出害怕或讨好的神情。大部分时间，他就那么双手抱膝地坐在炕上，两眼凝视着前方，目光宁静如水，一点也不像其他人那样焦躁不安，不知他在想些什么。

不知怎么的，一看到小个子那种安之若素的神情，孙青亮的情绪也不知不觉平静下来。他终于鼓起勇气借敬烟和小个子搭上了话。他问小个子呆在这里怎么也不急。小个子告诉他，进来之前，他早就有了心理准备，而且把所有的事情都考虑妥了。人急，是因为心里主意还没定，一旦打定了主意，自然就不急了。

听了小个子这番话，孙青亮忽然觉得漆黑一片的前方隐隐地出现了一丝光亮。他想，是到了打定主意的时候了。再这么熬下去，用不着上法院他就会毁在号子里。可是，究竟打什么样的主意呢？他一时还下不了决心。

这天晚上是阴历十五月圆夜。号子里的人都睡着了，除了个别人在噩梦中发出含糊不清的呻吟外，大部分人都像死了似的，一声不吭地以各自的形状和姿态摊在炕上。

恰巧只有他和小个子睡不着，两个人盘腿坐在炕上。看着监舍的那方小窗户外面，一轮满月活像一张人脸，一点一点地从窗角探出头来，仿佛带着一种既害怕又好奇的神情在向监舍里窥探。他给小个子递了烟，两个人低声聊起了天。他觉得气氛似乎很放松，两个人似乎可以零距离接触了。他冒着监号里的大忌问小个子是为什么事进来的。不料小个子十分坦然，说反正我已经打定主意了，都告诉你也没啥。

小个子是农村出身的，十八岁到黔首城里投亲靠友。在城里打了十几年工，吃尽了人间的苦头，最终好不容易在一家公司落脚当司机。前不久，老板酒后开车撞死人，又逃离了现场。事发之后老板让他把事情顶下来，给了他一大笔钱。他准备在劳改农场熬它个三四年，出去之后就拿上钱回老家县城，开家餐馆或是超市，下半辈子再也不用给人打工了。

听了小个子的讲述，看着他那张年轻而又饱经沧桑的脸上那种平静笃定的神情。他忽然觉得他那些人生遭际又有什么了不得呢？久违了的男儿气血在一刹那间流贯全身，满腹辛酸事顿时涌上喉咙口，不吐不快。他小声地，然而又是无比激动地，把十几年来积下的怨愤和近些日子的遭遇统统倒给了小个子，心里有种说不出的畅快。最后，他像是问小个子，又像是问他自己，下一步该怎么办？

后来小个子在他耳边絮絮叨叨都说了些什么，其实他压根就没听清。他只是沉浸在一种莫名的激动和放松之中。黑暗中，他只觉得泪水在脸上纵横恣肆。

那天晚上，他睡了自进看守所以来最香甜的一觉。

那天晚上过后不到两天，小个子就被调出了他们监号。其实他也已经意识到，小个子极可能是上面从别的监号调来搞贴靠的。不过他并没有怨小个子，因为只有他自己心里清楚，在那个晚上，在那一瞬间，小个子在贴靠他的同时，他也在贴靠小个子。从某种意义上说，他们不是谁在贴靠谁，而是一种相遇，一种殊途同归。

11

孙青亮因为在曾宏权非法融资一案中有自首情节，并且积极检举揭发省厅监管处前处长吴发强，省政府×××，被认为有重大立功表现。最终被市中级人民法院判处有期徒刑 3 年，缓刑 2 年。

离开看守所的那天，是个难得的晴好天气。孙青亮背着行李，沿着连接看守所和黔首市的那条青黑色的柏油马路慢慢向市区方向走去。阳光刺眼，他不时向久违了的旷野眺望，他看见遥远的地平线上，层层叠叠的白云静静地堆积在天边。

他拒绝了家里人要找车来接他的想法。他想用自己的脚一步一步地体验远离看守所的感觉。

他想，他终于做成了一件事，那就是摆脱了这座看守所。

死人的两个愿望

1

娄一凡被确诊为肺癌晚期的消息传来时，科里的同事们正集中在最大的那间办公室里，依靠集体的力量打发临下班前最难熬的那半个钟头。就大伙儿的品位所能关心的话题几乎都聊遍了，当再无什么话题可聊的时候，人们就现出一副无聊的模样来：有的人张嘴打着无聊的哈欠，同时伸手抹去眼中渗出的毫无感情的泪水；有的人呢，一遍又一遍地抬起手腕看表，不断地发出那种度日如年的哀叹。

凶信正是在这一刻送达的。

"完啦！最终结果出来啦！肺癌晚期，扩散得到处都是！医学院的专家说啦，再住下去也是白花钱，还不如搬回家，想吃啥吃啥，想喝啥喝啥，等着……出现奇迹吧！"说这番话的时候，送信者努力做出一副既严肃又难过的神情。但是，这一副努力做出的严肃和难过却掩盖不住送信者内心洋溢着的某种兴奋的情绪。这不怪他，老实说，我们的生活实在过于单调刻板，对于生活，我们最深刻的体验就是"无聊"二字，有位摇滚歌手所写的一首摇滚歌曲《抵抗无聊》最能表达我们的内心世界。在我们身边，只要发生一件不同寻常的事件，哪怕是一场灾难，我们都会体验到一种难耐的兴奋。

果然，大伙在片刻的震惊之后，立刻表现出那种难以抑制的兴奋，开始七嘴八舌、叽叽喳喳地议论起了这件事。

开始是那种很合乎人之常情的叹息：

“唉……真没想到呀！”

“太可惜了！”

“他老婆可咋办呀！”

等等。

渐渐地，大伙就偏离了人之常情的轨道，开始了那种由着自己性子的胡扯。不知怎么，扯着扯着，就扯到了所谓的“癌性格”上。有人说，不久前从报纸上看到，某种性格的人容易得癌症，叫作“癌性格”。大伙连忙催促他把那张报纸找出来，那人在窗台上的旧报纸堆里翻了一阵，果然翻出那张报纸，给大伙念道：近来，有关专家认为，“癌性格”是人体与生俱来的癌基因从“癌”到“症”的催化剂。不良情绪是癌细胞最有效的培养液，癌症的发生80%与环境因素、个人经历的内心冲突以及性格特征有关。那么，什么是“癌性格”呢？有关专家归结为：多疑善感，好生闷气，自我体验深刻却不愿意表露。心胸狭窄，常钻牛角尖，容易记仇，报复心强，易躁易怒，忍耐力差。看什么都不顺眼，喜欢报怨，有外人就跟外人闹别扭，没有别的人就跟自己闹别扭……

这位同事念完了专家的这篇文章，大伙立刻就拿专家定的条条框框往娄一凡身上套，越套越觉得吻合，越套越觉得灵验，套到最后，大伙就觉得专家的这一套关于“癌性格”的条条框框简直就是为娄一凡量身定做的，怪不得看起来好好的他偏偏就得了癌症呢！分析达到了这种深度，大伙内心深处都起了一层恐慌。有人开始委婉地表白自己和娄一凡在性格上的差异，并且一个人一表白，大伙也都跟着表白起来，纷纷要和娄一凡划清界限，有人甚至开始引用长寿歌来进行自我劝慰，什么“别人气我我不气，气出病来没人替”之类的口诀。

其实，得癌症的如果换了一个人，大伙就不会这么迅速地联想到什么“癌性格”上去，也不会这样诚惶诚恐地拿“癌性格”来引以为戒。关键是，娄一凡在科里长期跟领导闹别扭，两条光棍背靠背，怎么也尿不到一个壶里。正因为如此，娄一凡在科里长期郁郁不得志，这一点是大伙有目共睹的事实。另据了解他的历史背景的人说，娄一凡不光跟我们科的领导弄不到一块，他在厂里换了那么多单位，跟哪里的领导都弄不到一块。当年他在车间当技术员的时候，不知怎么弄的，就把自己弄成了主任的眼中钉。那年搞下岗分流，车间主任非要把他弄下去不可，矛盾最后就激化到了动手动脚的地步，娄一凡情急之下，提起凳子就要朝车间主任头上抡，幸亏旁边有个一贯巴结主任的机灵鬼，挺身而出当了替罪羊，结果替罪羊被砸得头破血流。在车间主任的支持和怂恿下，替罪羊在厂里到处上告到处嚷嚷，嚷嚷得娄一凡转岗的时候连个落脚的地方都找不着，最后还是看在他老丈人退休前是技术中心元老的面子上，武总才勉强收留了他，安排到了我们科。

刚来我们科的时候，娄一凡还是很满意的。记得他曾经跟我说过，“这才是知识分子呆的地方!”但是随着科领导换人，娄一凡很快又和新科长闹起了别扭。

新科长姓郑，是武总身边的红人，在底下，我们习惯于称他为武总的几大“金刚”之一。其实当年老科长还在台上的时候，姓郑的这个金刚就已经深得武总的宠爱了。原因一是能喝酒，经常在酒桌上被武总拍着后脖梗子夸作“儿子娃娃”。二就是行事风格与武总很相似，有那么一股子说一不二，顺我者昌、逆我者亡的蛮劲，经常被武总竖着大拇指夸作“有魄力”。当年老科长还在台上的时候，金刚就曾在底下放话，说是“兵一个，将一窝!”老科长虽然人很软，但我们却很喜欢他。正是因为老科长的软，我们才能活得较为宽松，用娄一凡的话说，“还能喘口气”。老科长为人很随和，他要给你布置工作的时候，就会亲自跑到你的办公室去，用的也是商量的口吻。老科长还打心眼里没架子，他很喜欢角力，经常在闲着的时候和我们底下的科员抱成一团摔跤，摔得脸红脖子粗。可惜老科长 9×年到广东发展去了，武总迫不及待地把他的金刚提拔起来做了新科长。金刚一上台，一切都变了个样，再也没有人会用商量的口吻跟你谈工作，而是在你意想不到的时候，如同晴天霹雳一般，你会听到一条嗓子在楼道里以严厉的、一刻也不容耽搁的调门喊着你的名字。我第一次听到金刚这样喊我的时候，心跳在一瞬间紊乱了一下。我的第一反应就是：坏了！一定是工作上捅下了什么大娄子！惹下什么弥天大祸了！我几乎是一路小跑着跑到金刚的办公室里去，边跑边在脑海里反思着最近的工作哪里有可能会出现纰漏，却不料金刚找我只是普通的布置工作。工作布置完，我刚要松下一口气，金刚却两眼直愣愣地盯着我的眼睛，用那种胁迫一般的口吻问道：××号之前能不能干完？我几乎顾不得盘算一下日子，就慌乱地点点头，然后逃离了他的办公室。我私下里观察了一下，发现其他科员在金刚面前的反应也与我大同小异。金刚上台后不久，我们就都感觉到，金刚的眼睛是雪亮的，我们在科里的一举一动都别想逃过他那犀利的目光。有一回，我到办公室去找他，恰逢他趴在办公桌上打盹，我发现他有一只眼睛微微地张开了一条缝，我凑过去朝他那只张着一条缝的眼睛望了望，却赫然发现里面的眼珠正盯在我的脸上，我吓得心都紧缩了一下。镇定了片刻之后，我有些好笑，又有些好奇，我不知道他那只张着一条缝的眼睛到底睡着了没有，我想在他眼前做个什么小动作试一试，这时我突然发现，我不敢。有人曾在私下里开玩笑说：假如有一天金刚处于那种死不瞑目的状态的话，恐怕谁也不敢到跟前去埋他。我们并且发现，金刚的记性还特别的好，他给每个人所限定的最后期限××号，他都能记得清清楚楚。你绝对不要指望到那一天他会偶然忘记了，从而使你得以宽限几天。只要到了那一天，你一定会听到他那条可怕的嗓子以一种不容抵赖的气势喊叫你的名字，你一跑进他的办公室，他的眼睛就会直愣愣地盯在你的脸上，问道："我交代你的事你办得咋样了？"如果这种时候你还没办完，你就准备着语无伦次吧！

总之，金刚靠着他那一副典狱长提犯人一般的嗓门和那一对预审员似的紧咬住你不放的目光，使我们大伙儿只要一踏进单位的大门，就会背上一种莫名其妙的负罪感。我们在工作的时候，经常抱有一种诚惶诚恐的赎罪心理。在这样一种工作氛围中，武总满意地夸奖了他的金刚。说是自从他的金刚上台以后，××科的工作效率有了很大改观。

然而，有一个人却对金刚很不服气，这人就是娄一凡。我们其他人虽然对金刚也是又恨又怕，但还没有心理失衡到像娄一凡那种程度。我曾私下里分析，其原因可能在于我们其他人都比金刚年幼，唯有娄一凡比金刚年长。我们中国人就是有这样的怪毛病：年幼的被年长的踩在下面，再怎么踩也不至于受不了，反正论资排辈，自古皆然。但年长的若被年幼的骑在脖子上呼来唤去，那个滋味就不好受了，就会有一种晚境凄凉的人生体验，就会有一种难以承受的羞辱和不平。三十岁的女人在电视上看见二十岁的女明星千人宠万人爱、风光无限的样子都会受不了，更何况娄一凡要成年累月地、面对面地被年轻自己好几岁的金刚颐指气使地呼来唤去呢？

一开始，娄一凡的抵抗是消极的，使的是暗劲。比如金刚坐在办公室里叫人的时候，喊到我们其他年幼的，个个都会像电打的一样，一路小跑着到他办公室里听候差遣。唯有喊到娄一凡的时候，就不灵了。那天我恰好在场，金刚喊娄一凡的时候，娄一凡正在看报纸，我注意到，娄一凡手中的报纸轻微地颤抖了一下，人却没有更多的反应。他的两只眼睛仍旧出了神似的盯在报纸上，但我知道，他其实一个字也没有看进去，他的内心一定剧烈地翻腾着各种各样的情绪。首先是一种紧张的对峙情绪，紧张对峙的情绪之下翻腾着的就是那种深深的屈辱和难抑的不平，甚至还有一种“今天豁出去了！”的情绪也未可知。金刚喊了五六嗓子都不见动静，只得亲自到这间办公室里来。听着他那沉甸甸的、不怒自威的脚步声渐渐逼近，连我都觉得紧张，生怕受到什么牵连。金刚出现在这间办公室的门口，两眼盯着仍旧在“看”报纸的娄一凡，盯了好一会儿，道：“我喊你你咋不答应？”娄一凡这才从报纸上抬起头，脸上笑了一下，那与其说是笑，倒不如说是面部神经的一下紧张的抽搐。娄一凡就这样皮笑肉不笑地说：“你再喊大声点嘛！你再喊大声点我就听见了。”金刚愣住了，愣过片刻也笑了一下，那笑是和娄一凡一模一样的皮笑肉不笑，或者说是面部神经的一下抽搐。从那一笑中我看出，其实金刚也很紧张，大概在他眼中，我们其他人都被摆平了，就剩下娄一凡这么一个钉子户，或者叫堡垒户了。他今天亲自到这间办公室来，是带着某种类似拔钉子或者扛着炸药包掀堡垒的任务来的。他笑过之后，道："没听说你耳朵背呀，以后还是灵醒点，有什么事了，别怪我没喊你！"

果然，娄一凡很快就尝到了"耳朵背"的坏处。原来，金刚在领导我们底下人的时候，是讲究恩威并施的。他的种种"威"前已述及，那么"恩"是什么呢？"恩"就是时不时地用科里的钱请我们大伙吃顿饭。"大家好好热闹热闹，增加一下凝聚力！"虽说一顿饭算不了什么大恩惠，可是，因为有金刚一年四季都不松懈的"威"放在那里做背景，一顿饭的恩惠也就被无限放大了，往往让我们大伙产生一种知恩图报的心理。这就好比假如你摊上一个一年四季都板着脸的领导，那么他偶然的一个笑脸、对你肩膀的一下轻拍，都会让你觉得弥足珍贵、受宠若惊。这也就是领导为什么不轻易给底下人笑脸的内在原因。

但是，即使是这样一种放大镜下的恩情，金刚也不会让它遍洒到每个科员头上，而是要区别对待。像娄一凡这样"耳朵背"的科员，就要好好治一下他"耳朵背"的毛病。娄一凡因为跟金刚弄不到一块，为了避免下班的时候一同走楼梯，他每次下班总要提前几分钟下楼。于是，金刚每次决定聚餐时，都故意等娄一凡下楼之后才到各办公室通知。如此数次之后，其他科一些爱看热闹的人就会跑到娄一凡面前去捣闲话，问他："最近你们科出去吃了好几次饭，咋看不见你呀？"娄一凡一听，就像被什么噎住了似的，难受得说不出话来。半天，才像受了重创似的从胸腔深处发出一声闷哼，恼羞成怒地说句"跟他们?！怕得了传染病！"

如果换了别的人，几顿饭没吃上，找个说得来的发发牢骚，骂几句难听话也就算了。娄一凡却不行，越是让他生气、在他看来是受辱的事，他越是要纠缠不休。他在私底下跟我分析，说科里的钱都是从大伙的奖金里扣出来的，是大伙的公积金，其中就有他娄一凡的一份。吃饭不叫他，是金刚在剥夺、在践踏他的合法权益。我听了仔细一想，他的分析倒也不无道理，明明是大伙花自己的钱去吃饭，但在我们科，却偏偏被说成是金刚请大家吃饭。除了娄一凡，任何人，包括我，都没有或者是不愿意去深究这件事。娄一凡说，他并不在乎这几顿饭，他受不了的是金刚这样公然地孤立他、排挤他。他说，金刚这样做实际上等于给他贴上了二等公民的标签。他说他最近越来越感觉到，他在科里的地位在日益边缘化，已经成了个可有可无、不值一提的人。有的人甚至不敢单独和他一起聊天，怕被金刚猜忌。我觉得他正在气头上，说的话未免有些言过其实，就随便劝了他两句，不料，他一点也听不进去，反而咬牙切齿地对我说，早晚他要给金刚弄一个难看！

谁也没想到，娄一凡办事就有这么绝，竟真的给金刚弄了一个难看！那天下午，他找到我，说是星期天买彩票中了一个200元的末等奖，想请几个说得来的人到重庆川菜馆吃个饭。我不知是计，欣然答应。下班后来到重庆川菜馆，我很快就发现了蹊跷：除了金刚之外，科里的人都在娄一凡的酒桌上聚齐了。显然其他人也发现了问题，开喝之前，有人小心翼翼地提出要不要给金刚打个传呼，不料娄一凡眼一睁说："我送你一句话，我娄一凡从今往后若再和郑××在一个桌子上吃饭，我都不是人养的！"大家就不好再说什么了，于是开喝。酒过三巡，场子上的气氛刚要热闹起来的时候，一件大家都不愿看到，甚至不敢想到的事情发生了：金刚从外面推门而入，我赶紧把脸扭向了一边，慌乱中，只觉得右侧那两个同事表情也十分尴尬，一忽儿望望娄一凡，一忽儿又不安地瞟一瞟金刚那边。只有娄一凡得意洋洋地举着酒杯大声嚷嚷着给大家敬酒，我甚至都没听明白他在说什么。我有一种被胁迫到这张酒桌上来喝酒的感觉，这顿饭吃得简直比鸿门宴还要难受！过了片刻，我借着夹菜的功夫偷眼看了看金刚那边，金刚坐在不远处的另一张桌子前，脸色十分难看，正在对付桌子上的一碗肉丝面。他显然是急于把那碗肉丝面尽快对付完，只见他用筷子叉起满满一筷子面条就往嘴里塞，刚一塞进去，立刻烫得将面条"噗"地一下全吐回到了碗里……金刚很快就消失了，桌子上的碗里还剩着大半碗肉丝面。

不久，我就听其他同事说，那段时间金刚老婆出差，他每天晚上都要到重庆川菜馆去吃一碗肉丝面，这一点是娄一凡早就观察好了的。我就觉得娄一凡这个人心劲太大了，跟领导这么别扭下去，能有你什么好呢？从那场事之后，我有很久一段时间不敢到娄一凡的办公室里去聊天，他的办公室里就他一个人，我去了，两人关在里面聊天，倒像是在密谋什么似的，万一让金刚看见，会怎么想？而且我注意到，其他人也尽量躲他远远的，我于是想起来娄一凡前一阵跟我说过的"有的人不敢单独和我一起聊天"的话，这才相信他所言不谬。于是我不禁感叹，在我们这个集体里，你跟领导闹别扭，就等于是跟整个集体闹别扭，就等于是跟你自己闹别扭。

很快，更大的别扭就找到了娄一凡头上。

两年前，技术中心在武总的倡议下推行项目承包制，所谓的重点技术工作由武总拍板立项，按武总的意思确定项目承包人。承包人干项目期间，所拿的项目工资一般能比正常收入翻一番。项目承包制一推行开，娄一凡就在底下说怪话，说武总推行项目承包制，用意就是手里捏着几十个项目作饵，诱使大伙争先恐后地向他身边靠拢，更加服帖地听从他的领导。项目承包制运行了一年，大伙就看出，经常承包项目的无非就是簇拥在武总身边的那几个金刚、红人罢了，至于外围的一些科员，如娄一凡和我之流，只能在金刚们吃饱吃好之后，轮到一点残汤剩饭而已。那一回，就给娄一凡轮到了一点残汤，是石油上的一个客户订购了几辆沙漠加油车。当时，娄一凡已有大半年没有喝到残汤了，所以干得十分卖力，不到一个月就完成了大部分的图纸设计任务。不料此时却传来了一个不好的消息：那几个言而无信的客户却又突然不要车了，哪怕舍了定金也不要车了。有人就开始拿娄一凡寻开心，说他的项目工资怕是要泡汤了。娄一凡心里虚，嘴上却硬，说去年×××承包的项目不也是客户中途变卦？×××该拿的钱一分没少，图纸做了技术储备！那人就笑道："×××是×××，你是你，你能跟人家×××比吗？"不料事情竟真的让那人不幸而言中，到了月底发工资时，娄一凡只拿到了平常工资，多一分钱也没见。那人就又提起这个话头，惹得大伙哄堂大笑。娄一凡有种被耍了的感觉，气急败坏地去找武总闹，结果被武总骂得狗血淋头，只得强咽下这口恶气。

造化弄人就在这里。半年后，石油上又来了一个客户，订了两辆沙漠油罐车，武总把项目给了金刚。因为沙漠油罐车与沙漠加油车原本就大同小异，许多图纸都可以借用，金刚就要借用娄一凡的图纸。娄一凡想，当初干沙漠加油车的时候，被他们整整愚弄了一个月，眼下自己的劳动成果又要白白拿去给他们锦上添花！难道我娄一凡是面人，叫他们想怎么捏就怎么捏?！娄一凡于是把计算机里的图纸存在自己的软盘里，把软盘藏起来锁好，然后把计算机里的图纸全部删除了。金刚调不出图纸，情知是娄一凡捣的鬼，就来找娄一凡要图纸，娄一凡给金刚来了个一问三不知。金刚急眼了，威胁道："你知不知道，随便销毁厂里的技术文件是违反档案法的！是犯罪行为！"娄一凡针锋相对地说："那你就报告公安局，让公安局来破案嘛！"金刚气得脸色煞白，下来后私底下找人摸情况。有人便告诉金刚，说是前两天看见娄一凡从计算机里拷贝了大量的文件，软盘就锁在柜子里了。金刚想了又想，索性一不做二不休，拿了一把螺丝刀，趁着娄一凡去车间的空当，钻到娄一凡的办公室里蹲在文件柜下面撬柜子。不想车间停电，娄一凡又返回了办公楼，有人在楼道里碰见娄一凡，便俯耳低语道："快回去看看吧，金刚在撬你的文件柜呢！"娄一凡一阵风般刮进了办公室，果然看见金刚正满头大汗地蹲在文件柜下，一见他，忽地站起了身子，眼中闪烁着做了贼一般虚怯的目光，手也藏到背后去了。娄一凡大怒，喝道："家贼难防！"冲过来就把金刚狠狠搡了一把。金刚被搡了一个趔趄，藏在背后的螺丝刀也叮当落地，金刚一时恼羞成怒，就有一股恶从心底泛上来，耍起科长的威风，大骂娄一凡蔫人蔫坏、咬人的狗不叫唤等，并且威胁说，跟他耍歪没好下场！两人顿时动起手来，撕成了一团。我们在外面听到动静赶忙跑进来，好不容易才把两人分开。过后金刚调头就去找了武总，武总把娄一凡叫去施加了压力，听说是拍了桌子，才把娄一凡镇住，交出了软盘。

从此，娄一凡由金刚的眼中钉升格为武总的眼中钉。那年年终喝酒，武总喝了个佯醉，跑到我们科的桌子上来说是来看望我们，就有意坐在了金刚的身边给他打气，让金刚"大刀阔斧""别害怕得罪人！""放手干！"说是"谁不服就让他滚！"当时正搞着减员增效，我听了这番话，觉得既害怕又寒心。下来以后，我给别的同事说了我的感受，别的同事就笑我太迟钝，听话不会听弦外音。

“这话不是说给咱们大伙听的，这话是说给一个人听的!”

“谁?”我忙问。

那人朝娄一凡的办公室努了努嘴，我顿时觉得松了一口气。但转瞬间，我又开始为娄一凡担心，并对他抱以深切的同情。我忽然想起来，平常有些人经常在金刚和娄一凡之间戳是非、捣杆子，动不动就跑到娄一凡跟前装作很理解、很同情、很心腹的样子，把金刚的一些话传给他听，什么最近可能要整他呀、要他多加小心呀之类的。在我这种一贯息事宁人的人看来，这些做法很有些费解。如今我才明白这种做法的深层次原因，原来大家实际上都对金刚怕得要命，这种情况下，把娄一凡这样的人支到前面去和金刚闹别扭，去吸引金刚的注意力，其他人相对就安全些了。娄一凡实际上是在浑然不觉中被大伙选中了，作为贡品献到了金刚的祭坛上，以自己的牺牲保护了大多数人的安全。

一旦成为武总的眼中钉，娄一凡的噩梦就算正式开场了。

那一年评职称，不知怎么，武总突然就定了个新杠杠，申报副高级职称的必须发表两篇以上的论文。大伙在底下对武总的新杠杠推敲了一番，立刻发现武总的新杠杠有这样一种神奇的特性，即粗看起来似也合情合理，细细一推敲，就发现里面其实暗藏了玄机，具有很隐蔽的针对性和杀伤力。按武总的这个杠杠一划，他手下的那些金刚、红人恰好都划到杠杠里去了，而像娄一凡之流呢，统统被卡在了杠杠外。有人后悔前两年光顾响应老科长的号召解决车间实际问题去了，把写论文给忽略了。这时，就另有大彻大悟的人阴阳怪气地说：“算了吧！咱们若发表了论文，谁知道人家的杠杠又会怎么定呢！”就这样，娄一凡眼巴巴地看着那些比自己年轻的金刚、红人们都评了副高，自己却被挡在门外，成了工程师这一堆里年纪最老的老大难。这一年，厂里盖的新楼房竣工，按新的分房政策，其中一个单元辟为高工楼，专门留给具有副高以上职称的人。于是，金刚和红人们合家欢喜地搬了新楼房。娄一凡呢，又落了个靠边站的结局，眼看着年轻人搬新楼，自己和老婆孩子挤在住了十年的破平房里。以往的时候，娄一凡就常跟我抱怨，说他家那排破平房屋后的排水沟臭不可闻，夏天睡觉，窗户开也不是，关也不是。冬天睡觉呢，一旦内急，就得穿戴整齐，扣上棉帽、捂着口罩（有鼻炎），全副武装地跑到家属区最西头去上厕所，饶是这样，屁股也要被冻得失去知觉。这回分新房又被年轻人挤了个靠边站，我不敢想他的心里会是个什么滋味。

活得不如人，精神上就要受压抑，娄一凡渐渐患上了失眠多梦的毛病。弗洛伊德说，梦是对白天生活的补偿，这话放在娄一凡身上十分灵验。他经常喜欢把他做的梦讲给我听，我渐渐发现，他实际上是在用做梦这种方式来消解他的压抑，发泄他的情绪。比如，他曾经给我讲述他做的一个梦，他说他家院子里长年累月地扔着一个十字镐的断把，没什么用，但也未曾想到清理出去。有天夜里，他就梦见他攥着那个十字镐的断把追着金刚在打，打得金刚脑浆都迸溅出来了。他还曾给我讲过一个梦，他说他喜欢游泳，经常做梦梦见游泳。有天夜里，他就梦见他在家乡的水库里游泳，水库里碧波荡漾，晒暖了的湖水温温软软地从身上滑过，真是太舒畅了！正在这时，武总的脑袋突然从身边钻出来，可把他气坏了！他想，我走哪儿你跟哪儿啊！还让不让我活了?!于是他一把抓住武总的胳膊反扭到背后，另一只手揪住武总的头发就往水里淹，淹得武总在水里直冒泡，直到泡泡冒尽了才让武总露个头。武总张着嘴刚要喘，就又按到水里去，如此淹了十几个回合，淹得武总口吐白沫……娄一凡讲着讲着，眼中就迸射出两道亢奋的光芒，显示着他的内心是多么的痛快淋漓。

总之，在那段岁月里，娄一凡的生活就是这样的：黑夜，在不为人知的梦境里，他痛快淋漓地收拾别人；天一亮，进入了现实生活中，也就到了别人收拾他的时间。

有时，我忍不住想，对于娄一凡这样的人，要是能够把梦当作醒，把醒当作梦，该多好！

2

我们是在一个星期天，在金刚的带领下去医院看望娄一凡的。娄一凡躺在病床上不能动，因为癌细胞已经扩散到了好几节脊椎骨上，一动就疼得钻心。我们刚进病房时，为了方便和我们说话，娄一凡让老婆把床摇起来一些，希望能保持一个半躺的姿势。但是，当身下的床板摇到某一个角度的时候，娄一凡突然像被抽了筋似的，张着嘴发出了一阵可怕的嘶鸣。那一刻，他的眼珠都从眼眶中鼓突了出来，我们甚至能看见他的舌头在口腔中战栗着。他的手急促地拍着床帮说："快摇下！摇下！"他老婆吓坏了，赶紧把床摇回到水平位置。过了半天，他才缓过来，开始与我们说话，开口第一句话就是："受罪了！受大罪了！"我们纷纷安慰他，什么"安心养病"啦，"会好起来的"之类，尽是些言不由衷的话，因为我们都很清楚，他不过是在熬时间罢了。

有人问起了他的病因，娄一凡叹口气说："医生说了，像我这个病，跟精神状况有很大关系。说白了就是长期压抑、气不顺造成的……"我们都没料到娄一凡会这么说，这让金刚怎么下得了台?!病房里的气氛顿时尴尬地静默下来。我偷眼看了看金刚，看见金刚紧蹙着眉头，把脸扭向了窗外……很快，金刚就借口还有点事，起身离去了。金刚一走，大家就不敢久留，纷纷告辞，我也随大流地跟了出来。到了医院大门口，金刚正站在门口抽闷烟，看见我也出来了，就对我发火道："你咋也跟出来了?! 你两个不是关系最好吗?! 咋不回去陪着他?!"我只好又转回了病房。

娄一凡见我转回来了，长出了一口气，表现出一副正中下怀的神情来，对我说，刚才那样说话，就是为了把不入眼的赶走，跟我倒是有正经事要说的。我就在心中暗自感叹娄一凡心劲太盛，常言道：人之将死，其言也善。他都躺在床上不能动弹了，还要跟别人较劲。

娄一凡跟我说的正经事就是：眼下虽然病倒了，今年的职称评定却不能错过。上次别人拿论文的事把他卡在门外，这回他把论文都准备好了，听说我有个亲戚在某专业杂志任编辑，想托我帮忙把论文发表了。只要论文发表了，估计这回应该没问题了。

“我这回算倒霉到家了，我看还有谁下得了手整我？”娄一凡躺在床上摊开两手这么向我问道，两个眼珠从眼眶中努出来看着我。我不知道他究竟清不清楚自己的病情，但对于我来说，这是一个快要死的人的遗愿，我能怎么样？我只能满口答应。

当天我就跟亲戚打电话，把娄一凡的情况跟亲戚简要介绍了一下，请他无论如何也要帮这个忙。亲戚听了我那庄重严肃、仿佛临终托孤一般的口吻，禁不住笑了，说这事你别看得太严重，很好办的。我们这里只要你寄钱来，就可以发论文，每篇 300 元。

第二天，我就给亲戚电汇了 300 元。大约一周以后，亲戚给我来电话，说是已经排上了。我问什么时候能上版，亲戚说，大约半年以后吧。我一听就急眼了，半年以后黄瓜菜都凉了！娄一凡是死是活还不知道呢！忙问亲戚能不能设法提前到下个月发表，因为下个月就要评职称了。亲戚说，那是不可能的，现在要发这种论文的太多了，都交了钱在排队。我只是个小小责编，没有恁大的权力。不过，如果是为了评职称的话，杂志社可以出具一份证明，证明你们的那个娄一凡的论文已在我社终审通过，不日即可发表，以前评职称的都是这么干的。我说：“那能管用吗？”亲戚说：“只要领导不专门卡你，都管用。”

一周以后，我就拿到了亲戚开来的证明。我拿着证明以及娄一凡老婆交给我的申报材料，还有娄一凡给武总的一封亲笔信，跑去找武总。武总看了申报材料，看了那个娄一凡发表论文的证明，最后又看了娄一凡的亲笔信。娄一凡在信中不知说了些什么，武总看过信后，脸色十分难看，说：“研究研究再说吧！”武总的这句“研究研究再说吧！”以及他那难看的脸色令我觉得十分不妙，我灵机一动，想到了一个十分管用的理由。我斗胆地说：“武总，娄一凡的功过是非咱们都不提了。不管他够不够格，他已经是个不久于人世的人了，咱们就是把这个副高给了他，他也占不住这个名额。外单位有好些个可评可不评的人，临退休前不也都评了的吗?”一听这话，武总深深地看了我一眼，看得我毛骨悚然，然后就转身走了。

不知是我提出的那个理由真的管用，还是其他什么原因。半个多月以后，传来好消息，说娄一凡的职称评定在厂里已获通过。我揣着这个好消息兴冲冲地跑到医院去给娄一凡报喜，见到娄一凡我不禁吃了一惊，才一个月没见面，没想到他就变成了这种奇形怪状的模样：他的两条胳膊、两条腿以及那一截细脖子，都变得非常细，细得简直有点……不像样！只有肚子圆滚滚地鼓了起来。他就这样平展展地躺在病床上，细胳膊细腿无奈地平摊在床上。那模样让我一下联想起了上初中做生物实验时，用大头针固定在实验台上的青蛙。他一动也不能动，只有脑袋微微侧向一边面朝着我，他的两个眼珠从眼眶中努了出来，而且似乎再也无法缩回去了。他就这么愣愣地看着我，两个眼球显得很大，大得有些怕人，里面流露出一种空洞的、绝望的、似乎对所有的健康人略微带点谴责的目光。听到他的职称评定已获通过的消息，他似乎并不显得高兴。他用眼神示意我靠近他一些，我把脑袋凑近他，他喘了几口气之后，断断续续地说：“听说了吗……厂里最近集资盖最后一批福利楼……有一个单元是副高以上的……”我吃了一惊，不知他又要干什么。他又喘了几口气，说：“帮我办……”我皱起了眉头，说实在的，我觉得十分为难。他那个副高本身就评得十分勉强，如今又要拿着这个勉强评来的副高去换房子，领导会怎么说?但是他不再说话，只是努着两个大眼珠愣愣地盯着我，里面流露出那种空洞的、绝望的、似乎对我这样的健康人略微带点谴责的目光。他的这种目光把我给征服了，我答应尽力去办。

我拿着他老婆交给我的集资房申请报告跑去找主管人事福利的副厂长。副厂长看完报告，立刻皱起了眉头，说：“他那个副高职称本来就是勉强照顾他的，怎么又提出来要房子?这叫我怎么办?这无论如何也办不了！”我连忙替娄一凡求情，说是看在他是个就要过去的人，就满足他最后一个要求吧。副厂长把脑袋凑过来压低声音说：“就因为他是个就要过去的人，才不能分房给他。你知不知道，他老婆又不是我们单位的，房子分给他，他撒手一走，房子等于白给了外单位的人！这最后一批福利房本来就争得头破血流的，别人会怎么说？别人会说死人抢了活人的房！”一听这话，我顿时张口结舌了，觉得领导考虑问题就是比我周到。副厂长最后拍着我的肩膀叫我回去跟娄一凡好好做工作，让他打消这个念头。

但是这个工作怎么做？难道让我对他说“你这个死人就发扬发扬风格，别再跟活人争房子了”吗?！工作不好做，我就拉了几个平时关系较好的同事一起去看他。我想，当着大家的面把话说出来，他也不好怪我什么了。不料，我刚把话说了个头，病床上的娄一凡就开始晃脑袋，脑袋现在已经成了他唯一可以表达意思的工具。他一边晃脑袋，一边用那种空洞、绝望的目光盯住我，嘴里断断续续地说：“抬我去……亲自见厂长。”我只得低下头来不吭声。他喘了一会气，眼睛又盯住了第二个人，仍然是那句断续的嘟囔：“抬我去……亲自见厂长。”于是第二个人也只得低下头不吭声。他大约这么说了一轮，我见不是个事，把其他四人叫出病房，说：“这也就是他临死前最后一个要求了，咱们就把他抬了去，别的咱就不管那么多了，也算是对得起他就是了。”

于是我们把娄一凡挪上担架，四个人抬担架，一个人替换着，抬着他往厂办公大楼进发。一路上，不停地有人在望着我们，有些好事之徒还跟在我们屁股后面，想看看我们抬着半死不活的娄一凡究竟要上哪儿去。这些人在我们后面渐渐形成了一小支队伍，走着走着，我忽然害怕起来，觉得有一股寒气渐渐地从后脊梁蔓延到脖梗子上来了，因为我忽然想到，娄一凡此刻也许已经是一个死人了，我觉得我们简直是在举行一场恐怖的抬尸游行。

当我们把娄一凡抬到三楼副厂长办公室附近时，发生了一件意想不到的事情，因为厂里效益好转，市领导来厂里参观考察。我们的厂长正领着一大群市里的头头脑脑准备下车间去参观，忙得不亦乐乎。市里的头头脑脑一碰上我们的担架队，个个都拿诧异的目光朝我们瞟过来，我看见厂长狠狠地剜了我们一眼。但事已至此，我们也就豁出去了，硬是把娄一凡抬进了副厂长办公室。副厂长见到我们，大吃了一惊，挥挥手把我们五个人像轰苍蝇似的轰出了办公室，只留下娄一凡和他的担架平躺在油光锃亮的木地板上。大约过了十几分钟，副厂长拉开门喊我们把娄一凡原样抬回厂医院，副厂长的脸色十分难看。我们抬起娄一凡刚要走，副厂长却招手叫我留下，说是有话跟我说。我忐忑不安地走进副厂长办公室，刚要开口辩白，就见厂长急匆匆地从外面一头扎了进来。厂长狠狠地瞪了我一眼，接着就问副厂长是怎么回事，副厂长就把娄一凡的要求简要地说了说。厂长指着副厂长的鼻子严厉地说："当初评职称的时候，我就再三提醒你要慎重要慎重！怎么样?！惹出事来了吧?!"副厂长惴惴不安地请示厂长该如何处理这件事？厂长不耐烦地大手一挥，说："给他给他！既然人还活着，就按活人的规定办！"

就这样，娄一凡实现了自己的最后一个愿望。

一个多月以后，新楼房的地基已经打起来了。听厂医院的大夫说，娄一凡也快不行了，腹水胸腔积液抽了好几次，可抽过了又满，抽过了又满，都抽不及了。我们决定最后去看望他一次。这回他睁眼也有些困难了，只见他微微睁开眼，望了我们一圈，嘴里含糊不清地嘟囔了一句什么。他老婆俯下身子仔细谛听了一阵，抬起脸茫然地望着我们说："他要看新房子。"我把头凑到他耳边大声喊道："新房子还没盖起来呢！"

"看地基……"这回，他较为清晰地嘟囔了一句。

于是，我们抬着娄一凡来到了新楼房的建筑工地。一到工地上，我暗暗吃了一惊，因为地基已经完全打好了，毛石垒起来的墙基一道一道的，已经勾勒出了每间房子的格局，如果想象力丰富一点的话，客厅、大卧室、小卧室、卫生间、厨房，就都可以看得见了。我们按娄一凡分得的单元和房号找到了他的房间所在的位置，我们把担架一直抬到客厅所在的位置，放在了地面上。我暗想：娄一凡若是一楼就好了，他等于已经躺在了他的新房子里，可惜他分的是六楼。这时，我忽然发现娄一凡的眼睛完全睁开了，直愣愣地朝上仰望着，一直望向了那蔚蓝色的、永远没有尽头的天空。我忽然就产生了一个想法，娄一凡此刻一定是顺着他的目光往上爬，一直费力地爬到他在六楼的客厅里，然后躺下来，得到了终极满足似的享受着新房子的滋味。

娄一凡就这么盯着他的空中楼阁，脸上果然现出一丝满足的神情。

一个星期后，我们的麻烦制造者娄一凡终于去世了，金刚带领我们全体科员去殡仪馆为娄一凡送葬。殡仪馆位于我市东郊一个叫作雀儿窝的山谷中，火化之后，可以在殡仪馆背后的山梁上花三千块钱买一小块墓地，把骨灰盒葬在墓地里。此地人还是讲究入土为安的，虽然这道山梁完全是荒秃的，呈现出一派荒凉的赭黄色，但山梁上的坟包却一丛一丛生长得十分茂密，从远处看起来，简直挤得密密麻麻、疙疙瘩瘩了。

这道山梁的背后是另一个山谷，谷中有一小汪湖泊，湖泊四周林木蓊郁，环境清新幽雅，建有一个革命烈士陵园。据说因为当年湖泊中曾有大雁栖息，所以这座山谷叫作雁儿泊，烈士陵园就叫作雁儿泊烈士陵园。那天葬完娄一凡之后，我和几个同事信步爬过那道山梁，来到了雁儿泊烈士陵园游览了一番，发现这里除了葬有几名早年间的革命烈士外，更多的都是一些省内高官，有位好事的同事粗粗统计了一下，基本上都是省级干部，最次的也是地区级干部，其中有一位，据墓碑的碑文上看，也是五十年代从工厂出身，一步一步干上去的。同事于是大惊小怪地嚷嚷道："我知道了！我知道了！有头有脸的都埋在雁儿泊这边！老百姓就都挤到雀儿窝那边去了！"有人就感慨地说："像娄一凡和我们之流，将来死了只能埋到对面的雀儿窝里去。"有人就拿金刚调侃起来，他用脚跺跺那个工厂出身的省级干部墓碑前的石台阶，道："照咱们金刚这种干法，一路干上去，早晚也能跻身到这个位置来。"大伙哄堂大笑起来，那人却意犹未尽，笑嘻嘻地骂起我们来，骂我们是"燕雀安知鸿鹄（雁）之志哉！"

贾姨的女儿

最近，我的朋友吴浪勇给我介绍了一个对象。

我是一名大龄青年，今年三十三岁，在×企业工作，长相并无什么缺陷，之所以沦落到了大龄青年的行列，我认为原因十分复杂，不是一句两句话能说清楚的。可是，我周围有相当一部分群众认为我当上了老光棍是活该，他们认为我这人是典型的“高不成，低不就”，而且“怪毛病可多”。这两句评语，尤其头一句，是相当伤人的。“高不成，低不就”是什么意思？意思无非是说，条件比你好的姑娘你又高攀不起，条件与你相当的呢，你还瞧不上人家！言外之意是一声冷笑：别拿自己太当回事！这“高不成，低不就”如果推而广之，又可以泛指人生的一种处境，即自以为可以达到一个较高的层次，实际上怎么也达不到，却又瞧不上或不安于眼前的层次。这当然是一种尴尬的处境，有时候仔细想一想，就觉得自己不仅在婚姻上处于这种尴尬的处境，而且在男人最看重的事业上也处于这种尴尬的处境（毕业于名牌大学，却至今仍混迹在不死不活的×企业）。所以我这人最听不得别人议论我“高不成，低不就”，哪怕只是一点委婉的暗示，也会觉得像揭了赖疮疤一样难受，甚至有时人家只是在言谈中偶然使用了这个词，也会对人家报以悻悻的目光。

关于“怪毛病可多”我就觉得更委屈了，觉得周围群众一点也不能理解我。我这个人在恋爱方面是很讲究感觉的，有很多次，群众努力为我撮合，最终却没有撮合成，原因就在于没有感觉。有时候，那种“没有感觉”的感觉是很细微的，很难用语言来表达。比如，某次×××给我介绍的一个姑娘，模样十分端正，工作单位稳定，行为举止也温柔大方，总之，一切都令我十分满意。可就在那次见面临分手的一刹那，姑娘对我露齿一笑，可把我吓坏了！姑娘患有严重的四环素牙，那两排焦黄稀疏、参差不齐的牙齿从鲜嫩的红嘴唇下猛然龇出来，令人一下联想到裹在娇艳的面具里的骷髅头，进而联想到庄子的所谓“粉骷髅”的悲观说法。我一下就对姑娘失去了感觉，并且一想到要和那样的两排牙齿相伴一生，就觉得不寒而栗。那次撮合失败以后，我曾在酒后失言，把我的感觉告诉了一个要好的朋友。谁知介绍人很快就听说了这件事，气得当场骂我是个“高不成，低不就的酸臭货”，骂我“怪毛病可多”“又不是挑牲口”，等等。

总之，我在周围的群众中落下了这样的坏名声。在我这种“高不成，低不就”的禀性的耽搁下，我蹉跎了婚姻，也蹉跎了事业。我早已暗下决心，一定要克服自己的不良禀性，所以，近来群众给我介绍的对象，我无不积极热情地予以响应，而且在全过程中努力克制自己的“感觉”。这回对吴浪勇给我介绍的对象，我更是投入了前所未有的热情，因为吴浪勇在第一次给我提到这姑娘，告诉我她的名字的时候，我就对她产生了好感。姑娘名叫贾梦桃，好象是从《聊斋志异》中直接走出来，来到了我面前似的。我的脑海里立刻浮现出了一张粉桃似的，圆圆的，笑眯眯的姑娘的面孔。姑娘的工作单位也不错，是在某家效益很好、已经上市了的公司当会计。这些年来，我本来已经有点心如枯木了，这会儿呢，就感觉到心里有种枯木生绿芽一般的痒酥酥的感觉，我于是敦促吴浪勇尽快帮我联系。过了一周，吴浪勇给我回话了。吴浪勇说，贾姨说了，贾梦桃最近要参加全国统一的注册会计师考试。她们公司是个人材济济的大公司，竞争很激烈，人人都很要强的。所以这次的注册会计师考试关系到贾梦桃的前途问题，千万不能大意分心，你的事过一个月考完试再说吧！

我的心中顿时一阵失望，而且隐隐感觉到有几分不对头，我有些不耐烦地脱口问道：“贾姨是谁?”

“贾姨……是谁?!”吴浪勇睁圆了眼睛，屏住了呼吸，仿佛很诧异地望着我，但随即又原谅了我似地，松下一口气笑道：“噢，忘了给你介绍了，贾姨就是贾梦桃的妈，你要过好她这一关哟！”

吴浪勇说着，还伸出一根食指来指点着我的鼻尖，仿佛是在给我一个意味深长的忠告。

吴浪勇走后，我陷入了沉思。说实话，这一周来，我心中一直惦念、揣想的都是贾梦桃姑娘。我想象着她是怎样一个如她名字一般活泼可爱，而且善解人意的姑娘，在我的百般揣想中，贾梦桃姑娘仿佛已经活灵活现地相伴我的左右了。我万万也没有料到，会有一个什么贾姨突然横亘在我和贾梦桃姑娘中间，而且这个什么贾姨连声招呼也不打，就这么既生硬又蛮横地硬挤到我们中间来，徒然让我和贾梦桃姑娘会面的时间延迟了一个月。我又联想到这个贾姨的措词，什么“你的事过一个月再说吧”，年青人谈恋爱，明明是两个人的事，怎么成了我一个人的事?！想到这儿，我又给吴浪勇拨电话，想问问他关于这件事，是贾梦桃那方面的人先托了他，然后他想起了我呢？还是两方面谁都没有托过他（反正我这方面是没有专门托过他的）他自己想到要为我们撮合的呢？不料吴浪勇一听这话就有点生气了，他是个大大咧咧的直性子，在电话里就对我嚷道：“还不是为了解决你这个老大难，才跑去找的人家?！你还毛病怪多！”

放下电话，我就开始闷闷不乐。看来，在那个什么贾姨的眼中，是我这个老大难巴心巴肝地急着要见她的宝贝女儿，什么考试，人家不过是要拿足一个月的架子罢了！

一个月的时光就在闷闷不乐中度过了。不过，我并没打算放弃，毕竟年龄老大不小了。我又给吴浪勇拨电话，吴浪勇一接电话，立刻热情地对我说，我的事他一直操心着的，我就是不打电话，他也正要给我打的。不过，贾姨说了，贾梦桃这回考试考得很紧张的，也很累人的，这两天身体不太舒服，情绪也不太稳定，见面的事能不能过两周再说……

失望和某种被伤害感又一次开始啃啮着我的心。

见我长时间的一声不吭，吴浪勇带着一种抱歉的情绪很急切地对我说：“不过，你明晚没事的话可以到我家来……”

"到你家干什么?!"我没好气地说。

"你若来的话，贾姨也愿意来的……"吴浪勇急忙解释。

我立刻意识到，贾姨这是要替贾梦桃把把关，看样子我要想见到贾梦桃的话，是非得先过贾姨这一关不可的。吴浪勇这个孱头！在人家那里不知把我描述成了怎样一个老大难，惹得人家这样不放心！一时间，我体味到一种老大难所特有的，被人家挑挑拣拣的凄凉滋味。我的自尊心一下发作起来，我在电话里很不客气地对吴浪勇说："我和贾梦桃的事虽说是经人介绍，但也是自由恋爱！按新社会的规矩，这第一面无论如何也是跟贾梦桃本人见面，我跟贾姨见什么面?!又不是同她谈恋爱!"

我听见吴浪勇在那面一迭声地"是是是"，他还没有"是是"完，我就把电话给撂了。

我预感到，这次的恋爱只怕又会不顺，还没有同贾梦桃见面，已经先同贾姨摽上了。

过了一周，吴浪勇给我回话。吴浪勇在电话中带着点讨好的口气对我说：贾梦桃答应这个星期天跟我见面，地点由我来定。我也体谅到吴浪勇在这场事情中的不易，人家凭什么为你的事受夹板气？我连忙对吴浪勇表示了一番感谢，然后告诉他，地点我斟酌好后再通知他。吴浪勇赶紧叮嘱我：头次见面千万别小气，一定要选一个体面点的餐厅。

我把会面的地点定在百富汉堡西式快餐厅，因为在我的计划中，我不想在吃饭上花去太多的时间，我想在饭后陪着贾梦桃姑娘到附近的公园里随便走走。这是一个阳光明媚的上午，这条繁华的街道上十分热闹。我坐在西餐厅的休闲椅上耐心地等待着贾梦桃姑娘认出我，然后走上前来。真的，我在极富耐心地等待着这一刻。事情是这样的，在此之前，吴浪勇要走了我的一张照片。吴浪勇说，这是贾姨的最后一个要求，言外之意是我只能答应，我很不痛快地给了他一张照片。我感受到在这件事情的全过程中，我始终处在一个被别人暗中窥测，被别人暗中挑拣的劣势地位上，而我却无从挑拣别人（没给我照片，我猜是事情没成之前怕我拿着照片到处乱嚷嚷），我只能用脑子去揣摩那个姑娘，而且近几天来，我发觉我用一个半月的时间揣摩出的那个粉桃一般鲜嫩可爱的姑娘的形象已经开始动摇起来了，这在我心中引起了一种突如其来的沮丧感，说真的，我觉得有点烦躁。正当我胡思乱想的时候，一个面色苍白的姑娘突然走到我对面，指着那把空椅子问道："请问这儿有人吗？"我说："没有。"觉得有点紧张。果然，姑娘问道："请问您是×××吗？"我遑遽地回答："是。"姑娘给了我一个苍白的微笑，坐下说："我是贾梦桃。"那一刻，我觉得悬在心中的那一丝丝沮丧感忽然凝成了坚硬的一砣，猛地一下坠到了实处，我的心往下一沉。

说句公道话，姑娘长得并不难看，甚至有几分漂亮。但她那苍白的脸色与我心目中揣想已久的那种像粉桃一般红扑扑的，健康、活泼快乐的脸实在是相去甚远，她的那种苍白就好像是……从出生那一刻起直至今日从来就没有照到过阳光似的。而且，不知为什么，她给我一种眉头紧皱，仿佛对周围的一切都索然无趣的印象，其实认真看一看呢，她倒也并没有皱着眉。

贾梦桃姑娘开始对我解释迟到的原因，说是街上人太多，打的都打不到，最后只得挤公交车来的。边说边从衣袋里拿出一小瓶 VC 银翘片，倒出两粒在手掌上，一仰脖吞下去，端起纸杯喝口水，然后对我解释说："我妈说了，这几天市里流感大爆发，刚才挤了公交车，提前吃两片药预防预防。"这时，她突然发现刚才吃药时喝的是茶水，立刻像吃下一只苍蝇似地皱起了眉头，用手指扣住喉咙那里，说："不好！是茶水！"我忙问要不要让服务生换杯白开水，贾梦桃姑娘皱着眉，神情沮丧地摇摇头说："不啦，已经喝下去了。"

接着，贾梦桃姑娘开始询问我的家庭、工作单位等情况，我觉得有点奇怪，这些事难道吴浪勇没有告诉过她吗？但我只得一一据实回答。这期间，我的心情有点尴尬，甚至有几分焦虑，我一直暗暗希望贾梦桃姑娘能够说上一两句轻松愉快的玩笑话，她不愿说，哪怕给我一点机会由我来说也行啊。可是，她既不说，又不给我一点机会。我觉得场上的气氛沉闷而紧张，我好象是在应聘某个职位。好在这时，我点的食物端上桌了，我觉得得到了一个喘息的机会，连忙把筷子递给贾梦桃姑娘，请她开始动手。不料，贾梦桃姑娘把筷子担在纸杯上，拿起一张餐巾纸皱着眉头开始仔仔细细地揩拭着本来已经十分洁白的桌面。我忍不住说了句“不脏”，贾梦桃姑娘看了我一眼，什么也不说，照旧用手中的餐巾纸仔细地揩拭桌面，直到把她那半边全部揩拭了一遍之后，才把那张餐巾纸翻过来给我看，我看见上面有一层淡淡的油灰。然后，贾梦桃姑娘换了一张餐巾纸又开始揩拭我这半边，弄得我没办法，只得也拿起一张餐巾纸干起了服务生的活。等我好不容易把汉堡包送进嘴里的时候，真有种味同嚼蜡的感觉。我一边嚼着蜡，一边搜肠刮肚想要找出点轻松愉快的话题，可不知怎么的，面对这位贾梦桃姑娘，我的脑海中竟是一片空白，想不出一句轻松的玩笑话。最后我只得以贾梦桃姑娘为榜样，如法炮制地询问她一些吴浪勇早已经告诉过我的情况。我刚问了两句，不知打哪儿飞来了一只苍蝇，贾梦桃姑娘立刻放下我的问题不顾，把全副注意力都集中到那只苍蝇身上。她眉头紧锁，脸上写满了厌恶，挥手驱赶着苍蝇，嘴里说：“讨厌！去！去！”我呢，插不上手，只得尴尬地看着她赶苍蝇。她把苍蝇从我们这张桌子完全赶开之后，才回过脸来看着我说：“什么?”我刚要回答，苍蝇又绕回来了，贾梦桃姑娘这回是从手袋里取出一方手帕来赶苍蝇，嘴里嘟囔说：“卫生条件真差!”有几下甚至差点把手帕挥到我脸上。

就这样，我只得抓紧苍蝇不在的空档，与贾梦桃姑娘简单聊了那么几句。

饮料端上来的时候，我注意到贾梦桃姑娘已经看了两次手表了。我意识到，这顿饭她吃得很不愉快，而且从现场气氛来看，她的种种不愉快都是由我造成的：是我挑了这么个阳光明媚，全城的人都跑到街上来的日子约会，害得她冒着染上流感的危险去挤公共车；是我选了这么个“卫生条件真差”的快餐厅，害得她亲手揩桌子，赶苍蝇。我的心头充满了沮丧的失败感，不过，我还想最后弥补一下，于是我提出到附近的一座公园去走走。

“不啦。”贾梦桃姑娘客气而坚决地说。

我不甘心第一次约会就这么结束，坚持说：“时间还早呢，咱们就随便溜哒溜哒吧。”

“不啦。”姑娘又一次看看手表说，“快 12 点了，我得 12 点之前赶回家。”

“为什么？”我忍不住问了一句。

贾梦桃姑娘对我报歉地笑了一下，说：“我妈 12 点午休，回去晚了把她惊醒了就不好啦。我们家多少年都是这样，12 点之前各人都要回到各人的卧室里。”

天哪，这还只是午休！我不敢想象晚上的规矩会是怎么样的。

后来我又见过一次贾梦桃姑娘，是我去的她家。可惜那回我又在两个环节上犯下严重的疏忽（不知怎么的，每回跟贾梦桃姑娘打交道的时候，我就会发现我的生活中竟有那么多严重的疏忽）。其一，我不慎又选择了贾姨午休的时间到了她家。我把门敲开，刚刚说了一句话，贾梦桃姑娘就皱紧眉头，把食指竖在嘴唇上神情严厉地嘘了我一下。紧接着，在换拖鞋的时候，我发现我左脚的袜子上有个洞，刚好在大拇指的位置，我不知道这又会在贾梦桃姑娘的心中引起什么样的看法。我蹑手蹑脚地随着她踅进客厅，然后用那种咝咝咝的气声与她交谈，但是我的注意力无法集中到谈话上面去，我老是忍不住瞟一眼袜子上的那个洞，生怕这个洞被贾梦桃姑娘察觉。我一边用咝咝咝的气声与她交谈，一边竭力把大拇指抠向里边，以躲开那个洞口……我大约坐了不到十五分钟就告辞了。

我再也没有见过贾梦桃姑娘，我对吴浪勇说，我们可能不合适。

整个过程中，我没见过贾姨，却自始至终能感觉到她神秘的力量。

我和贾梦桃的事彻底告吹了大约一星期之后，有天晚上，我和吴浪勇坐在一起喝啤酒。吴浪勇斜眼望了我一会儿，问道：“真吹了？”我说：“真吹了。”不知是为了安慰我还是挖苦我，吴浪勇兀自笑了一下，道：“吹了也好！你们俩要真凑和到一起，以后还不知道有什么好戏看呢！”我觉得这话极不负责任，既然是这么个态度，当初又为什么硬要给我们撮合呢？我于是严正要求他把话说清楚。吴浪勇说：“要想把贾梦桃这个姑娘说清楚，就必得从她母亲贾姨说起。”

以下，就是吴浪勇的叙述。

我和贾梦桃是从小在一个大院儿里长大的。她母亲贾姨在我们大院是个不一般的女人，孩子们都怕她，大人呢，老是在背后议论她。原因就在于，贾姨这个女人太讲体面，太要强，太护孩子，而且眼光太高，瞧不起人。

我记得我还小的时候，贾姨就是省医院的护士长，家里可讲究了，什么时候进去都是一尘不染，到处都可以照见人影。那时候，一般人家里哪儿有沙发，可她家里有。大人偶然到她家去串串门，在沙发上坐了一会儿，等抬屁股走的时候，人还没走出门，贾姨那儿已经开始拾掇沙发了，把沙发布抻平，把搭在扶手上的手帕弄整齐。时间长了，也就没人敢到她家去串门了。有时我们在外面滚了一身脏，回到家里刚跟家里大人打个照面，大人立刻鼓起一双牛眼喝问："到贾姨家去胡造了吗?!"我们赶紧把头摇得像拨浪鼓似地："没有没有!"大人一听没到贾姨家去，立刻松了一口气，丢下我们不管了。我们很小就知道：谁家都可以去胡造，唯有贾姨那个一尘不染的家，是万万不敢去胡造的。那时候，大院里有一些传说，说是贾姨家里一年四季都见不到一只苍蝇的，偶然在墙角看见一只死苍蝇，那是因为墙壁擦得太光亮，苍蝇抓不住，掉在地上摔死的。还说贾姨一家四口上饭馆吃饭，一人备着有一副袖套，到了饭馆坐下来，各人把各人的袖套取出来戴好，然后才准趴在饭桌上吃饭，这种习惯一直保持到改革开放之后餐饮业很发达了，才改为用餐巾纸把桌子仔细抹干净。

当然，人们传这种传言的时候，从来不敢当着贾姨的面，甚至不敢当着她家孩子的面。因为贾姨这人是很要强的，是个眼里揉不得沙的厉害女人，听见了会跟你没完没了。大院里的人们提到这个家庭的时候，总是说，贾姨家怎么怎么，贾姨那两个女儿怎么怎么，从来不会提到贾姨的男人。据说贾姨的男人很年轻的时候就被贾姨给治得服服帖帖了，从此再也没当过家。那个故事是这样说的，说是贾姨的男人年轻的时候很喜欢喝酒，不听劝。某次参加别人婚礼，喝了个烂醉，回家的路上，抱住一根电线杆不敢撒手，最后竟顺着电线杆出溜下去，躺在了马路边上。贾姨拽了几下没拽动，眼看着路人围观过来了，贾姨可丢不起这个人，竟扔下男人不管，径自回家去了。后来男人翻了几个身，滚到了马路中间，把交警给招来了。交警把男人拖到附近的派出所醒酒，拉拉扯扯中间还被交警打了几个嘴巴。男人直到第二天早晨还半醉不醒，派出所通知贾姨来领人，贾姨说："我管不了他，让他们单位领导领回去管吧。"据说她男人那天是一路哭着"我老婆不要我了，我老婆不要我了"被领导领回单位狠狠地教训了一顿。从此以后，男人在贾姨的面前变得伏首贴耳，什么时候都是一副蔫蔫的乖模样。按说贾姨是很讲体面的女人，可是她又很要强，有时候为了要强，就连体面也不顾了。改革开放之后的××年，风传她男人跟本单位某个女人搞外遇，贾姨就闹到她男人单位里去了，而且就闹到那个女人面前。没成想那个女人也是个泼辣货色，竟指贾姨的鼻子骂道："就你家那个乏男人，白送我我都不稀罕！"这话把贾姨惹急了，冷不防揪住那个女人的头发，硬是揪下来一大绺，那女人也伸手去揪贾姨的头发，不料只揪下一个假发套……从那以后，人们才知道，贾姨的头发打年轻起就是很稀的，硬是不动声色地戴了二十多年假发套。

其实，我最了解的就是贾姨护孩子。小时候条件那么艰苦，我们都是啃玉米饼子长大的。可贾姨的女儿都是喝牛奶吃面包长大的，贾梦桃从小就跟我们长得不一样，皮肤又白又嫩，跟粉团似的，我们院里其他孩子跟她一比，个个又黑又粗。贾姨从来不让贾梦桃姐妹跟我们玩，一是怕得上传染病，二是怕跟着我们学坏了。其实贾梦桃小时候长得乖巧，我们大院里的孩子还都是想跟她亲近的，我记得我就曾主动邀她一起玩，可是她一边往后缩一边说："我妈说了，不让我和你玩。"我问她为什么？她说："我妈说你是野娃娃。"现在想起来，贾梦桃并不是个聪明孩子，她这番话大概跟大院所有的孩子都说过一遍。因此，她在大院里就显得格外的孤单。有一回，我们一群大院里的孩子正围着一个大沙堆玩"攻城"（就是那种沙堆下的人不断地冲上去，把占领者从沙堆顶上拼命地搡下去的游戏），我们忽然发现，贾梦桃正站在沙堆下面眼巴巴地望着我们，你猜我们怎么着她了？不知是谁发了一声喊，我们就一拥而上，把她按在沙堆上美美地欺负了一顿，有揍她的，有往她脖领子里塞沙子的，弄得她发出了异常尖利的哭声。我已经记不清当时的动机了，大约一方面是为了报复贾姨教她的那些话，另一方面是看不惯她那副娇滴滴的、又白又嫩的模样吧。但是，贾姨很快就冲出来了，像一只保护幼雏的愤怒的母鸡，把脖子上的毛都耸起来了，两个膀子乍开斜奓在地上，朝你猛冲过来，模样十分怕人。我们一哄而散，但是不管用，贾姨晚上领着贾梦桃一家一家地告状，那天晚上，几乎大院里所有的孩子都挨了揍，哭声震天。

总之，贾姨的这两个女儿，就像小鸡躲在老母鸡的翅膀下面一样成长起来，尽管长得白嫩、漂亮，可是性格却都孤僻，很不合群。贾姨为这两个女儿操心，那真是从小操到大。最让人感动的是上高中那会儿，那时候一天到晚功课重，作业多，贾姨生怕两个女儿把眼睛用坏了，如果两个女儿功课之余想看小说的话，贾姨不让她们自己看，而是让她们一人一个小板凳坐在跟前，贾姨坐在沙发上，戴上老花镜为她们朗读。那么厚的一本《基督山伯爵》，贾姨硬是一字一句地为两个女儿朗读完的。

两个女儿的婚姻更是贾姨亲自把关的。大女儿挺不错，嫁了个××大机关的处长，经常出国，每次出国都为贾姨和妹妹带回国外的稀罕玩意儿。贾姨是最看重这个大女婿的，和邻里拉家常的时候，几乎是一张口就炫耀她的这个当处长的大女婿：最近又出了趟什么什么国啦，又带回来什么什么稀罕东西啦。大女婿姓金，大院里的人们背地里给他起了个绰号，叫“贾姨的金牙”，意思说他是贾姨张嘴就露的闪闪发光的物件。

贾梦桃却没有姐姐那么好的运气。其实她的夫婿也是贾姨亲自给她把关的，档次相当高，省医院外科的一把刀，主治大夫，博士生，未来的院长候选人。但不幸的是，×年带队医疗扶贫到山区的时候，出车祸因公殉职了。当时博士已和贾梦桃领了结婚证，只是尚未正式操办婚礼。

贾姨那么要强的一个人，却摊上了这种事，人当时就晕过去了，躺在床上三天没起来床。当然，贾姨最伤心的并不是博士女婿，贾姨最伤心最可怜的其实是自己的小女儿。据说，贾姨伤心过度时，说过一些不得体的糊涂话。贾姨拉着贾梦桃的手眼泪汪汪地说："都怪妈！妈没给你把好关，给你找了这么个短命鬼！"

三天后，贾姨的理智恢复了一些，就开始叮嘱贾梦桃一些事。贾姨说："李家的人（博士女婿姓李）过一段时间就会来，听妈的话，千万不要跟李家的人过多接触，尤其当着大家的面，千万别跟李家的人接触。这两天哭够，上了班可不许再当着人哭。"这番叮嘱里面的深意，人们后来才领会。原来贾梦桃和博士女婿只是领了结婚证，并没有正式操办婚礼，很多人还不知道他们之间的这层关系。现在出了这种事，贾梦桃若是过多地跟李家人接触，在丧事上抛头露面，等于是公开了自己的遗孀或者说得难听点儿，寡妇的身份。贾姨最担心的就是这一点，年纪轻轻的就成了寡妇，好说不好听呀，若是弄得人人都知道，以后女儿再嫁的时候就难办了。

贾梦桃虽说也伤心，但再伤心也不能忘了听妈妈的话，因此，尽量避着李家的人。李家的父母是从农村乡下来的，偏偏很看重这个，来办儿子丧事这么久，竟然见不到儿媳妇的人影，疑窦顿生。疑窦很快就变成了猜忌，猜忌很快又变成了风言风语。几次上门找贾梦桃，都被贾姨以身体不舒服，情绪不稳定为由搪塞过去。到了临开追悼会之前，李家特意派人来通知贾姨，让贾梦桃务必参加，但是贾姨怎么能让贾梦桃去参加这个追悼会呢？在那样稠人广众的场合一露面，李家那伙乡下人再一张扬，不等于把什么都给宣传出去了吗？追悼会的事情上，贾梦桃其实是有过动摇的，但经不住贾姨软的劝说，硬的喝斥。贾姨从来没有这么严厉地对待过女儿，贾姨说："你怎么这么不懂事?!妈这是为了你好啊！"没办法，只好不去。

事后，李家的父亲发了脾气，骂道："这是什么世道！自己男人死了，办丧事连个面也不露！"

但更绝的事还在后面，李博士因为是去山区扶贫，又是因公殉职，上面决定给亲属一大笔抚恤金，大约有 8 万多元。因为是本单位的事，贾姨预先知道了消息，贾姨开始替女儿打算起来。这笔抚恤金如果分配起来，贾梦桃应该是最有优先权的，因为她是死者的配偶，算是至亲嘛。但贾家和李家如今亲家已经做成了仇家，这笔抚恤金如果落在李家人手里，只怕那伙乡下人一旦不讲理起来，难缠得很。出了这种事，女儿已经够不幸的了，如果经济上再吃亏，将来再有个什么争执、纠纷，叫她心理上如何承受得了？无论如何不能让自己女儿吃亏！贾姨于是决定先下手为强，仗着自己熟门熟路，拿着贾梦桃和李博士的结婚证明，跑到有关部门抢先把抚恤金领到了手。待李家的人听说了抚恤金的事跑去领取时，才知道已经被贾姨给抢先领跑了。李家的父母顿时跳着脚骂起大街来，乡下人骂起大街来果然粗俗的很，什么难听话都敢往外骂，像什么"她倒真会盘算！自家女儿没伤一根毛（暗指没发生过实质关系）凭空就卖了8万元！真是没有本钱的好买卖!"之类的话。

在这件事情中，贾姨的本意是既想保住女儿黄花闺女的好名声，又想经济上不吃亏。没想到最后弄巧成拙，让李家人这样满世界一嚷嚷，反而把女儿的名声给嚷嚷坏了，嚷嚷臭了，在省医院嚷嚷了还不算，还嚷嚷到贾梦桃所在的公司里去了。

这件事情最后怎么收场的我不知道，只知道贾梦桃的名声给搞臭了。而且从那件事情过后，那姑娘的性情好像更加孤僻了，整天皱着个眉头，疑神疑鬼，对人爱搭不理的。到如今几年过去了，还没正经处上个对象。

吴浪勇讲到这里，我打断他道："你讲了这么多，还没有讲为什么要给我们撮合呢!"吴浪勇面有赧色地说："其实也没想那么多，我只是觉得那姑娘其实也蛮可怜的。人并没什么毛病，长得也挺漂亮，不知怎么的……就弄成这样。哎，她还算是长得漂亮吧？"

经过吴浪勇这么一番介绍，我仔细回想见过几次面的贾梦桃姑娘，就觉得长得还真是挺漂亮的，甚至有了几分楚楚可怜的味道。我只是受不了她那种种古怪的脾性，而且，尤其受不了她的母亲——那个从未见过面的"贾姨"。

晚上回到家，我还在脑子里回想这件事，觉得本来那么好的一个姑娘，怎么就会弄到现在这份上？忽然就想起了出自《韩非子》的一个寓言，叫作《酒酸与恶犬》，寓言的大意是这样的。

宋国有位生意人开了一爿酒店，店中藏有陈年佳酿，瓮盖一开，香飘十里。

按理说，这家酒店应该生意兴隆，可是偏偏相反，常常整天不见一个顾客，十分冷清。陈年佳酿开了封，卖不出去，都发酸变质了。

店主百思不得其解，遂去请教里中的一位老者。老者问他："你的看门狗凶不凶？"店主一想，店门口是养有一条忠心耿耿的看门狗，甚是凶猛，但凡路人一走近，喉咙里就发出低沉的咆哮，嘴唇外翻，龇出可怕的獠牙来威胁路人。店主说："狗是很凶，可这跟卖酒有什么关系呢？"老者拈须笑道："人家怕你家的恶犬。恶犬守在门口，见人就咬，酒再好，还有谁敢来买呢？"

但我转而又想，不要老是戴着显微镜去找别人的毛病，还是想想你自己吧！怎么会弄到今天这一步？也许脑瓜子里不知哪个角落也蹲着一只恶犬，自己还不知道呢！

幸福可望不可即

1

前天深夜，我百无聊赖地躺在床铺上随便翻看着一本《中国古代哲学寓言故事》，看到了唐代文人柳宗元写的一则寓言故事《蝜蝂传》，故事说：

有一种小虫名叫蝜蝂，很喜欢背东西，无论遇到什么东西，总要设法背在身上。它的背上很涩，因此背的东西也不易掉下来，终于越积越多，越来越重，以至于压得爬不动了。人们见了可怜它，把它背上的东西拿掉。但是它爬起来以后，又去找东西背了。它又喜欢往高处爬，拼命地爬个不停，终于坠下地来摔死了。

不知怎么，看到这里我忽觉心中有所触动，想起了一个人。这人名叫张和平，当年我分配到这家工厂工作，刚搬进宿舍楼的时候，他就住在我斜对面。他比我早来一年，因此一开始我跟他并不熟悉，只是隐约听说，他这个人很勤快，但他家家庭条件很不好，在穷乡僻壤的某地农村，父亲很早就死了，撇下母亲跟着哥哥过活——留在农村务农。他在他们家算是最有出息的，考上了中专，分配在城里的工厂工作。到了××年，他哥哥对他母亲说："你城里的儿子发了财啦，你跟他过去吧！"于是他母亲拎着一个小包裹到我们厂来投奔张和平了。张和平为人很勤快，闲时经常帮总务科干些杂活，×年总务科长搬新居，张和平利用他在车间当技术员的便利条件，为总务科长焊了一个厨房用的铁皮柜子，那个铁皮柜子不但高大结实，而且内部隔隔档档的，结构十分复杂，据说某些部位还预留有进出各种管线的孔洞和活门，总之设计及构思十分巧妙，外观则上了一层既光洁均匀，又鲜亮好看的苹果绿油漆。见过的人都纳闷，这么高大结实又漂亮晃眼的铁皮柜子，张和平是怎么从大门运出来的？当然，我这么说并不是想说张和平这人势利，即使总务科普普通通的房产办事员小赵，在见了科长的铁皮柜子之后，支支吾吾地向张和平暗示他家缺一个煤气炉支架的时候，张和平也照旧眉头不皱一个就应承下来。因为这个煤气炉支架张和平是拿到宿舍来油漆的，所以我有幸亲眼看见过，同样的构思巧妙，同样的做工精细，一丝不苟。他这人就是这么勤快，没办法。

靠着这种让人说不出半个“不”字的勤快，总务科破例把宿舍楼上的一间闲房廉价租给张和平，以供他安顿老娘。闲房的位置很不好，既是山墙头，又正对着一到夏天就臭烘烘的厕所。入冬后房内冰凉，才发现暖气也不畅。我帮张和平修暖气的时候，亲眼看着他吭哧吭哧地把好像永远也排不完的暖气包里的凉水一盆接一盆地往厕所里倒，足足倒了九九八十一盆……那时，我对眼前的张和平充满了一种复杂的感受，一方面，我觉得他有时候看起来是那么的纯朴勤劳，而且令人同情；另一方面，我却又不由自主地想起他历史上的一些事情，从而动摇了我的看法。

张和平的母亲一搬来就给我们留下了深刻的印象，老太婆又瘦又干瘪，不知由于风湿还是其他什么原因，老太婆是个严重的驼子，驼到什么程度呢？如果你看见她走路的样子，你有时禁不住会觉得，她倒不如四肢着地来得更轻松省力些。因为严重的驼背，老太婆看人总需要费力地仰着脸看，每次我和她在路上遇见而不得不停下来说两句话时，我的潜意识里总会有一种局促不安的感觉在涌动。有时我会发现自己也不知不觉地把背驼下来，以求得和老太婆对等。所以后来我一遇见老太婆，就慌忙地哼哈两句，加紧脚步从她身边逃离开去。

可想而知，张和平那个乡下务农的哥哥对这个又干瘪又驼背的老太婆会有多么不耐烦，或许已经不耐烦了许多年，因此稍有点理由就把老太婆支到张和平这里来。理由是什么呢？理由就是张和平发财了——那是××年冬天的事。有关原始股票可以使人一夜暴富的传说在城市的各个角落传播，有点像一场使人神经亢奋的瘟疫。这场瘟疫横扫了整个市井阶层，炒作从发售股票认购证就开始了，从南边带过来的消息说：100 元一张的股票认购证到了原始股发行时可以炒到 6000 元的天价，而付出的呢？仅仅是排队而已。中国人是不怕排队的，排队从正式发售认购证之前大约 48 小时就开始了，距离正式发售还有 24 小时的时候，发售方通知警察赶来维持秩序，过长的队伍被盘成“弓”字形，足足打了有七八个对折，虎视眈眈的警察在队伍的空隙间来回逡巡。从远处看起来，已经看不出什么队伍了，看见的只是一个人头攒动，密密麻麻的方阵。卖稀饭油条豆腐脑的小贩挑着担子、推着车子从四面八方赶来，为方阵提供后勤补给。那时，张和平就混迹在这个方阵中间，和所有的人一起苦熬苦撑着，熬到第四十六个小时的时候，张和平跟所有的人一样，脸色变成了一种土灰色，呆滞的目光凝视着几寸远的地方一动不动，脑子里除了那个顽强的信念以外，已经一无所有。偏偏这时天公不作美，刮起了风雪，寒风夹着雪花一刻不停地梳理着这个顽强的方阵。人们的脑袋缩进领口里，两手笼在袖筒里，眼皮耷拉下来，默默地承受着风雪的肆虐。那场面有点像影片《焦裕禄》中兰考人民聚集在风雪肆虐的火车站等候闷罐车集体逃荒的那场戏，不过，那时候闹的是粮荒，眼下闹的是钱荒。还有一个小时就要正式发售的时候，方阵突然骚乱起来，有人向发售方举报，不法分子雇佣大量民工排队购买认购证，严重扰乱了发行秩序。大批身佩橡皮棍的警察调来了，清理队伍开始了，凡是外地身份证的统统被清理出去。很快地发生了骚乱和冲突，橡皮棍挥舞起来了，边城的警察执法时一贯手重，而且局面一乱，就容易犯不分青红皂白的毛病，混乱中，张和平的右臂和肩膀上挨了狠狠的几下橡皮棍，嘶哑的辩白刚一出口就被风雪刮得无影无踪……不过，张和平并没有白白付出，他忍着疼痛坚持到最后，终于得到一张股票认购证，而且由于清队使队伍骤然缩短，他又借机冒险排了第二轮，又得到了一张股票认购证。他把他的两张股票认购证在价位炒作至接近最高点时抛出，一举为自己赚回了将近七千元。

张和平炒卖股票认购证发了财的事立刻惹得宿舍楼里的年轻人议论纷纷，谁也没想到，能够抓住这次机会发财的会是他，一个农村出身的中专生。我们这些内地城市甚至沿海城市毕业的大学生得风气之先，思想一向是那么新潮，对改革开放以来所有的新生事物谈起来都是那样的口若悬河，见解精辟。可是新生事物一旦真的降临时，居然我们都没有发着财，却让张和平这种农村出身的本地中专生发了财，我们心里难过得就好像张和平赚走的不是别人的钱，而是我们口袋里的钱似的！直到有人把这事分析透彻，我们才舒了一口气。那人说，我们没赚到钱并不是因为我们脑瓜不够聪明，我们在理论上和见识上，不知比张和平那种人要强多少倍，我们没赚到钱，只不过因为我们不愿意不惜体力而且不顾体面地去跟那些民工们挤疙瘩排队罢了。我们早晚会利用我们聪明的头脑、广博的学识既省力又体面地为自己赚钱的。这话赢得了我们的同声附和，我们的心理这才平衡下来，但从此以后，我们对张和平的好感就变了味，他在我们眼中不再是那种老实勤快、值得同情的人，而是那种表面朴实，其实骨子里隐藏着某种奸猾的人物。

2

张和平把母亲接到身边来后不久，就在宿舍楼前置办了一副台球案子，据说就是靠那笔炒卖股票认购证赚的钱，他在他们那一批人中第一个成为捞外快的小业主，这下惹得一些人不服气。每天下班吃罢晚饭后，我们这伙光棍围在宿舍楼前那一长溜台球案子的周围，边纳凉边消磨时光，这时就可以看见张和平母子俩：驼子老娘捧着饭碗坐在一只小马扎上，张和平则捧着饭碗坐在一张条凳上，一边往嘴里扒拉饭，一边眼观六路耳听八方，脸上随时备着热情的笑，远远地看见了熟人，就用筷子头点着他的台球案子，嘴里边咀嚼边含混不清而又热情洋溢地嚷道：“来一把来一把！”

跟他相熟的人当中很少有人会真地上去“来一把”的。有一回，我甚至听到一个人低声嘟囔了一句：“还想赚我的钱呢！”我对这种情绪很不以为然，我想，人家张和平也委实不容易，我们中间有谁像他要多养活一口人？还要额外负担一份房租？他们对张和平的这股情绪一直到张和平遭遇血光之灾的那天晚上才被彻底浇灭。

那是一个夏季的深夜，天气凉爽宜人，再加上又刚发了工资，很多台球案子上都设了赌局。设了赌局的台球案子一般都要打到天亮才能收摊，我躺在四楼宿舍的床铺上，任门窗敞开着，室内凉风习习，耳边是遥远而清脆的台球撞击声“砰、砰”。我就在这遥远而清脆的砰砰声中入睡，夜半时分，却被窗外一阵粗野的动静惊醒，隐约似乎听得有人喊“打死人啦”。我迷迷糊糊没当一回事，任何事跟赌沾了边，发生些纠纷是正常的。我就在这迷迷糊糊中去了趟厕所，正尿了一半，就听楼道里传来一阵凄厉瘆人的哭嚎声，吓得我尿都刹住了。刚出厕所，恍惚看见一只巨大的螃蟹顺着楼梯凶猛地往上爬，定睛一看，是张和平的驼子老娘正手脚并用地沿着楼梯爬上来，凄厉瘆人的哭嚎声正是从她的嗓子里发出来的，直到认出她我才听清：“救人啦——救人啦——和平不行啦——救人啦……”

我们附近几个宿舍的人赶到张和平的台球案子跟前时，见他两腿岔开仰躺在那张窄窄的条凳上，条凳不够长，他的脑袋仰着，挨着凳沿朝地面上耷拉下去，喉结一耸一耸的，似乎只有出的气，没有进的气，本来已经流到下巴尖的血，因为脑袋倒挂在凳沿上，又回流到脸颊和太阳穴一带，看起来十分怕人。我给他擦脸上的血迹时，偶然触碰到鼻子，鼻子软囊囊，丝毫没有骨性，吓了我一跳。人送到医院急诊室后，才知道鼻梁骨已粉碎性骨折……

打人者叫牛学武，厂车队的司机，是个退伍军人。牛学武身高足有 1.85 米，力大无比，胸脯厚实得像一堵墙，从背后看，脖子似乎比头还粗。某次跟别人掰手腕，肚子上一发力，挣断了一条新皮带。车队的其他司机跟他一起在澡堂子洗澡时，望着他那毛茸茸的野兽一般的身躯，禁不住脱口赞道：“头上要是再长出一对角的话，简直就是个牛魔王！”从此叫开了牛魔王的绰号。

那天夜里，牛魔王喝得酩酊大醉，偏偏就跑到张和平的台球案子跟前来醒酒，一屁股坐在条凳上，一边喘着粗气，一边拿白眼斜睨着案子上正打球的两个人，斜睨很快就变成了那种充满挑衅的对视，对视很快又演化为口角。那两人也是三宫一片街面上混的，仗着人多，又欺牛魔王醉了，把台球杆子戳到牛魔王鼻子尖上。不料牛魔王一把抓住台球杆子往胁下一拽，拽得对方连杆子带人踉跄地跌进牛魔王怀里。牛魔王抡拳就打，另一个赶上前来帮忙，被牛魔王一台球杆子抡到背上，喀嚓一声，杆子顿时断成两截。那个也急了眼，抓起台球就砸牛魔王……一时间，杆子也折断了，台球也满天飞。案子也被打得晃动起来，张和平着急了，要护自己的家什，上前劝架，却被牛魔王一双醉眼误认为是对方的帮手，一巴掌打倒在地，跟着就是一台球砸下来，正好砸在鼻梁骨上……

这件事激怒了宿舍楼上新分来的大中专学生。因为那一个时期，宿舍楼上大中专学生被工人殴打的事屡屡发生。大家的同情一下集中到了张和平这边，联名写公开信告到了厂长那里，并且把张和平从医院搀来，由他的驼子老娘陪同到厂长那里陈述事件经过。张和平那包扎着白纱布的鼻子，肿成了两条细缝的眼睛，还有他那驼子老娘的哭诉，显然颇具说服力，厂领导很快就做出了严厉处分牛魔王、保护大学生人身安全的决定，勒令牛魔王除了负担张和平的医疗费、营养费、误工费之外，还必须负担两千元的精神抚慰金。

3

谁也没想到，张和平竟因祸得福，在医院里结识了护士李晓梅。那时，我们因为借着张和平挨打的事跟厂里闹待遇（那次甚至把食堂伙食闹得上了一个档次），所以也集体去医院看望过他。加上驼子老娘行动不便，每天由她做好饭，我们轮流送饭给他。每次去看望，我们便围坐在张和平的周围，一边向他通报我们闹待遇的进展，一边“我们大学生如何如何……”“我们大学生如何如何……”地发泄着“我们大学生”误入工厂沦落风尘的牢骚话。这一切，使负责病房的护士姑娘李晓梅把张和平这个中专生也误认作是与我们一样的大学生，而且看起来似乎还是我们这伙人中间的一个核心人物。渐渐地，李晓梅在护理张和平的时候就表现出与护理其他病人格外的不同，动作是轻柔细致的，嗓音是温和体贴的，询问张和平的感觉时，无微不至到了稍显繁琐的程度，而且询问时，两眼直视着张和平的眼睛。按说这种直视是以工作的名义，但每当这种直视发生时，张和平的心跳就开始加剧，而且心跳一加剧，就会流露在眼神里，目光就显得有些闪烁不定，透露出一丝局促不安。这闪烁不定和局促不安被护士姑娘捕捉于眼中，于是护士姑娘也开始心跳加剧。

终于有一天，护士姑娘发出了一个较为明显的信号。

“喂……”护士姑娘说，“……不好意思，你叫什么名字来着？这两天一忙，搞忘了……”

“我叫张和平。”

“噢……张——和——平”着重念了一遍，眼珠往上翻了一下作记忆状，然后说：“嗯，记住了……我叫李晓梅，有什么情况直接喊我好了……”

张和平在这话中发现了一个明显的破绽，因为护士姑娘头天下午才刚刚叫过他的名字，怎么忽然间就忘了呢？稍一琢磨，张和平立刻悟到，护士姑娘不是要打听“张和平”这个名字，而是要让他知道“李晓梅”这个名字，护士姑娘实际上是故意卖了一个破绽。他自以为发现了护士姑娘的破绽，实际上恰恰是掉进了别人卖的破绽。不过，这个破绽他是自愿掉进去的，掉得很甜蜜。

张和平并不了解李晓梅对他个人情况的某些误解。他只知道，无论以他的家庭条件也好，个人条件也好，要想高攀像李晓梅这样面貌清秀可人，工作单位又是门庭若市的省城大医院的护士小姐，本来是高攀不上的。但张和平有两点让人不得不承认的长处：一是嗅觉极度灵敏，二是面对稍纵即逝的机遇，可谓眼明手快，果敢坚决。可以肯定，类似的情况如果摊在我们大学生头上，八成要先掂量掂量成败的后果，考虑考虑自尊心和承受力，瞻前顾后，左顾右盼——事情早都黄了。张和平不，张和平就敢在临出院时，借着感谢护士姑娘李晓梅照顾的名义，单独请她出去吃饭。

张和平的果敢坚决表现在，经济上豁出去了。张和平一贯是极节省的一个人，因为他的每一分钱都来之不易。但他的聪明在于，他懂得好钢用在刀刃上的道理，他早已从直觉上把握住了护士姑娘李晓梅这个人（谁说男人没有直觉?）：只有抓紧时间从感情上占据了她，甚至说难听些，控制住她，以后哪怕有什么变故，也不怕了。

张和平第一次很不讲实惠地把李晓梅带到了城里繁华街区的麦趣尔蛋糕西饼屋，外面小铺里 2.5 元一罐的饮料这里要卖 8 元钱，3 元钱一瓶的啤酒这里要卖 10 元钱。但是这里的环境和气氛很好：明亮的奶油色的灯光，一小块一小块油黄色的木片镶起来的地板，身着红制服、围着花围裙的干干净净的服务小姐，擦得一尘不染、泛着细腻光泽的小餐桌，还有餐桌中央那细颈玻璃花瓶里的一枝红玫瑰……张和平深知，像李晓梅这样的护士小姐喜欢的就是这些，她倒未必要吃什么喝什么。其实，张和平虽是节俭之人，但他的节俭和他的驼子老娘已经有了本质的不同。他不会像驼子老娘那样，对这类奢侈糜费的场所从骨子里抱有一种惊慌失措的畏惧和深恶痛绝的反感，相反，打心眼里说，他是极度地向往和渴望这种享受的，只不过出于对现实条件的考虑，他对这类场所一贯抱有一种谨慎的克制罢了。但今天不同了，一贯严丝合缝的现实条件在这里出现了一个空档，允许他大胆地享受一把了。他的心里很清楚，尽管花的是自己的钱，但享受这样美好生活的机会实际上是李晓梅提供给他的。因此，他始终怀着一种感激的幸福的目光凝视着对面的李晓梅，李晓梅呢，也以同样的目光回报他。

随后，余兴未尽的他们沿着城市的繁华街区逛，不知不觉逛到了人民广场，遇见了一个卖套圈的男人。这个倒霉的卖套圈的男人刚好给张和平提供了一个余兴节目。张和平花了 4 块钱一口气买了 40 个套圈，一会儿给李晓梅套了一瓶洗发水，一会儿给李晓梅套了一瓶沐浴露，总之，只要李晓梅看上了地摊上的什么，张和平不超过四个套圈就能将那件礼物套住。李晓梅高兴地在一旁拍着手欢呼雀跃，卖套圈的男人脸色却越来越难看，最后突然惊慌失措地嚷嚷说城管来了，不由分说地夺回张和平手中剩余的套圈，退了钱收了摊走了人。李晓梅问张和平怎么就能套得那么准，张和平说是有特异功能。其实，李晓梅哪里知道，张和平小时候在县城里遇到过这种把戏，吃了亏，被驼子老娘狠揍了一顿。从那以后他发了狠，在院子里摆些断砖碎瓦苦练了相当长的时间，练就了一手套圈的好本领。城市里卖套圈的人只要让他遇上，大多是今天这个结局……

那个幸福的白天如同美酒一般滋味绵长，到了下午时分，他们不知怎么的又进了红山公园。爬上了红山，躺在绿草如茵的半山坡上，仰起脸，是天高云淡、瓦蓝瓦蓝的秋日晴空，俯下身子，则是林立高耸、熠熠闪光的城市建筑群，蜿蜒回环、川流不息的高架桥，色彩斑斓、喧嚣热闹的集市……一切让人那样的心情开阔，也许男人身边有了心爱的女人，最大的帮助就是从此对人生充满了自信。张和平不知不觉地开始对李晓梅诉说他的人生理想，说他的十年计划是三十五岁之前至少当上车间主任，以后还要向厂里的高层管理者的方向发展，惹得李晓梅幸福地把脑袋依偎在了张和平的肩膀上，仿佛这一辈子就有靠山似的。

4

局面不可避免地要发生转折，但并没有急转直下。从张和平来说，是他勉力支撑的结果，从李晓梅来说，却也不能不说是一种厚道的宽容。

首先，李晓梅发现张和平并不是本科生。接着就发现了他那不怎么样的家庭条件，包括他的农村出身，以及他的驼子老娘。李晓梅曾质问过张和平，为什么要骗她？关于学历问题，张和平显得异常委屈，他从没有向李晓梅吹嘘过他是本科毕业的大学生，是在他住院期间，李晓梅自己形成了那样一个误解，后来她来厂时又加深了这种误解，因为职工从实用主义的角度出发，把中专以上学历，只要最终当干部而不用当记工工人的学生，不加区别地统称为大学生。李晓梅私下里仔细回忆过，张和平果真没有主动表白过他是大学本科生这种话，他只是在谈到自己的学校或学历时就含糊其辞或岔开话题罢了。关于农村出身的问题，张和平则不无哀怨地反问："你把出身看这么重？农村出身又怎么了呢？农村人就不是人？你家不也是农村出身吗？本是同根生，相煎何太急？"张和平这番话的内容实际上是掷地有声，并不示弱的，但他很注意说话的语气，他当时说话的语气充满了一种哀怨和乞求，即使有谴责也是委婉的谴责。这番话深深地触动了李晓梅，李晓梅不得不考虑她的现实条件：她的确也是农村出身的，是年长她十五岁的大哥把她从山东农村带到了边城。当初大哥也是为了逃离农村，才背井离乡来到边城求发展，终于混到了中学校长的地位，这才返回头来扶助幼弟幼妹们，使考大学无望、眼看要回家务农的她得以在边城上了护校，最后又是大哥出面走通关系设法把她分配到了省城大医院。如果当初已经混出来的大哥嫌弃农村的家人，不管不顾的，又岂能有她的今天呢？想着张和平的奋斗精神，想着张和平曾经带给她的美好日子，李晓梅就在心里对自己说：算了吧，何必呢？

5

然而，波折到这里却并不算完。

这年的 11 月中旬，义务献血又开始了，每个单位都有名额。然而日子过富裕了，人们却更加惜命，报名者寥寥无几。领导无奈，只得拿出物质刺激的老办法，提高献血待遇。献了血的，每人半只羊，500 元营养费，另有两周的休假。面对这么优厚的条件，张和平心里开始活动了。他私下里听某个工人说，这比卖血的所得还高出多少多少，也不知是真是假。自从入了冬，台球案子用塑料布包起来捆好，就少了一笔进项。然而，驼子老娘还得养，房租还得交，与李晓梅的恋爱还得谈，而且还得更殷勤地谈下去，牛魔王赔的2000元精神抚慰金已经花得差不多了。张和平毅然决定报名献血，尽管想到那个工人说的话，想到“卖血”这两个字，张和平心中曾经揪紧一般难受了那么一阵子，但那股难受劲很快就过去了。张和平是个务实的人，一切要从实际出发。至于那点隐秘的心思，只要自己不说出口，又有谁能知道呢？

然而，张和平的血竟然没有献成。血站也并没有详细说明原因，只是在检查之后就把他淘汰了。张和平并未想更多，只是有些怅然地回了家。不料驼子老娘知道了之后却犯起了心思，跟张和平商量说：“咱去医院检查一下吧。”张和平认为没必要花那个冤枉钱，自己身体一直感觉挺好。驼子老娘说：“你前一阵不是一直喊乏得很吗？”张和平说：“那是干活干狠了，以后不要那个积极就是了。”

不料驼子老娘为这事竟一夜没睡好。第二天早起，红着眼跑来对儿子说：“还是去检查一下吧，你爸当年得那个病，就是先从血里发现的。”

对于父亲的早逝，张和平还存有一些模糊的记忆，他的心也悬了起来。本来想到李晓梅那里走个后门，半路上却改了主意，折到就近一家医院做了检查，结果出来之后，是乙型肝炎。

张和平的脑子里一下乱了，从来没有这么乱过。

医生说了，乙肝这种病目前世界范围内都没法治，只能养着。这种病却偏偏让张和平给摊上了。张和平把他的病情死死地捂在心里，不让任何人知道。张和平渐渐地感觉到，他似乎被幽闭起来了，似乎已经和所有人隔绝开来，因为他们是健康的，他们就活在他眼前的这个花花绿绿的世界上，活得有说有笑，有滋有味，有声有色。他却永远无法融入到他们那个有声有色的世界里去了，他的生命已经无法与他们相提并论，他的生命正在以异乎寻常的速度萎缩，在这一点上，任何人也帮不了他，他只能孤独地一个人挣扎在这汪泥沼里，他眼看着所有熟悉的人都离他越来越远，首当其冲的就是李晓梅。他最近一直躲着不见她，因为一见到她就有种绝望感，一种注定要被抛弃的绝望感。

现在，张和平在车间再也不要积极抢着干活了。他对那些既不含什么技术性，又耗费体力的杂活充满了厌倦感。医生说了这病不能累着，因此，每当他出一份力的时候，他就感到他那有限的生命力又被消耗去了一部分。某日，他和车间主任大吵了一架，原因就是车间主任没能像往常一样使唤动他。吵过架后，他内心充满了一种怨恨，甚至是怨毒的情绪，他想：为什么偏偏是他?！他活得那么辛苦，活得那么努力，这一切却又偏偏摊在了他头上！他甚至有些怨恨驼子老娘，如果不是她逼着他去做检查，他不是至今还活得好好的吗？这种极端不合逻辑的思维方式却在他漆黑一团的世界中开掘出一条光明的狭缝，他忽然发现，自欺欺人成了他唯一的出路。他突然就想到了李晓梅，感到不再绝望，而是非常想念她，她是他唯一的救命稻草，为什么不抓紧她呢？他转身就跑到办公室打电话。

6

由于前一段时间的避而不见，李晓梅对张和平多少有了几分急切的意思。张和平赶到她宿舍的时候，立刻感觉到与以往的不同，宿舍里收拾得非常干净整洁。虽然是冬天，床上也挂着蚊帐，蚊帐里亮着一盏红壳小台灯，那一团温馨的光芒被笼罩在一方小小的蚊帐内，温馨似乎也被浓缩了几分。桌子上摆着几碟小菜一瓶红酒，李晓梅穿着低领口紧身毛衣，随着她在室内的忙碌走动，脖颈及锁骨处的那片洁白不断地干扰着张和平的视线，化妆品所造就的女人的清香时不时就扑面而来。总之，房间里处处体现了女人某种刻意的痕迹，而女人的刻意一旦被男人捕捉到，就变成了难以抵御的诱惑。张和平虽然被诱惑着，被温暖着，温暖得甚至有几分想掉泪，但他的心中却始终没有停止过那种剧烈的矛盾。他忽然有些后悔，觉得今天不该来。他来了，实际上就是把自己推到了一个不得不做出重大抉择的关口：到底该不该把实情告诉她？他知道，只要他一张口，眼前的一切，诱惑也好，温暖也好，就算统统到头了。他可以想象，李晓梅脸上那尴尬的神情，那难堪的长时间的冷场。当然，她会安慰他的，但句句听起来都是那么虚假，那么言不由衷。随后，他俩会完全颠倒过来，不停地打电话的会是他，避而不见的则成了她，种种客气的委婉的理由从电话那头传过来，直到完全疏远，完全甩脱。渐渐地，他又会变成一个乞求者，把命运交到她的手里，提心吊胆地等待着她的裁决……一股怨毒的情绪又开始在张和平的心中翻涌，恰在这时，李晓梅把他给惊醒了，李晓梅的脸已经被酒精给烧红了，人很兴奋，全然没有了往常的矜持。看着张和平心不在焉的样子，不由地站起身来，有些放肆地把手伸过来拍他的脸："喂！想什么呢你？怎么不说话……" 近在咫尺的眼睛里闪烁着某种鼓励和期待的光芒。张和平忽然也站起身，一把把那个温软的身子拉入怀中，堵住了她呜呜的嘴，两个人很快就滚到了床上。望着她那张兴奋得飞满了红晕的脸，望着她那副无知而幸福的模样，张和平忽然体验到了一种从未体验过的快意：那种第一次把人生的主动权抓在自己手里的快意。

影片《真实的谎言》中有这样一场戏：男主人公和他的妻子分别处在镜子的两侧，从男主人公这边可以看见妻子那边的一举一动，而妻子那边却完全看不见男主人公，男主人公的声音也做了变形处理，男主人公就在这样的条件下讯问她妻子的隐私。那时，我们可以强烈地感受到男主人公妻子所遭受的不公平待遇，我们的同情完全倒向了妻子一边。在张和平和李晓梅的恋爱中，其实有相当长一段时间，他们俩之间也隔着一面镜子，张和平处在有利的一侧，李晓梅则完全处在被欺骗、被控制的一侧。与影片不同的是，张和平并非主动要这么做，而实在是出于无奈。张和平也经常对李晓梅的处境暗自感到不忍，他曾借电视新闻或聊天偶然触及这个话题时，暗示李晓梅应该注射乙肝疫苗，但他又不敢把话点得太透，他害怕李晓梅会拉他一起去，从而暴露出他致命的缺陷。

三四个月时间就这么过去了。直到某一天，李晓梅在同事的鼓励下去注射乙肝疫苗时，才发现她已经是乙肝病毒携带者。李晓梅丝毫不具备张和平那种什么事情都能埋藏在心底深处，而表面上喜怒不形于色的能力。这种能力实际上显示出一个人能在心里容纳多大一件事，是一种心理容量，也是一种心理承受能力。事实证明，李晓梅的心理承受能力是脆弱的，她在受到打击的第一个瞬间，本能地就想伸手抓住离她最近的那个人，得到一种依靠。她也隐约地想到这个人是不是靠得住的问题。但在那种心乱如麻的状态下，她觉得除此之外别无选择，关于后果，她觉得只能听天由命。

那天，张和平一看见李晓梅那绝望的神情，那种似曾相识的绝望神情，以及她那种还没开口先掉眼泪的模样，顿时就被一种强烈的预感攫住了。他的心狂跳起来，脑子里几乎变成了一片空白。他屏着呼吸听完了李晓梅的诉说，李晓梅最后眼泪汪汪地问他："你不会不要我了吧？"这时，他觉得一根长时间绷得过紧的弦突然松懈下来，他暗自长舒了一口气，心头涌上了一股说不清道不明的复杂滋味。他一把把李晓梅拉到怀里，闭着眼睛说了句："怎么会呢。"

7

李晓梅是在无意中发现张和平的秘密的，那是个星期天的上午，她到张和平这里来过周末。张和平去市场买菜，她则帮他收拾房间。在换床单整理被褥时，她无意中翻出了张和平的病历。她是怀着一种紧张的心情翻阅张和平的病历的，她希望他的健康没有因为她的身体而受到影响。她曾经关照他去打乙肝疫苗，她记得他后来打了疫苗。然而，她发现的事实却与她想象的截然相反，而且要严重得多：张和平一直在对她隐瞒病情！她一下联想到当初她被确诊为乙肝病毒携带者时，他的那种奇怪的宽容表现，他的宽容也未免来得太轻易了！她不知道他是从什么时候开始隐瞒她的，她又进一步联想到他还曾对她隐瞒过学历、隐瞒过出身，他还对她隐瞒过什么？她发现，在他一次又一次的隐瞒下，她已经越陷越深了。她甚至开始怀疑，她身体内的乙肝病毒是从哪里来的。她不敢想下去了，她体验到一种透心凉的感觉。她慢慢地挨着床沿坐下来，觉得心底里那股寒意正逐渐弥漫到四肢。她有点头晕，同时感到两滴冰凉的泪水沿着鼻翼滑落下来。

张和平一进屋，立刻就感觉到气氛不对头。他看见李晓梅正趴在桌子上，头埋在臂弯里。他上前小心翼翼地碰了一下她的肩膀，“少碰我!”她的肩膀厌恶地晃动了一下，她的声音听起来有一种刺心的寒冷和厌恶。张和平这时才注意到摊开在桌子上的那本病历，做贼心虚的张和平立刻就意识到发生了什么，但已经晚了，李晓梅突然站起来，带着泪痕的眼睛逼视着他说：“等你回来就是告诉你最后一句话，我们俩到此为止!”说罢就往屋外冲。这时候，想说什么都来不及了，张和平完全是在本能的支配下，抢前一步从背后拦腰抱住李晓梅。李晓梅立刻狂怒地挣扎起来，高跟鞋的鞋尖在张和平的脚背上狠跺了几下，同时发疯一般用力地掰开了张和平箍着她腰的两只手。张和平的两只手还不死心地从她肩膀上伸过去，想要箍住她的脖子，已经完全不顾体面的李晓梅低下头在张和平的手腕上狠狠地咬了一口，生理反射使张和平松了手，李晓梅趁机跑出门外，张和平追出来，发出了一声绝望的呼喊，那呼喊声已经带上了哭腔：“咱俩已经这样了，你又何必呢?”李晓梅如一阵风似地从楼梯口消失了。一阵刺心的痛引得张和平去看手腕，手腕上的一圈牙印悄然地渗出了一排血珠。

张和平并没有轻易放弃，生活已经教会了他，哪怕为了1%的希望，也要付出99%的努力。他开始一遍一遍地给李晓梅打电话，一遍一遍地登门乞求和解释。李晓梅先是在电话里一遍又一遍地骂他，选择一些尖刻难听而又稀奇古怪的字眼，什么“古今第一男骗”之类，说一辈子也不想再见到他。接着就一遍又一遍地把他拒之门外，让他在医院宿舍楼的楼道里一站一上午，一站一下午。后来，李晓梅开始把张和平放进门来与他辩论，盘问他过去生活中她所怀疑的每一个细节。在她指责乃至痛斥张和平的过程中，有一番她始终想说但始终没有说出口的话：是张和平害了她，让她染上了这种一辈子也治不好的病，不知怎么，潜意识里有一股执拗的力量不让她把这话说出口，她后来才渐渐明白，她其实是想留有余地。在这一段时间里，她一直在考虑到底该怎么办?真和张和平散了伙，以后她就难办了。正如张和平那天在楼道里呼喊的那样，他们已经这样了，又何必呢？但她又不甘心，不甘心就这么乖乖地、而且白白地被张和平牵着鼻子走。

她的手袋上次忘在了张和平的宿舍里，她几次让张和平还她，张和平就是不还她。张和平终于把这只手袋促成了一个由头，李晓梅终于又一次光临了张和平的宿舍。李晓梅这次是冷冰冰地光临张和平的宿舍，她带着一种挑衅者和主宰者的双重气度在张和平的宿舍里走来走去，随意翻捡着她想翻捡的任何东西：一会儿拉开抽屉，一会儿掀起枕头，用一种肆无忌惮的挑衅的口吻不停地说："看看，看看这儿还藏了些什么？看看这里头还有什么秘密没有？"张和平则小心翼翼地坐在床沿上观望着李晓梅的脸色。

突然，在李晓梅漫不经心地翻动着的一本旧书里，掉出来了一张照片，照片上是一个浓妆艳抹的女人：扑着白粉，粘着假睫毛，鬓角垂挂着一绺弯弯曲曲的头发，真的，相当俗艳。李晓梅用两根手指的指尖捏着照片的一角把它捡起来，目光自上而下地蔑视着照片上的女人，蔑视了一会儿，问道："这是谁？"

张和平的脸都白了，结结巴巴地说："老早以前……别人给介绍的……"

"老早以前？"李晓梅笑了一下，不知是因为一直夹在书里还是什么原因，照片看起来挺新的，况且，对张和平的任何话，李晓梅现在都不再轻信了。谁知道是老早以前别人介绍的呢？还是新近出现变故后又物色的呢？她这样想，同时她自己都不能相信的是，照片上的女人还是刺激了她，刺得她心里发疼。

不能让张和平白白……一场！她受了刺激有些混乱的头脑里只有这么一个念头，既然已经纠缠上了，就纠缠到底吧……

"后来呢？"沉默了一会儿，她突然问。

"后来……不就遇上了你吗？"

"遇上我？"李晓梅又冷笑了一声，想起了她一步一步陷进去的过程。

她把那张照片扔在桌子上，眼睛没有看张和平，嘴里却发出了两个字的简短命令："撕了。"

张和平愣住了，这个命令下得有些突兀，透着一种野蛮和残酷，但张和平还是捕捉到了隐含其中的对他有利的信息。他恍惚中伸出手捡起照片，强忍着心中的疙瘩把那张照片一下一下地撕成小碎片，摊在了桌子上。

李晓梅此行的目的基本上达到了，她可以和张和平继续纠缠下去，但在此后的纠缠中，她必须拥有一种绝对主宰的地位。

从那天开始，张和平的恋爱继续进行，直到9×年两人在厂里分配的简陋平房里结了婚。

8

正是从张和平患肝炎的那段时间开始，他与车间主任的矛盾愈演愈烈。在李晓梅那里，张和平需要夹着尾巴做人，即使这样，李晓梅仍然要给他很多窝囊气受。一天24小时，总得有个能喘口气的地方，张和平把这个地方选择在了车间。因为医生讲过要多休息的话，张和平不再像过去那样要积极玩命干了，如此以来，首先是车间主任感觉到张和平有些使唤不动了，车间主任有点窝火，而哪里有火，哪里就有火上浇油的人。于是车间主任听说，张和平在车间四处放话：厂里分配他到车间来是搞技术工作的，不是来下苦力的。车间主任当时就拍了桌子，说，放屁！

车间主任是工人出身，之所以能爬到车间主任这个位置，靠的就是十几年如一日的下苦实干，也正因为没有什么文凭，所以爬不到更高的位置上去。因此，车间主任对张和平放的那种屁一向是极度的反感。过去，他曾经私下里在酒桌上对几个铁杆（那时还包括张和平在内）说过："在我手下，要想混出点名堂，就得靠下苦实干。等你混到我这个位置，你就天天背着手在车间里转一转，就算把力出到家了！"他是这么说的，也是这么做的。自从当上了车间主任，他的主要工作就成了玩脑子、玩心眼，一手抓人、一手抓钱。抓人方面，把手下几个调度、组长、技术员玩得团团转。抓钱方面，车间的财务状况，除了会计之外，车间主任不让第二个知晓，就连几个铁杆，也只知道一鳞半爪，而且是张三只知道他参与过的这件事，李四只知道他参与过的那件事，张三和李四之间还都不愿意对方知道自己的那点事，你把我蒙在鼓里，我把你装进袋里。直到××年起了内讧，才把车间主任搞账外账，并且私分小金库钱款的事捅了上去，车间主任这才被降级为副主任，从上面另派了一个大学生来当主任。降级处分的那段时间，车间主任立刻恢复了固有的本色，天天握着扳手跟工人混在第一线干活，大声地开着玩笑。有一次，车厢边板没有扣牢，把车间主任从车厢上闪下来，跌断了尾椎骨，这事终于感动了厂领导，把车间主任叫去谈了话，说是“尾巴跌断了是好事嘛，没有了尾巴，以后可以好好做人了嘛!”车间主任当时就感动得热泪盈眶，很快，厂领导的话就在车间传了个遍，大家都知道了车间主任的势还没有倒。过去的铁杆以及下面的工人很快就簇拥在了车间主任的周围，齐心协力把大学生出身的车间主任挤得屁股没地方落，到××年中层干部调整的时候，终于被调整走了。车间主任重新掌权之后，一方面为人处事更加谨慎，较之以前显得内敛了许多，一方面对手下有文凭的知识分子出身的人更加提防。天天让这些理论水平高、动手能力低的人和工人混在一起干活，让他们在工人面前出尽了洋相，闹尽了笑话。工人们一糟蹋起这些戴眼镜的知识分子，车间主任第一个带头哈哈大笑，工人们得到了鼓励，于是更加以糟蹋戴眼镜的为乐，于是戴眼镜的在车间就活得压抑。

其实，张和平在这伙有文凭的技术员里文凭是最低的，而且也不戴眼镜，因此他的处境相对要好一点。再加上他人乖巧，识时务，刚进车间的头几年玩了命地干活，好不容易跻身于铁杆的行列。但近来因为肝炎的缘故，不再愿意干活了，车间主任就觉得他不听使唤了。这是个危险的信号，在车间里，一个人不听使唤，很可能会演变为一群人都不听使唤，因此，非得把那个人整治得重新听使唤不可。于是，车间主任出台了一个新举措，让办公室那几个技术员和底下工人一样记工时，记半工，每个月必须完成100个小时。记工时，是车间管理的一大法宝。具体地讲，每人每月必须完成208个小时，完不成的，哪怕你辛辛苦苦干了一个月，哪怕只差1个小时，奖金福利都扣光，工资还只能拿80%。不同的活，根据其不同的繁重程度，不同的技术含量，由技术员估算工时，由调度员派活。脑子灵活，与以上人等关系处得好的，或者老老实实听使唤的，可以时常给你派一些既轻松、工时又好挣的活，月底工时挣不够，可以给你设法找些零活好歹把工时混够。不老实、不听使唤的，则专门挑那些既费力、工时又少的活整治你，或者故意把那些废品率高的活派给你干，让你到了月底吃不了兜着走。关于工时制，车间主任曾有过一个绝妙的比喻，主任说："如果把管理车间比作赶一挂马车的话，那么，工时考核制就好比套在马脖子上的笼头，捏在车把式手里的鞭子，平常鞭子时不时地在半空中炸几响，到了关键时刻，谁不老实就抽谁。只有这样，马们才能老老实实拉着马车往前跑。"自从实行技术员记半工，可把这伙技术员整惨了，本来干活就不是工人的对手，这一下还要完成任务，怎么办？只好找自以为关系还不错的工人搭帮干。这一下工人可算是扬眉吐气了："过去骑在老子们头上作威作福，这下可好，也给套上笼头了！也落在老子们手里了！"

"搭帮可以，工时可得三七分，你三我七。""那为啥？"

"这还不明白？因为你笨呀，要碍我的事呀！"

周围一片哄堂大笑。即使这样，技术员还是宁愿忍气吞声跟工人搭帮干，因为如果两个技术员搭帮干，很可能到月底也完不成工时。这里面最惨的要数张和平，原因有二：一是张和平身上有病，而且是累不得的病，体力劳动一繁重，晚上回家身体就觉得疲倦得厉害，精神上压力也就跟着增大，成天干得鼻拉汗水、垂头丧气的；二是张和平以前跟车间主任跟得太紧，这一下落到工人手里，工人们便想着办法整治他。如此捱了两个月，张和平实在受不了了，跑到车间主任那里去告饶，拿出一大把诊断书和药条子，说他有肝炎，干不了重体力，能不能不记工。车间主任微笑地说："别人都记工，就你一个不记工，你让我怎么张这个口？这样吧，你记70个小时，这总可以吧？"

张和平于是明白，车间主任这回是不肯轻饶他了。不料这么一照顾，变成了车间主任那头没有饶过他，技术员这头也不肯轻饶他了，有人开始传闲话，说是车间主任当初之所以硬要给大伙套上笼头，全都是因为张和平偷奸耍滑才招来的，现在倒好，他的任务还最少，你看他像有病的人？屁！

张和平在车间里惶惶如丧家之犬，人活到了这个份上，张和平也有些豁出去了，索性连 70 个小时的活也不干了，索性三天两头请假不上班。反正天气也春暖花开了，又把台球案子摆出来，至于车间里扣工资，那就墙内损失墙外补吧！然而，扣工资并不是车间主任的目的，车间主任的目的是要把张和平治服帖了，车间主任了解到张和平的新动向之后，知道他还不服帖，就打算下点虎狼药。

消息是由一名技术员偷偷送来的，技术员名叫杨春生，因为爱发牢骚讲怪话，没少挨车间主任整治，人送绰号怪话杨。这天傍晚，怪话杨跑到张和平台球案子跟前来偷偷告诉他，说车间主任放话要上交他。张和平一听，急火攻心，放声大骂车间主任老杂种！被怪话杨一把捂住嘴，两人一时同病相怜，感慨万千。张和平自打生病以来头一回克制不住地想喝酒，遂收了摊拉杨春生到小酒馆商议。

酒过三巡，杨春生说："老杂种整得咱们没活路，眼下又要敲你饭碗，你打算咋办？"张和平红着一双眼睛沉吟着："咋办？咋办？"杨春生压低声音说："我给你点个黑招，听不听在你。他不是要上交你吗？你倒不如给他来个先下手为强！"张和平忙问："你啥意思！"杨春生左右看看，声音更低地俯身说道："当年你也是他的铁杆，他干的那些昧良心的事，你会一点都不知道？依我说你干脆写信给纪委告他一状，不要匿名，就来明的！纪委要当回事了更好，就算纪委不当回事，他也不敢上交你了，他上交你，你就咬他打击报复，到时候闹起来，上头自会给你另外分配工作，不会眼睁睁看着他整你……这就叫置之死地而后生！"张和平一听，脑子里豁亮了一下，但一想到是告踩在自己头上多少年的顶头上司，难免有几分犹豫。杨春生见他还在犹豫，恨铁不成钢地骂道："你这个鸟人就是太面！怪不得人家不整别人专整你！说句难听的，你给他当了那么多年狗，到头来反成了丧家狗，就这他都不放过你！你还在这儿黏黏糊糊下不了个决心！我问你，你还是不是个男人?！人生能有几回搏?”张和平压抑多年的邪火再也压不住了，在那一刻，终于嘭地一声点燃了。

9

张和平把投举报信的日子选在了星期天，不知为什么，他不敢在正常工作日去投举报信。他一想到当他把举报信投进举报箱那一刻，在他的周围是来回穿梭的职工，是来回穿梭的一双双眼睛，他就打心眼里觉得害怕。他觉得那种情况下他会丧失掉最后一点勇气的。他最终选择了在星期天办这件大事。

就在他经过办公楼值班室的时候，值班老汉叫住了他，警惕地问他是干什么的，狐疑的目光紧盯着他的脸，就好像他是一个贼。那目光盯得他心里一哆嗦，就好像他真的是在做贼似地。他结结巴巴地撒谎说：“他是楼上设计科的，有东西忘在办公室了。”老头神色勉强地放他上了楼，他觉得那副狐疑的目光始终牢牢地盯在他的背上。他就这样怀揣着一份做贼的紧张心情来到三楼拐弯处钉在墙上的举报箱跟前，就在他捏着举报信、微微发颤的手要把举报信推入信箱口的一刹那，眼睛的余光忽然感觉有人从对面的楼梯拐弯处一闪而过，他的手触电般地缩了回来，目光惊慌地转向对面楼梯拐弯处，那儿什么都没有，可是余光确曾感觉到那儿有人影闪过，他定下神仔细听，隐隐地似乎还有脚步声在渐渐远去……那是谁?！干什么的?！一刹时，他有种想拔脚逃开的冲动。他为自己找借口说：今天不顺，隔段时间再来。可是一种顽强的理智，强行把他按在原地不动：不能再拖了，今天他好不容易下定了决心，拖过了今天，也许就再也鼓不起勇气来办这件事了。他最后盘算了一遍，杨春生的说法是对的，只有先发制人，扼住对方的喉咙，才能争取到主动权。即使厂里真的不打算收拾主任，即使主任真地敢上交自己，那自己也是受打击报复，厂里会另行安置的……毕竟是拿自己的饭碗在赌博，张和平把信推入信箱口的一刹那，手仍然是在止不住地打颤，然而奇怪的现象发生了，信刚推入信箱口，立刻从底下掉出来了，举报箱竟然是没底的！不知是年久失修还是其他什么原因，举报箱竟然是没底的！张和平有点不太相信，把信拾起来又试了一遍，信刚一推进信箱口，立刻毫不犹豫地从下面掉出来了。张和平忽然产生了一种荒唐感，真是荒唐之至！他忍不住“吃吃吃”地笑起来，他在“吃吃吃”的笑声中拾起信封，像喝醉了似地摇摇晃晃走进三楼最里面一间的纪委办公室，把信封从门缝里塞了进去。

纪委书记接到举报信后，暗暗有些吃惊，干了这么多年纪检工作，还是第一次接到这种直署其名的举报信，内心不由自主对张和平这个人产生了一些好感。信中举报的内容，以前的一些匿名信中也都提到过，都是一些不足以伤筋动骨的小事。纪委书记估计这个张和平和车间主任之间可能有什么矛盾，纪委书记也了解车间主任与某厂领导之间根深蒂固的关系，于是他决定把信压了下来。

然而，世上没有不透风的墙，张和平告黑状的事不知怎么七拐八拐地还是传到了车间主任的耳朵里。车间主任没有料到张和平这人竟有这么阴毒，当真是咬人的狗不叫唤！车间主任吃不准张和平跑到纪委那里到底汪汪了些什么，一时也不敢轻举妄动，他仔细回忆了张和平还是他手下铁杆时候的事情，觉得没有什么事情可让他汪汪出去的。车间主任暗下决心，等风头一过就收拾他。

两个多月过去了，并没有人找车间主任谈话。车间主任放了心，就开始计划着怎么收拾张和平，而张和平呢，不但没有防范，反而恰恰在这种时候授人以柄。

事情是这样的，张和平自从写了举报信之后，一颗心就悬在了半空中开始等待结果。结果一天不出现，心就一天悬在那里落不下来。以前不管多么恨车间主任，毕竟没有付诸行动，也就没有很深刻的心理影响，如今一旦付诸实际行动，就觉得一场鱼死网破的斗争已经在他和车间主任之间展开，就觉得两人已经是不共戴天的死对头了。可这一切较量又都是暗中的，是看不见对方的一招一式的，表面上还得面对面说话，还得坐在一起开会。车间主任的眼睛有时会长时间地毫无表情地看着张和平的脸，那时张和平就打心眼里觉得不寒而栗。这种引而不发的、高度紧张的状态就这么持续了两个多月，张和平觉得自己快要被逼疯了，他的精神状态最近极度烦燥，他只盼着出现一个结果，哪怕是最糟糕的结果也比现在这样强。

这个星期六，李晓梅说医院昨晚停水，没有洗成澡，想到厂里澡堂洗个澡。张和平闷闷地扯给她一张澡票，继续倒头睡在床上。这天，负责收澡票的恰好是宿舍楼值班老汉老焦，老焦绰号顺毛驴，意思是你要在他背上给他顺顺毛，他就服服帖帖的，你要敢给他倒捋毛，他立马就给你尥蹶子。老焦把李晓梅放进去之后，才觉得有点不对，仔细一看澡票，是本厂职工的澡票，外面的人还要加5毛钱。老焦当然不能追进女澡堂去，老焦就有种被耍了的感觉。急得在澡堂外面大喊大叫起来："刚才那个女的，还差5毛钱！女的出来！还差5毛钱！"

李晓梅衣服已经脱光了，对于门外那个为了5毛钱在澡堂外面声嘶力竭地叫唤着的老汉，李晓梅真是油然而生一股厌恶。李晓梅不理睬门外叫唤的顺毛驴，径直走进澡堂开始洗澡，叫唤声停住了。然而，等李晓梅浑身上下堆满了雪白的肥皂泡的时候，莲蓬头里的热水却戛然而止，同时门外的叫唤声又响起来了："刚才那个女的！还差5毛钱！女的出来！还差5毛钱！"赤条条的女人们纷纷从隔档里跑出来，开始骂起人来，有的骂门外叫唤的老焦太抠啬，有的指桑骂槐地骂起了李晓梅，一个问怎么洗澡最省钱，一个就说弄个澡盆子蹲在家里洗最省钱。李晓梅哪受得了这个，再加上肥皂沫刺眼睛，眼泪顿时流下来，三把两把胡乱擦干身子，套上衣服，带着一身黏腻腻的肥皂沫就冲回了家。一进门就开始骂张和平，连哭带骂，一发不可收。张和平对李晓梅是没资格发火的，他那一肚子邪火全部倾泄在老焦的身上。那时他只有一个念头，觉得他真是活得窝囊到家了，连老婆洗个澡都遭人欺负，而且是遭老焦这种不入流的东西欺负！

张和平跑到澡堂子，三拳两脚就把老焦打趴下了。当然，老焦的趴下也多少有些浮夸的成分。但车间主任不管这些，车间主任恰好借这个由头，外加上长期积累下来的缺岗缺勤的由头，把张和平给上交了。

张和平上交之后，倒也很坦然，似乎倒也是个解脱。他只是没想到他又一次因祸得福，他最终也没想通，这到底是杨春生的话应了验，还是他遇上了好人，总之，在关键时刻，纪委书记帮他说了话。纪委书记暗示，张和平被上交另有原因，并且推荐他到新成立的下料车间上班。那时，厂里为了理顺工艺流程，把全厂各车间的下料工作统统集中在一个车间进行，为此购置了几台大型设备，成立了下料车间。这个车间的成立与张和平命运中的转折发生了某种冥冥中的契合，这也许就是命吧！

10

张和平没有想到，他一来到下料车间，就得到了车间主任关胖子的信任。关胖子似乎从一开始就对张和平格外亲近，那回，车间筹备工作告一段落，关胖子请几个新调来的干部喝酒。席间，关胖子拍着张和平的肩膀说："现在的年轻娃娃吃过苦、能吃苦的少，享过福、爱享福的多。我知道你娃是吃过苦的，好好干，我就爱和能吃苦的年轻娃在一块干。"似乎从那天喝酒，从那番话之后，就确立了张和平在下料车间的特殊地位。果然，车间一开始正式运转，关胖子就让张和平干上了调度。张和平始终也没弄明白，关胖子为啥一眼就看上了他？这叫什么，这也许就叫缘分吧！

张和平在下料车间没干多长时间，心中就暗暗庆幸自己这一步算是走对了，因为他越来越发现，下料车间是个油水很大的车间，首先，因为全厂所有车间的下料工序都集中在下料车间进行，所以永远不用担心工时挣不够的问题。在那经济萧条的年月里，其他车间经常出现工时挣不够的现象，几乎是轮着班地拿80%，轮着班地饿肚子，车间主任月月都要跑到生产处去磕头求人，希望能给车间揽回来一些活。下料车间呢，却月月拿100%，甚至拿加班费，拿奖金，这是明里的油水。再说暗里的，懂行的人知道，下料是机械加工的第一道工序，在这一道工序里产生的边角料、铁屑、铁渣是最多的，不要小看了这些铁屑铁渣，一公斤废铁按一元钱算，一吨就是一千余元，对于一个天天从事着繁忙的下料作业的车间来说，卖废铁就是一笔可观的收入。历史上，围绕着卖废铁这一块收益，各车间和厂生产处之间曾经发生过激烈的争夺。这块藏而不露的收益是由于生产处一个调度在车间催活时偶然发现的，调度跑到生产处长那里一汇报，生产处长马上不愿意了，材料是厂里花钱买的，废铁的所有权也是属于厂里的，怎么能让车间私卖私分呢？于是规定，各车间卖废铁要申报生产处，由生产处批条子，门卫见了生产处的条子才能放行。当然，生产处不会白批这个条子，生产处要从每一笔废铁款中提留 2/3。各车间对这个无中生有的规定相当不满，照旧我行我素。有一次，某车间一车废铁刚出厂门，恰好被生产处调度发现，堵在了厂门口。押车的车间调度从驾驶室里跳出来，与生产处调度争执起来，争着争着，就你推我搡起来。车间调度打传呼叫来了车间工人，生产处调度毫不示弱，打电话叫来了露天库卸货的临时工，双方对峙起来，火药味相当浓，一不小心就会酿成流血事件。后来还是生产处长和车间主任赶来才平息了事端。这件事，工人们戏称为“废铁战役”。由此可见，卖废铁的收益有多么惹眼。关胖子对卖废铁的事十分重视，关胖子在外面的乡镇企业里朋友很多，这些朋友经常介绍一些个体老板跑到关胖子这里来进行大宗的废铁交易。厂西门是一个相当偏僻的门，门外正对着过境公路，这个门的门卫恰好是关胖子以前的手下，属于“你办事，我放心”那一类的。关胖子经常通过这个门私卖废铁，每次押车的都是张和平。关胖子后来越卖胆子越大，把一些整料也夹在废料里往外卖，因为夹的有整料，所以卖价自然不能和废料一样，夹了些什么牌号的材料？市场行情如何？又夹了多少？都需要有个人来估算。关胖子是懒得动这种小脑筋的，这估算并与外面老板讨价还价的任务就落在张和平的头上。时间长了，外面老板见押车的是他，估价的是他，讨价还价的还是他，就知道张和平在车间是个人物，以后再请关胖子出去消费的时候，就把张和平也捎上。这种消费一开始是喝酒，两个男人在一起喝酒的次数多了，交心的次数也就多了。交心的次数多了，彼此间的信任也就增加了，感情也就深厚了。关胖子于是知道张和平的家庭生活并不幸福，一回到家就要当奴才，十天半月也不让奴才上一次身。一次酒后，张和平又发起他的家庭牢骚时，关胖子趁着酒兴就要拉他到歌厅里去抱小姐，关胖子笑说："此处不留爷，自有留爷处。愁什么愁？人生何处不风流？"领导在抱小姐这种事上，一般要竭力避开下属的，领导能邀下属一起去抱小姐，该体现出领导对下属多大的信任呀！就为这，张和平也不好不去。况且，在他内心深处，家庭给他造成的压抑和伤害也的确够深重的。一开始，张和平跟小姐打交道还有点紧张，后来也就慢慢习惯了。有时候，躺在小姐的怀里，任小姐的纤纤手指轻柔地为他梳理头发时，内心还真有一种在家庭中从未体验过的温暖和宁静。张和平的心渐渐变野了，隔那么一段时间就忍不住想和关胖子出去抱小姐，有时，即使在关胖子那里没有机会，也想得要命，甚至打算花自己的钱。当然，这份野也是有其物质基础做后盾的，那就是，自从张和平来到下料车间，钱来得突然容易多了。别的不说，单说卖废铁一项，关胖子每次私卖废铁，在车间入账时都只入所得款项的1/3，另外2/3则谎称生产处提留了，实际上是他和张和平提留了。对这提留的2/3，张和平提出了三七分，关胖子却主动改为四六分，大度地说："以后就这么定了，咱爷俩谁跟谁呀！"

有人说，钱能帮助人挽回尊严，是时代进步的标志之一。这话在张和平身上体现的尤为典型，正因为手头有钱了，张和平才敢出去抱小姐。只有趴在小姐身上的时候，张和平才能重新拾回男人的尊严，并且每次趴在小姐身上的时候，张和平都能体会到一种对李晓梅骑在他头上压迫他的某种快意的报复。然而，终于有一天，张和平对小姐倒了胃口。那一回是他单独一个人出去的，当那位小姐直视着他的眼睛，老不客气地问"你给我多少钱？"时，他的心忽然感觉到尖锐的一刺。那句话使他无比强烈、无比清醒地意识到，这只是一场交易，这里面没有任何温暖，没有任何情感可言，只是一场黏黏糊糊的交易。他由身下的这场交易又联想到了他和关胖子所从事的废铁交易，他意识到他身下的这场交易正是由他经常所从事的废铁交易换来的，他突然产生了一种奇怪的感觉：觉得他并不是趴在小姐的身上，而是趴在一大堆油腻腻的铁屑堆上，那一刻，他恶心得直想吐。

张和平不再出去抱小姐了。然而，男人的心一旦野了，就不容易再收回来了。他仍然不屈不挠地要寻求家庭之外的温暖，这促使他想起了一个女人，而张和平最终能把这个女人弄到下料车间来，则得益于下料车间的第三种油水。

下料车间的第三种油水就是私干外协活。按道理，车间干外协活占用了厂里的设备和水电，生产处理所当然要伸手从里面捞一笔，车间呢，理所当然不想让生产处的手伸进来，这样就产生了私干外协活的坏现象。这私干外协活，第一要紧的是保密。联系活的人知道，车间主任知道，具体干活的知道，除此之外，不能让任何人知道。这跟分钱有关，干外协活挣的那点钱如果入到小金库账上，那等于是一匙糖撒在了一池水里，谁也尝不到甜头了。即使车间只提留一部分，干活的也就会丧失了积极性，唯有上述三种人把钱彻底分光，这外协活才干得有动力。可照这么分钱，其他人难免会眼红，眼红到一定程度，就会给你捅到生产处去。

关胖子在乡镇企业朋友多，能揽来大量的外协活。关胖子揽来的外协活，只交给张和平干，一是因为他能干，二也是因为信得过他。一开始张和平还能应付，后来就应付不过来了。因为张和平是调度，白天上班不好亲自干活，怕惹眼，只有晚上一个人来加班，时间长了就有些吃不消。活出不来，关胖子着急，就跟张和平商量：你以前在原车间有没有信得过的人，弄两个来。张和平一听，先就想到了杨春生，因为他能来下料车间多亏杨春生指了路，早想借机报答一番。接着他就想到了那个女人，那个在他心理上总觉得有所亏欠的女人。关胖子听说是个女的，一开始不想要，后来看张和平执着，也就悟出了些端倪，大度地答应下来，等于给张和平卖了个面子。那时已实行分厂制，分厂有权招聘职工，张和平再去一鼓动，其实也用不着鼓动，像下料这样油水大的车间，哪个不想削尖脑袋往里钻呢？

杨春生和那个女人很快就弄来了。

11

那个女人名叫吕爱珍，其实就是照片被张和平撕碎的那个女人。当年，有人曾经给他们俩撮合过的，吕爱珍显然是看上张和平了，每次见面都很主动的样子，照片也是她主动给张和平的，但张和平却没有看上她，最后是委婉地拒绝了。张和平看不上吕爱珍，是因为吕家这姐妹俩在男人们中间名气太大，老是被男人们搁在嘴里不停地嚼，就像嚼泡泡糖一样，一直嚼到寡淡得没有一丝滋味了，再“呸！”一下吐掉。就拿吕爱珍来说吧，打扮永远是那么俗艳，如果你有幸看过她的影集的话，你就可以把80年代初改革开放一直到今年流行过的所有时髦看个遍。化妆品刚出来那会儿，脸上那粉扑的，用杨春生的话说，“一笑，脸上的粉渣渣扑簌簌地往下掉”。姐妹俩的父母都是本厂职工，但很早都死了。姐姐16岁就顶替进厂当工人，姐妹俩相依为命长大的，期间吃过不少苦头，某年冬天夜里，院子门没顶紧，被男人闯进去过。姐姐后来嫁了个患有一种叫做“小头颅”症的脑子有问题的男人。那男人常年吃总装车间的劳保，成天顶着一颗又黑又瘦又皱巴像个干核桃一样的小脑袋，笑嘻嘻地在院子里转，除了下象棋什么也不会干。姐姐后来就和外面一个男人好上了，好了一段时间不知怎么又闹崩了，告那个男人强奸她，为了把那个男人告倒，甚至不惜岔开腿让公安局的人拍她的那个地方。后来终于把那个男人告倒了，判进去8年。那时候，一些好奇的女人们就故意逗吕爱珍讲那些事，她们装出一副同情的样子向吕爱珍打听事情的进展，渐渐地就开始引着吕爱珍讲她姐姐的事，和傻瓜男人是怎么回事？和那个男人又是怎么回事？让公安局拍照又是怎么回事？吕爱珍不知是计，只管神色激动地诉说着每个细节，努力地替姐姐辩白，那些女人们听够了，就跑回家去说给男人们共享。吕家的两个姐妹就这样名气越来越大。不过话又说回来，生在那样一个家庭，又摊上那样一些事情，也多亏了吕爱珍头脑简单，心里不装事，才能顺顺当当地活到如今。这么多年过去了，吕爱珍看起来似乎显得比某些工于心计的女人还要年轻。

吕爱珍前不久还出了个大新闻，为厂子里的女人们垂先垂范，做了第一例隆胸手术。因为两次恋爱都失败了，吕爱珍做了一番自我检讨，她对第二次恋爱的那个男人偶然说的一句话一直耿耿于怀，认为自己胸脯太平，所以在男人面前没有魅力，于是毅然决然做了隆胸手术。不料，隆胸手术做了，男人们依然不买账，背地里都叫她“假奶子”。

张和平婉言拒绝了吕爱珍之后，吕爱珍并没有记恨他。吕爱珍每次遇见他，照样给他一个甜甜的（或者说俗艳的）笑，张和平真正被她那种甜甜的笑所打动，是在李晓梅跟他翻脸之后，尤其他为了称李晓梅的心而撕碎了吕爱珍的照片之后。每次一看见吕爱珍主动送给他的笑脸，他就觉得心里像针刺一样的难受，就觉得亏欠了这个女人什么似的。有时候他难免就想，跟李晓梅这种女人生活在一起，究竟有什么意思呢？人们结婚，到底是为了给别人看呢？还是为了图自己过得舒服呢？

吕爱珍后来跟一个出租车司机结了婚。出租车司机脾气很不好，经常打得她脸带青紫地来上班。张和平把吕爱珍弄到下料车间来的时候，吕爱珍已经跟出租司机离了婚，一个人孤零零地住在厂子分的简易平房里。吕爱珍对于张和平到今天还能惦记着她真是既惊喜又感动，那天，张和平去找她说这件事的时候，觉得她的眼神都有些不对头了，并且称呼也变了，叫他张哥。吕爱珍来到下料车间上班后，就一直喊张和平为张哥，一开始，张和平有些害怕，想私下告诉她让她别这么喊。可后来转念一想，怕什么呢？前十几年，他怕这怕那，谨小慎微了十几年，可该来的事情又少来过哪一样呢？张和平于是放开胆子照顾吕爱珍，关胖子揽来的外协活，名义上他安排杨春生和吕爱珍与他一起干，实际上是他和杨春生出力多，吕爱珍不过打打下手，有时候就干脆是在家里给他们做点夜宵也算出了工。分钱的事张和平说了算，回回吕爱珍一分钱也不少。慢慢地吕爱珍就体会出了那暗中的一份份照顾，两个人眼神来往的时候，就多了那么一层意思。有时候，吕爱珍也会单独把张和平请到她家去吃饭。每当这种时候，吕爱珍就在厨房里忙得格外有兴头，把自己忙出一股主妇一般的劲头来。忙完了，两人一起吃饭，再对饮几杯，吕爱珍的脸上就泛起了红晕，两眼看定张和平的脸，忽然就提起了当年的事。张和平没想到吕爱珍讲话会这么直率，慌乱之间，只得拿打哑谜的话含糊过去，吕爱珍也不戳破，只那么一笑。两人之间只差着这么一层窗户纸没有捅破。

12

车间工人们渐渐都看出，新来的这两个人与他们是不同的，是一来就紧密团结在关胖子和张和平周围的。工人们满怀敌意地给这四个人取了个团体绰号：四人帮。在工人中间，经常可以听见这样的议论：

×××今天看见四人帮在××海鲜城喝酒呢！

×××今天看见四人帮到××娱乐城去了！

四人帮今天打一辆的进城，不知干什么去了，刚好让××撞见，还装了个没看见，招呼都不敢打一个，钻进车就走。

×××昨天下班后偶然从西门路过，看见张和平押了一车废铁出西门，根本没给门卫打条子。

×××前天夜里从城里回来，刚下车就看见张和平领着杨春生和吕爱珍往厂里走，悄悄地跟在后面，结果发现三个人到车间，焊一个大家伙。第二天在车间到处都找不见，最后好不容易在老早就不用的一个更衣室里找见了，用的都是车间的料，而且过了几天就没有了……

群众的眼睛是雪亮的。

这些风言风语也曾被张和平听见一二。别人说闲话倒也罢了，最让他恼火的是，杨春生那张臭嘴还改不了过去发牢骚说怪话的毛病。大概他对自己在分钱方面偏向吕爱珍一直是不满的，可能对关胖子也有什么不满，有一回张和平在办公室那个用工具柜围成的隔档里睡觉，杨春生不知道，在外面给几个工人讲关胖子和他的笑话。说是关胖子领着张和平到歌厅去嫖风，嫖了一半，张和平出去上了趟厕所，回到包厢一看，关胖子不见了，只见小姐一个人仰靠在沙发背上咯咯咯地乱笑，关胖子上哪去啦？仔细一看，哗——关胖子在小姐裙子下面钻着不知捣鼓啥呢！几个工人顿时爆发出一阵开怀大笑。接着，杨春生又压低声音讲张和平跟吕爱珍怎么怎么的，听不清楚，大概也是个什么笑话吧，因为讲到最后工人们又爆发出一阵开怀大笑。这个吃里扒外的东西！张和平心中油然生出一股厌恶，他又静下来仔细想想，觉得杨春生恐怕也是听到了些什么，所以故意时不时在背后糟蹋一下他们来讨好讨好工人，打的是两头都不得罪的算盘。

张和平想，照这样发展下去，迟早要出事。于是跑到关胖子那里跟关胖子商量，劝关胖子把卖废铁的钱干脆都入到小金库的账上，给工人多发几次福利，外协活以后也轮流干算了。关胖子坚决不同意。关胖子说：“你以为你把利让给大家，大家就不猜忌你啦？大家会说：‘看哪！这伙狗日的以前私吞了我们多少好处！’大家还会说：‘连这都看不上了，背后还不知搞啥大名堂呢！’你一分钱不拿，大家照样会认为你拿了，所以还不如一开始就拿，拿成了规矩就没人吭声了……”关胖子又拍着张和平的肩膀意味深长地说：“好花不常开，好景不常在，该出手时就出手啊……”

那次事后不久，关胖子带张和平出去跟外面个体老板喝酒，有个老板有意无意地说：“现在外面羊毛被时兴得很，花个三四万元买台机器，随便租个房子就能开工，可挣钱啦！”关胖子就把脸伸过来问张和平：“你连三四万元都拿不出来？拿不出来跟我吭一声！”张和平就明白关胖子实际上是指点他在外面办作坊挣钱，不要光把眼睛盯在车间里。张和平顿时就联想到关胖子“好花不常开，好景不常在”的话，更觉得这话意味深长，觉得是得赶紧想个办法在厂外弄个事情干干。

张和平对加工羊毛被的事一点也不懂，尽管那个老板曾经给他详细介绍过怎么干，并且指点了一些路子，但张和平心里还是觉得不踏实。他虽然手头有几万块钱，但分分都来之不易，况且李晓梅坚决反对他把几万块钱都投到这种不明不白的事情上去。于是张和平就萌生了把吕爱珍和杨春生拉上一起干的想法。商量这事的时候，吕爱珍几乎想都没想就答应人股，其实吕爱珍入股并没有过多考虑赚赔的事，她就是想在八小时之外也和张和平黏糊到一块。杨春生开始是犹豫的，但看见吕爱珍那么坚决，就在心里嘀咕，张和平就算坑我，也不会坑吕爱珍吧，就觉得里面必定有利可图，但又害怕那两个万一抱成团，自己就势单了，于是提出把车间工人王存义也拉上。张和平知道他和王存义关系好，也知道他拉王存义的用意，但也没拦他。对于张和平来说，眼上赚多赚少是小事，只要风险越小越好。

羊毛被作坊就这么办起来了，地点是在过境公路边租用的一个刚关闭的汽车修理铺。

13

一开始，羊毛被作坊的生意还不错。因为那几年，羊毛被在边城的确很时兴，再加上作坊恰好是在秋冬之交搞起来的，许多人家觉得搭上两三件旧毛衣旧毛裤，再掏上很少的加工费，就可以换来一床松松软软的新羊毛被，很划算。作坊很快就繁忙地运转起来。那时，张和平让吕爱珍走家串户揽些零活，自己跑宾馆、旅社的大宗业务，并且负责羊毛和被罩的进货，王存义开机器，杨春生备料、打包和夜里看店。随着冬季来临，白天越来越短，夜间越来越长，作坊里的暖气供应又不足，杨春生首先开始叫苦连天，觉得这么分配任务太不公。杨春生对王存义说："在车间里，有关胖子给他撑腰，咱没办法。在这里，咱们都是股东，凭啥还由他一个人指手画脚？"于是杨春生和王存义提出轮流看店，张和平虽然心中不快，但还是答应下来，只说吕爱珍是女的，夜里一个人不安全，把她免了。这个月，轮到张和平看店时，恰好来了寒流。这天夜间，张和平身上盖了两床被子一件军大衣，压得喘不过气来，被窝里还是冰冷冷的，伸手摸摸暖气，暖气是温吞吞的。张和平听着门外呼呼的风雪声，侧过脸来，就望见了窗外遥远天际似乎要被寒风吹落了的几颗星星，怎么也睡不着。正在这时，门上响起了轻轻的笃笃声，张和平吓了一跳，披衣起来问是谁，门外就传来吕爱珍哆哆嗦嗦的应门声。张和平赶紧打开门，吕爱珍裹着一股风雪就进了店，手里提着一个电炉子。张和平问："你怎么来了?"吕爱珍答："想你这里好冷的。"张和平就把吕爱珍揽在了怀里，两人相拥着挪至床边。电炉子插上了，光芒映红了两张激动不安的面孔，映红了两双亮晶晶的眼睛。一个问："电炉子暖和不暖和?"一个说："没有你暖和。"于是二人嘻笑着滚到床上去了。自此，只要是天气格外寒冷的夜晚，张吕两人就会心照不宣地在一起过夜。

经营到第四个月的时候，作坊生意进入了高峰期。张和平算了算账，觉得买现成的被罩太贵，不如雇人缝制划算。恰好吕爱珍的一个堂妹从职业学校裁缝班毕业，于是张和平把这堂妹雇来为作坊缝制被罩。这一下，杨春生不愿意了，觉得作坊生意刚有些起色，张和平就开始塞关系户。杨春生有个表弟在城里打工，与别人合租一家郊区农民房。杨春生于是叫这个表弟晚上到店里来住，名义上是为他们看店，要叫张和平开200元工资。张和平知道这是杨春生在跟他较劲，没办法，也只得答应。不料这个表弟住了半个月，羊毛就开始丢失。张和平于是找了杨春生，要开半个月工资把他表弟打发走。杨春生不信，张和平于是领他去清点，一清点，果然少了两包。杨春生脸上就难看了，说谁知道是啥时候丢的，他愿意把羊毛钱赔上，但表弟得留下。张和平就不耐烦了，说自古道家贼难防，这点道理你都不懂?杨春生脸上挂不住了，愤愤地嚷道："别揪住两包烂羊毛的事不放！要说偷鸡摸狗的腌杂事，这店里还少吗?!别以为人家不知道!"张和平气得要跟杨春生动手，被王存义劝开了。自此，店里矛盾愈发显明。过了不到一个月，王存义忽然请了病假，回来后就说肺里有毛病，说是白天在车间呛电焊，晚上在这里呛羊毛，实在吃不消了，提出要雇人开机器，自己宁可少分红，也要多活几年。张和平知道，这都是杨春生在背后捣的鬼，于是对王存义好言相劝，说咱这个店从开张到现在好不容易有了一点赢利，正是艰难创业阶段，这也雇人，那也雇人，大家哪还有钱赚?张和平也知道空口说白话没用，提出提前分红，把刚赚的那点钱四个人分光，然后拍着那本空存折对大家说：

“都看见啦？分得精光啦，再没有闲钱雇人啦……”

春节过后，走家串户的羊毛被生意逐渐冷清起来。张和平只得到处跑宾馆旅社拉生意，好不容易拉到一家宾馆订做100床羊毛被，却因为节前刚分过红，一时没钱进料，只得把过去积存的旧毛衣毛裤打碎抵充不够数的羊毛。不料宾馆经理性情狡诈，快到交货期时暗中派人来察看，发现了旧毛衣毛裤打碎抵充新羊毛的事，一怒之下全部退了货。这一下作坊赔大了，再加上电视上曝光了一家羊毛被作坊以次充好的新闻，杨春生和王存义一下沉不住气了，提出要退股。张和平知道这几个人合股做生意是扯蛋，说：“正好我也不想干了，咱把机器卖了，有多少算多少，大家平分了吧！”机器设法卖掉，一算账，忙了一冬天，人人赔本赚吆喝。

14

关胖子所说的“好花不常开，好景不常在”的话终于应验了。春节前，关胖子给四个人一人买了一部精英3代的传呼机，这事不知怎么被捅了出去，再加上年终福利分得极不满意，工人们一下闹起来了。这回是直接闹到上头去的，一时间，卖废铁的事也翻出来了，私干外协活的事也翻出来了，吃空饷的事也翻出来了（工人已辞职，车间长期冒领工人工资）。关胖子就地免职，另行安排工作之前，厂里对关胖子进行了严格的审计，并且放风说根据审计结果，要进行退赔。审计关胖子倒不怕，可一说到退赔，关胖子就不愿意了，丢官和破财，他充其量只担一件。关胖子索性不干了，连辞职报告都不打，直接就不再来上班了，与厂子一点关系都没有了。关胖子不干了又能到哪去呢？不久，张和平就辗转听说，人家关胖子早就在开发区里开了一家汽配商店，眼下已经做大了，成了开发区里响当当的汽配城。传话者最后竖着大拇指说：“还是人家关胖子潇洒，啥时候厂里也拿不住他！”关胖子一走，张和平首先是一块石头落了地，车间那些事再有人查问，就都可以推在关胖子头上。

可他同时又感觉到一种深深的失落，人家关胖子即使出了事，还是那么潇洒，他张和平却再也潇洒不起来了。厂里重新任命了车间主任，因为车间情况复杂，新车间主任一来，先是搞调查摸底，摸了底之后，就把张和平的调度给撸了，叫他仍旧去干技术员，倒把杨春生提起来当了调度。张和平在车间一下灰了，蔫了。关胖子走了，张和平撸了，吕爱珍就觉得在车间待着没什么意思了，和她那个学裁缝的堂妹合伙在城西盘下了一间临街店面。店面以前是做出租 VCD 碟片生意。张和平知道了这个消息，心里觉得很难受，他知道城西那片地方乱得很，外来人口多，所谓出租 VCD 碟片，实际上就是靠出租黄色影碟维持个小本生意。他劝吕爱珍还是留在厂里的好，一个女人家做那路生意，成天跟些个污七八糟的男人打交道，时间长了名声不好。吕爱珍笑道："名声？你看我啥时候名声好过？咱这样的人还不就是混到哪一步算哪一步……名声好能当饭吃吗？"最后给张和平留下一个地址，说以后想我了就到这里来找我。

从此张和平在车间里落了单，时常还要被杨春生指使着干活，如同劳动改造一般，就也觉得压抑。刚好销售公司面向全厂招聘销售员，张和平干脆就报了名，打算往销售这一块发展。

销售公司，厂里人戏称"豺狼公司"，是个有能耐的一年到头挣几十万，没能耐的一年到头喝西北风的场所。这两年，随着销售公司里滋生出来的暴发户越来越多，厂里给销售公司制定的销售政策也越来越苛刻。过去，厂里报销的路费、食宿费、电话费，甚至请客吃饭拉关系的费用现在统统不管了，只把销售提成提高到千分之八，一切销售费用统统在这千分之八里。过去，只要卖了车就可以拿奖金，如今还要追究返款率，资金在途时间等。那天，在欢迎他们这批新销售员的酒桌上，片区经理端着杯子说了句："欢迎咱们这里又增加了新朋友……"底下有个人一边嚼着肉一边毫不客气地打断经理道："少听他胡说！我们这里没有朋友，统统都是敌人！"周围马上响起了一片令人胆寒的笑声。

张和平开始上班不多久，就发现那个直率人所说的话真是一点儿没错。在销售公司，所有的销售员面对客户的时候互相之间都像豺狼一样凶狠贪婪。有一次，他费了一个上午的口舌好不容易谈定了一个客户，结果就因为上了一趟厕所，出来的时候客户就不知被谁拐走了。自己辛辛苦苦谈定的客户签单却签在了别人的名下，弄得人一天神经高度紧张，睡觉都得睁着一只眼。随着张和平对公司内幕了解越来越多，就越发现那些暴发户，也就是各片区经理，相对于他们这些马仔，永远拥有一种政策上的优势。随便举个例子，大家同在一个大厅揽业务，他们这些销售员只有几百元的让利权，而人家片区经理有几千元的让利权，他们怎么跟人家片区经理竞争？说到底辛辛苦苦的是自己，最后赚钱的是人家片区经理，这么多人帮他一个赚钱，你说他怎么能不暴发呢？

实在忍受不了大厅里那种豺狼成群的气氛，张和平决定到外地开拓市场。不想这一跑外，更是雪上加霜，食宿费、电话费、跑路费都得自己承担，眼看着自己多年的积蓄就哗哗地往里贴。偶然拉上一两个客户，厂里迟迟不把车发过来，硬是把客户等黄了。张和平打电话问了车间的同事，才知道原来那种车型正紧俏，销售公司大厅里的客户都在排队，哪能轮到他跑外地的人？一直熬到开春，总算搞定了一家经销商做代理，以银行按揭方式卖车。张和平赶回厂里，已经是身无分文，跑到片区经理那里去拿提成时，片区经理上下嘴皮一碰，向张和平说明了规矩，经销商代理是和整个片区打交道，不是和你张和平一个人打交道，何况又是银行按揭，不付现金，这种提成归整个片区，年底统一分配。张和平听了这话，当时，整个人就傻在了那里，两眼直愣愣地盯着片区经理，口中喃喃地说："那我的工资咋办？那我的工资咋办？"片区经理说："当初合同上写明了的，工资就是提成，你一个付现金的单也没签到，叫我怎么给你发工资？总不好拿我家存折上的钱给你发工资吧？"一听片区经理的话没了人味，张和平索性也撕破了脸皮，与片区经理吵起来。吵着吵着，他压不住心头的委屈怨恨竟哭起来了。片区经理一看不好收场，这才掏出一千元，说是以后咱俩算是没关系了，反正你这号人我也指望不上，像打发叫化子一般打发了张和平。一个片区混不下去，再到其他片区就更没法混了，原车间张和平又没脸回，张和平把厂里单位想了一轮，想起前不久似乎听人说保卫科空了一个岗，实在不行到保卫科看大门吧。厚着脸皮去找保卫科长，保卫科长也是个一张嘴就能看见屁眼子的直肠子，直言不讳地说："如今想到我这儿看大门的人太多了，我哪有那么多大门给他看？我总不能把好好的墙硬扒开个缺口，让你坐在那里看吧？"

人穷志短，张和平再也顾及不了他的面子了，他把面子揉巴揉巴掖进裤裆里，又跑回下料车间去求新车间主任。好在新车间主任对他并无成见，又听说他这人挺能干活，就把他收留下来。于是张和平仍旧在下料车间做技术员。有时候静下心来想一想，张和平会回想起他刚进厂在原先那个老车间时的岁月，一晃八年过去了，他换了那么多单位，换了那么多位置，换了那么多角色，现在竟又回到了起点！张和平就觉得生活有时真能给人一种特殊的滑稽感。张和平认为，能理解到蕴藏在生活艰辛外表下的这种滑稽感，是很不容易的，而一旦理解了，所有的身心的紧张和疲累便似乎都在淡然一笑中得到了释放，于是张和平又恢复了他勤劳质朴、见人就赔笑脸的本色。

听说他最近购置了一台电脑，在学习平面设计，原因是看见宣传科的一个美工租了间门面房在搞这个名堂，而且挺赚钱的。

我们都知道他不是一个轻易屈服的人。

我们时常暗暗为他祈祷，愿他的奋斗能有一个美满结局。